# 원샷원킬

임경

최강 프로는 원 샷으로 끝낸다!

# 원샷원킬

## 임경 골프 소설

| 프롤로그 |

## 내 안으로 날아든 새

골퍼로서 나이 환갑이 넘도록 골프를 포기 않고 여기까지 오게 된 것은 행운이었다. 필자의 남다른 노력이 있었지만, 다양한 배경이 도움이 됐다. 그동안 본의 아니게 주위 사람들에게 피해를 준 것이 항시 마음의 부담감으로 남아있었다. 하지만 타법을 완성한 지금 '왜' 그토록 골프를 포기하지 않았는지를 자신 있게 말할 수가 있다.

누구나 환경이 다르고 삶의 목표가 다르다. 사람이 살아가면서 항시 좋은 일만 찾아오는 것이 아니다. 하지만 안일한 생각과 좋은 환경은 발전이 없다. 나쁜 일이 새로운 도약의 발판으로 성장하는 계기가 되기도 한다.
그동안 필자의 골프 궤적을 보면 항시 위기에 봉착했을 때 새로운 방법을 찾아내곤 했다. 인생도 마찬가지이다. 위기를 극복한 사람만이 다음 위기를 대처할 수 있는 면역과 자신감을 갖듯이 말이다.

소설 속 백경은 30여 년 간의 골프 경력을 밑바탕으로 '파워 그립 타법'이라는 고유한 스윙 방법을 만들어냈다. 이는 필자의 자화상이기도 하다. 운 좋게 적기에 퍼즐 맞추듯 만들어졌다. 단 하나라도 스윙의 순서가 바뀌었더라면 타법의 완성이 어려웠을 거라는 생각이 든다. 부단한 노력이었지만, 운도 따랐다. 내 안으로 날아든 행운의 새였다.

   책 제목 '원 샷 원 킬'에서 말하듯이, 샷은 항시 변하며 영원한 것이 아니다. 아마추어 골퍼의 경우는 초반과 후반의 샷이 다르고, 프로 골퍼도 전성기를 벗어나 쇠퇴기에 접어든다. 대다수 골퍼들의 연습량과 나이가 들어서 변하는 샷과 골프 멘털 샷은 타법의 원리와 방법을 알아야 한다.
   그동안 필자는 골프를 통해서 몸과 마음을 치유해왔다. 전하고자 하는 타법의 핵심 부분을 소설 속 주인공 백경을 통해서 실현하였다. 미처 말하지 못한 타법은 또다른 저서를 통해 표현하려 한다. 후계자도 양성하면서 글로써 이해하지 못하는 골퍼에게 '원 샷 원 킬' 레슨을 할 생각이다.

   이 소설은 그간의 전문성을 내세워 처음 써본 소설이다. 이로써 소설가의 꿈을 이루었다. 골프 전문가로서 칼럼을 쓰면서 그 꿈을 꾸기 시작했다. 이제 타법이 완성되었으니 좀 더 여유로운 마음으로 골프 전문 소설가로서의 길을 모색할 수 있겠다.

2023년 서설 앞에서, 임경

차례

## 1부 골프라는 운명을 만나기까지

**프롤로그** _ 내 안으로 날아든 새 4

도미, 놈과의 만남 16

골프, 그 운명과 마주하다 17

대수술 25

놈의 그림자 31

고국으로 34

다시 미국으로 36

골프의 유레카 39

또 다른 놈(당뇨)의 출현 41

몸의 변화 42

아! 아버지, 어머니 44

고국으로 돌아오다 47

또다시 대수술 52

파랑새 날아들다 55

그녀와의 이별 그리고 60

대리기사 64

파워 그립 타법 68

**2부**
원 샷 원 킬의 완성

1 _ 스크린 골프  77

2 _ 다시 시작되는 대결  99

3 _ 결과가 좋은 삶  123

4 _ 파워 그립이라는 파랑새  149

5 _ 답은 없지만 방법은 있다  178

6 _ 반대로 치는 골프(느린 스윙)  214

7 _ 원 샷 원 킬의 완성  235

8 _ 악연의 끝  256

에필로그 _ 세상으로 새를 날려 보내듯  286

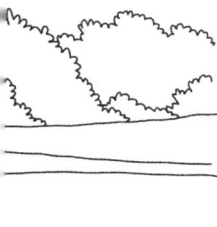

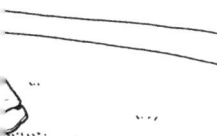

# 1부 · 골프라는 운명을 만나기까지

　이 소설은 골프에 인생을 건 골퍼, 백경 이야기이다.
　한국에서 태어나 군 복무를 하고 미국으로 건너간 그는 가자마자 어려운 상황에 부딪친다. 그러한 환경에서 골프를 접했고 골프에 심취하던 중, 대수술을 받았다. 수술 이후 다리에 장애를 입은 그는 부자연스러운 몸으로도 골프를 지속적으로 했고, 할 수 있다는 것을 증명하기 위해 골프만을 연구하며 살아왔다.
　골프에서 일관된 스윙을 하기란 어렵다. 그런 만큼 이러한 일관된 스윙을 만들기까지는 근 30년의 세월이 걸렸다. 한 세월 골프만 바라보고 외길을 걸어온 골퍼 백경, 그가 일군 원 샷 원 킬이 여기에 있다.

백경은 비교적 유복한 집안에서 태어나 자랐다.
아버지는 당대 최고라는 칭송을 받을 정도로 훌륭한 의사여서 남들보다 좋은 환경에서 성장할 수 있었다. 하지만 아들 백경도 의사가 되어야 한다는 부모의 기대는 내성적인 백경에게 큰 부담을 주었고, 그로 인한 정신적인 고통을 참아내는 일은 말처럼 쉽지 않았다. 그 중압감은 백경을 점점 더 자기 안으로 숨는 아이로 변모시켜 친구들과도 잘 어울리지 못해서 친구들로부터 왕따를 당하며 어린 시절을 보냈다.
백경이 글을 깨우치기 전 그러니까 네댓 살 되었을 무렵 부모님은 백경에게 만화책을 보여주었다. 만화책에서 강물에 빠져 떠내려가는 사람을 보고 불쌍하다고 백경은 목 놓아 울었다. 이러한 유사한 많은 일들이 동네 사람들의 화제가 되었다. 백경은 마음이 여리고 나약한 아이여서 부모님의 손이 많이 가는 아이였고, 여러 가지로 키우기 힘든 아이였다.
몸은 또 얼마나 약했던지 초등학교 시절에 아이들에 둘러싸여 여학생과 팔씨름을 하게 됐다. 그리고 여자에게도 지는 힘이 약한 남자아이로 아이들의 놀림감이 되었다. 이러한 일련의 일들과 잇대어 신체적인 허약도 그의 성격을 더욱 소심하게 하는 원인이 되었다. 백경은 혼자 있기를 좋아했다. 그의 머릿속은 늘 다른 곳, 다른 세상에 가 있었다. 혼자만의 행동을 즐겼고 공부에도 취미를 잃었다. 그러다보니 백경은 아버지에게 꾸지람을 듣고 회초리를 맞는 것이 일상이었다. 백경은 그런 자신의 처지가 원망스러웠다. 차라리 가난하고 평범한 보통의 집안에서 태어났다면, 부모의 강요 없이 자유롭게 자기 인생을 찾아나갔을 것이라며 운명을 탓하기도 했고 아버지를 원망하기도 했다. 아버지는 아들을 의사로 만들겠다는 생각을 굽히지 않았다. 백경은 그 강박관념에서 벗어나려 몸부림쳤고 비뚤어진 성향이 점점 뚜렷해져갔다.

 백경의 아버지는 아들 장래를 염려하여 평소 잘 알고 지내던 아일랜드 신부님에게 아들의 장래를 의논했다. 신부님은 집안에서 베토벤 같은 예술가가 나올 거라는 예언을 했다. 백경은 당시에는 무슨 말인지 몰랐으나 자라면서 베토벤의 창의성과 예술성을 알게 되었고, 베토벤이 술주정뱅이 아버지에게 맞고 자랐다는 것도 알게 됐다. 물론 백경의 아버지는 술주정뱅이가 아니다. 평생 의료 봉사를 하며 사신 분이다. 백경은 매 맞고 자랐다는 베토벤에게 연민과 동질감을 느꼈고, 베토벤 음악을 접하면서 베토벤을 존경하게 되었다.

백경의 아버지는 평생에 걸쳐 불쌍하고 어려운 사람을 위해 의료 봉사를 한 훌륭한 분이었다. 아들이 의사가 되길 바랐던 것도 아버지의 뒤를 이어 어려운 사람을 위해 살아가길 바라는 마음에서였다. 백경은 그런 아버지의 마음을 세월이 한참 지나고 나서야 깨달았다.

2차 성장이 지나 사춘기를 경험하면서 백경은 어딘가로 떠나고 싶어했다. 백경이 바르게 성장할 수 있는 길을 주변에서 자꾸 막는 것 같았다.

백경 아버지는 당시 학회장을 하면서 의료계에서도 동료나 선후배에게 많은 영향을 끼칠 수 있는 자리에 있었다. 그러다보니 아버지 주위에는 출세 또는 이익을 얻고자 하는 사람들이 많았다.

백경의 아버지는 정의롭고 올곧은 분이었다. 그러나 백경의 아버지에게는 큰 약점이 있었으니 그 약점은 다름 아닌 백경이었다.

백경은 일반적이지 않았고 독특했다. 그런 백경을 주위에서는 가만두지 않았다. 그들은 백경의 아버지에게 근접할 수 없는 일들을 백경을 통해 얻으려 했다. 끊임없이 백경을 무기로 아버지를 괴롭혔다. 심지어 아들을 군대에 보내고서도 백경의 아버지는 맘 편할 날이 없었다. 그렇지만 백경은 군에 있으면서도 아주 편한 생활을 했다. 몸이 약한 것도 있었지만 군 생활을 수도통합병원에서 있다가 제대할 정도였다. 주변에서는 백경을 도구로 이용했고, 백경은 아버지의 후광으로 세상 물정 모르는 삶을 살았다.

어느 순간 백경은 자신이 아버지 곁에 있는 한 아버지의 길을 막는 걸림돌로 살아갈 수밖에 없다는 것을 인식했다. 군에서 제대한 백경은 언제까지 아버지 도움으로 아버지에게 짐이 되고, 타격을 주면서 살 수만은 없다는 생각을 하게 됐다.

백경은 어디로든 떠나고 싶었다. 아버지를 위해서도 떠나야 했다. 사막이든 밀림이든 백경은 자기만의 세계를 만들고 싶었다. 그게 어디든.

그런 중에 드디어 기회가 찾아왔다. 군에서 제대한 후였다.

아버지가 미국에서 병원을 개원한 후배에게 백경을 보내기로 한 것이다. 아버지 후배는 의과대학 시절부터 아버지를 잘 따랐던 사람이고 아버지의 도움을 많이 받은 사람이었다. 그는 백경이 미국에 오면 자기가 잘 돌볼 것이니 걱정 말라며 백경의 도미를 종용했다. 아들의 미래가 늘 걱정이던 아버지는 그를 믿고 백경을 미국으로 보내기로 결정했다.

## 도미, 놈과의 만남

그렇게 백경은 태평양을 건넜다. 하지만 아버지 후배는 백경의 기대를 한순간에 물거품으로 만들어버렸다. 어이없게도 단돈 100불을 주고 백경을 쫓아냈다. 숙식은 물론 학교 교육까지 책임진다는 말은 모두 거짓이었다.

그는 미국에서 성공한 인물이다. 그는 백경 아버지의 도움을 엄청나게 받은 사람이었다. 그런 그가 백경을 미국으로 불러놓고는 사흘도 안 돼 단돈 100불을 손에 쥐어주고는 내쳤다. 그의 아내는 더욱더 앞장서서 백경을 밀어냈다. 자기들이 백경의 아버지에게 도움을 받은 것이지 아들에게 도움을 받은 것은 아니라며 백경을 도울 이유가 없다고 단호하게 나가라고 했다. 백경은 도저히 이해할 수 없었고 받아들이기 힘들었지만 어쩔 수 없이 그들 집에서 밀려 나왔다. 그들 부부가 얼마나 백경을 적대시했는지는 백경만이 아는 사실로 묻어둔다.

백경은 어이없게도 한순간에 국제 미아가 됐고, 타국에서 살아남아야 했다. 그렇다고 이러한 상황을 아버지에게 곧이곧대로 말할 수는 없었다. 그러고 싶지도 않았다. 백경은 어차피 자신에게 던져진 일이니 스스로 해결하며 살아야 한다고 생각했다. 그렇다고 원대한 꿈이 있거나 방법이 있는 것도 아니었다. 단지 아버지의 그늘에서 벗어나고 싶었고, 아버지 후광 없이 혼자 살아야 한다는 것을 깨달았다. 참담한 홀로서기였다.

## 골프, 그 운명과 마주하다

미국 생활에 적응하기는 어렵고도 어려웠다. 많은 시간 방황하는 가운데 운명을 만났다. 그 운명이란 것은 바로 골프였다. 백경은 골프를 운명처럼 받아들였고, 골프는 그에게 하나의 도(道)이자 희망이 됐다.

백경은 세탁소에서 일을 하기 시작했다. 골프를 하기 위한 방편이었다. 그러니까 백경의 현실적 장소는 세탁소였고, 꿈의 장소는 골프였다. 아무런 희망 없이 무의미하게 사는 삶이 그는 싫었다. 출근하면서 날씨가 좋으면 주고받는 인사말이 "골프하기 아주 좋은 날입니다!"였다. 그만큼 백경은 골프에 빠져들었다. 백경은 하루 일이 끝나면 곧장 골프장으로 달려갔다. 미국에서는 사람이 뜸한 주중에 20불이면 하루 종일 돌아다니면서 맘껏 공을 칠 수 있었다.

백경은 그렇게 타국 생활에서 골프라는 도를 찾아 자신을 수양하고 자신의 운명을 개척해갔다. 골프가 자신이 바라던 그 목표라고 여겼다. 그것에 인생을 걸었다. 의사가 되어야 한다는 아버지의 기대는 저버렸지만, 골퍼로서의 자부심은 마냥 커졌다.

골프라는 운동은 팀워크를 요구하기보다는 멘털이 강해야만 해낼 수 있는, 자신과 싸워서 이겨내야 하는 운동이다. 골프의 매력적인 요소는 강한 멘털에 창조적인 그 무엇을 더해 완성되는 운동이라는 점이다. 백경은 타고난 감각 하나만은 자신이 있었다.

백경은 학교 공부에는 흥미를 잃었지만 창의적인 생각과 순발력 그리고 인내심은 그 누구도 따를 사람이 없을 정도였다. 골프라는 운동이 적성에 잘 맞았다. 말 그대로 딱이었다. 그때부터 골프와 하나가 되기만을 바랐다.

처음 시작한 골프 연습장은 필드 옆 넓은 부지에 만들어진 자연 그대로의 시설이었다. 일주일 번 돈을 골프 연습장에서 공을 때려 다 날려 보냈다. 하얀 공이 파란 창공을 날아가 초록 잔디 위에 떨어지는 삼색의 향연은 그에게 큰 만족감을 주었다. 햄버거 살 돈은 없어도 공을 칠 돈은 있어야 했다.

햄버거가 배를 채워주었다면 골프는 그의 정신을 채워주었다. 그래서 골프에 대한 애정은 남달랐고, 골프에 대한 열정은 점점 더 강해졌다. 그래선지 보통 사람들보다 숙지가 매우 빨랐다. 공이 똑바로 나가기 어려운 드라이버 티샷이 채 3개월도 안 되어 250야드가 넘어갈 정도였다. 보통 사람들은 일 년 넘게 해도 불가능한 일이었다.

얼마 후 백경은 다른 세탁소로 일자리를 옮겼다. 골프장으로 달려가기 좋은 곳이었다. 숙소가 마련되지 않았지만 백경은 그곳이 맘에 들었다.

숙소는 거리가 조금 떨어져 있는 한인 타운 근처에 구할 수 있을 거라 생각했고, 무엇보다 일을 마치고 골프장으로 달려가 맘껏 골프를 칠 수 있다는 사실이 그를 흥분케 했다. 하지만 숙소를 구하는 일은 쉽지 않았다. 어쩔 수 없이 세탁소 뒷마당에 자동차를 주차하고 차에서 잠을 잤다. 추운 겨울이어서 히터를 켜고 차 안에서 잠을 잤다. 히터의 열기에 숨이 막혀왔다. 산소 부족으로 죽을 수도 있는 상황이었다. 차 문을 조금 열어두고 차 안에서 자는 수밖에 없었다. 어찌 보면 목숨을 건 잠이었다.

다행스럽게도 어느 독지가의 도움으로 숙소가 마련됐다. 그가 누군지는 알 수 없었다. 백경이 차 안에서 히터를 틀어놓고 잔다는 소문이 돌았던 것이다. 숙소는 세탁소 근처로 미국에서는 로징 하우스라고 부르는 곳이었다.

그곳은 바닷가에 있는 부자 동네로 어느 집은 정원이 축구장 크기만 하고 수상 비행기가 집으로 들어가기도 하는 곳이었다. 영화감독이 살고 마피아 두목이 사는 동네였다.

새로운 안식처로 정해진 곳은 바닷가가 보이고 골프장이 거미줄처럼 얽혀 있는 곳으로 골프하기에는 안성맞춤이었다.

백경은 그곳에서 로빈슨 크루소처럼 살았다. 바닷가에 나가 고기를 잡아 배를 채우고 골프를 했다. 나중에 안 사실이었지만 그곳엔 백경 인생을 험지로 내몬, 아버지 후배, 그놈이 사는 동네였다. 골프하기 좋은 곳이라고 찾아간 그곳이 놈이 사는 곳인 줄은 정말 몰랐다.

어쨌든 백경은 골프에만 몰두했다. 다행히 골프 습득은 남들보다 매우 빨랐다. 강한 상체 힘에 기본 스윙이 갖춰지기도 전에 공이 똑바로 나갔다. 강한 상체 힘으로 인해서 300야드 넘나드는 비거리가 나왔다. 금세 프로 선수라도 될 것만 같았다. 하지만 몇 년 동안의 습득 기간을 거쳐야 했다. 습득 기간을 거치지 않은 채 상체가 강한 스윙이 만들어지면 차후에 스윙 자세 수정이 어려워지기 때문이다.

Tip : 골프를 하고 일주일이면 그 사람 골프 스윙이 대략 나온다. 타고난 체형과 기초 스윙에 의해서 만들어져야 한다.

모든 운동이 하체에 기초 체력이 있어야 스타 플레이어가 될 수 있다. 돌이켜보면 백경은 상체가 강한 반쪽 골퍼에 불과했다. 당시 교포 사회에서 300야드를 넘나드는 골퍼 4인방 중에 한 사람이 백경이었다. 주말 골프는 그물망 맞은편에서도 공을 치는 그런 곳이었다. 이 무렵 백경이 치는 공이 맞은편에서 치는 사람에게 다가갈 정도로 비거리가 멀리 나갔다. 당시 망가지고 찌그러진 드라이버만 10개였다. AS 받으려고 샵에 가지고 가면 돌멩이를 쳤느냐고 물을 정도였다. 프로 선수로서의 목표를 가지게 된 것도 이 같은 샷 결과물이 있었기 때문이다. 만일 백경이 골퍼로서 체력 즉 하체 힘이 강했더라면 지금의 골프 창조가 필요 없이 남들과 같은 생각을 하는 그저 그런 골퍼가 됐을 것이다.

골프 수업은 항시 아침 일찍 일어나 연습장에 가서 공 200개를 치고 필드로 향했다. 백경이 처음 골프를 시작할 당시만 해도 골프가 대중화되지 않아 그렇게 사람이 붐비지 않을 때였다. 백경이 사는 그곳엔 골프장이 산재해 있어 주중에 입장료를 내고 들어가면 코스가 다른 이곳저곳을 옮겨 다니면서 하루 온종일 골프를 칠 수가 있었다.

채 일 년도 되지 않아서 싱글에 가까워졌다. 조금만 더 실력을 쌓으면 언더 파도 가능할 것 같았다. 하지만 연습을 해도 비거리가 줄고 실력이 늘지 않았다. 프로 선수가 자신의 전성기 때의 스윙을 정점으로 내려가는 현상에 맞닥뜨린 것이다.

백경은 골프라는 도를 닦고 있었으나 보기에 따라서는 세상에서 가장 팔자가 좋은 사람으로 보였을 것이다. 아무튼 도의 완성을 향해 가는 길고도 긴 여정이 시작되었다.

백경은 골퍼이기도 하지만 낚시꾼이기도 했다. 초등학교 때부터 아버지를 따라다닌 낚시 경험이 취미로 굳어졌고 나중엔 하나의 도피처가 되기도 했다. 혼자 즐기는 낚시는 아버지의 시선으로부터 벗어날 수 있는 기회이기도 했다. 어느 때는 낚시를 하면서 배를 타고 고기를 잡는 어부를 보고 있으면 부러운 생각이 들었다. 평생을 저 사람처럼 자연과 더불어 살았으면 하는 생각을 하기도 했다. 아마 골프가 아니었으면 그런 삶을 살았을지도 모를 일이었다.

그런데 먼 이국땅에서 그 두 가지를 다 갖춘, 낚시하기 좋은 바닷가 그리고 골프장이 산재한 동네에서 살게 되었다는 것이 얼마나 큰 행운인가. 게다가 백경은 타운 골프장에서 거의 도인에 가까운 골퍼를 만나는 행운까지 얻었다. 그 골퍼를 만나 하체를 사용하는 타법을 보고 익혔고 이에 몰두한 끝에 마침내 퍼터 특허 아이디어 기초를 만드는 계기를 마련했다.

백경은 이후 나중에 한국에 들어와서 몇 개의 특허 등록과 함께 라운드 퍼터 특허로 직접 물건을 만들고 판매도 하게 된다. 라운드 퍼터의 특징은 대다수 골퍼가 쇼트 퍼팅에 어려움을 겪는 상태에서 공의 비거리를 짧게 하면서 방향성을 좋게 가져가는 데 유리하게 만들어진 것이다.

백경은 골프를 시작하고 채 1년도 되지 않아 게리 플레이어 폼이 나왔다. 백경은 상체가 강한 골퍼로서 스윙이 빨랐다. 상체가 강한 만큼 하체가 약하다는 결과가 나온다. 남보다 강한 상체 힘 때문에 교과서 골프가 자신에게 맞지 않다는 것을 알았다. 이것이 골프 창조의 시발점이 됐다.

Tip : 금세기 최고의 테크니컬 골퍼 게리 플레이어의 경우, 나이가 든 골퍼의 피니시 동작을 보면, 왼발을 주축으로 만들어지는 일반 골퍼의 우뚝 선 자세가 아니다. 피니시 후에는 걸어가듯 하체 힘을 사용한다.

백경은 복싱의 체중 이동 방법을 생각해냈다. 오른쪽 펀치를 내밀 때 체중 이동을 해주는 오른쪽 발차기가 그것이다. 어느 날 학교 공터에 차를 주차시켜 놓고 발차기 체중 이동을 하면서 샷을 날려보았다. 공은 그간 여태껏 한 번도 이루어 본 적 없는 비거리를 날아가면서 백경의 차 유리창이 박살났다. 백경은 박살난 유리창을 보상받기라도 하려는 듯 이후부터는 발차기라는 체중 이동 방법으로 장타를 키워나갔다. 이를 기점으로 스타플레이어의 조건인 장타 드라이버 샷에 자신이 생겼다. 그러나 아이언 샷은 자신이 없었다. 잔디에 놓고 치는 아이언 샷은 프로 선수들이 만들어내는 디보트(클럽에 의해 파인 잔디라는 뜻. 파인 흔적으로 남은, 움푹 들어간 곳은 디보트 마크라 한다.) 자국이 만들어지지 않고 훅 볼이 나오는 경우가 대부분이었다.

백경은 애초 교과서 골프가 체형에 맞지 않았다. 자신의 체형에 맞는 동양인의 스윙이 필요했다. 그나마 다행인 것은 드라이버가 남보다 멀리 나간다는 사실이다. 그런 가운데 백경은 체중 이동에 관한 남다른 스윙으로 창의성 있는 스윙의 기초를 만들었다. 본능적으로 교과서 골프 스윙이 몸에 맞지 않는다는 것을 알고 골프를 시작한 지 채 일 년도 되지 않아 체중 이동 방법을 착안했던 것이다.

백경의 체중 이동 방법은 발부터 시작해서 옆구리 치기, 허리, 어깨에 이르기까지 다양하다. 비거리를 내야 하는 드라이버 샷에 아주 효과적이다. 하지만 아이언 샷에 있어서는 별 도움이 되지 못했다. 극단적인 스윙 효과를 내야 하는 아이언 샷의 경우는 체중 이동보다는 스윙의 크기를 적게 가져가는 샷이 효과적이다. 백경은 이 체중 이동 방법만으로 창의성이 있는 골퍼로서의 첫발을 디디게 된다.

## 대수술

골프를 시작하고 1년이 조금 넘었을 무렵이었다. 체중 이동 방법으로 이제 봄부터 실력을 발휘할 생각에 가슴이 벅찼다. 한겨울이었다. 봄철에 골프를 치려면 돈을 조금 모아두어야 했다. 겨울철 아르바이트로 인근 세탁소에서 일을 했다. 주인이 백경의 사정을 다 아는 듯했다. 아버지 후배, 그놈도 알고 있었다. 세탁소 주인 말이 놈의 부인이 백경을 아들처럼 생각하고 소중히 여긴다고 했다. 백경은 그들의 말을 전부 믿고 받아들였다. 그리고 세탁소 주인의 호의와 음식물 따위를 아무런 의심 없이 받아들였다.

이후 그곳 생활을 하고 얼마 후부터 백경은 잘 걷지를 못했다. 며칠 지나면 나을 거라고 생각했지만 회복은 고사하고 급기야 침대에서 일어나지도 못했다. 그러다 침대에서 밤새 한숨도 잠을 이룰 수 없는 지경에 이르렀다.

한국 같으면 가족의 도움으로 병원에 가서 치료를 받을 수 있었겠지만, 백경이 아파 누운 곳은 아무도 돌봐줄 사람이 없는 타국이다. 곧 나아질 거라며 병원에 가기를 거부했다. 증세가 매우 심각해지자 로징 하우스 주인집 아들이 그를 병원에 입원시켰다. 병원에서는 지체할 시간이 없다며 서둘러 수술에 들어갔다. 하반신이 마취되고 엉덩이 부분의 근육이 칼에 잘려나가고 목숨을 건 수술이 진행됐다.

Tip : 주위에서 골프를 통해 부상을 입는 경우를 많이 본다. 스윙이 느린 골퍼의 경우는 스윙을 빨리 가져가지 못해서 만들어지는 상체 부상, 스윙이 빠른 골퍼의 경우는 하체가 빠른 스윙을 따라가지 못해서 만들어지는 하체 부상으로 이어진다.

마취에서 깨어난 백경은 절망했다. 몸을 움직일 수가 없었다. 정신은 말짱한데 남의 손을 빌리지 않고는 그 무엇 하나 할 수 없었다. 침대에 누워 고무호스와 의료용 변기로 대소변을 보는 일은 참담했다. 그렇게 몇 주간 병원 생활을 하고서야 집으로 돌아왔다. 현실은 더욱 참혹했다. 엉덩이 살을 도려낸 고관절 수술, 다리 근육 전부를 잘라낸 수술이었다. 그러다 보니 왼쪽 다리는 뼈만 앙상했다. 앙상하게 남은 뼈에 근육을 붙여나가야 했다. 앙상한 다리에 근육과 새살이 차오르기를 기다려야 했다. 그런데 이상하리만치 마음이 평온해졌다. 그동안 백경이 살아온 현실 순응 방식 때문일까. 몸은 엉망진창인데도 마음만은 새롭게 골프를 시작할 수 있다는 생각으로 꽉 차올랐다. 그 상태에서 골퍼로서 재기를 생각하다니 미치지 않고는 할 수 없는 일이었다. 미쳤다고 해도 좋았다. 백경이 살아야 할 이유는 오직 하나, 골프뿐이었다. 생각은 행동을 낳기 마련이다. 백경은 그렇게 늘 골프 생각만 했다.

다시 필드에 나간 건 2개월 만이었다. 목발 없이 겨우 걸을 수 있었다. 2개월이란 시간이 그렇게 길게 느껴본 적이 없었다. 골프 가방에 목발을 꽂고 필드로 나갔다. 혹시 라운드 도중 걸어오지 못할까 하는 염려 때문이었다. 백경의 이 같은 기행은 쉼 없이 계속됐다.

처음 얼마 동안은 9홀만 돌고 왔다. 왼쪽 다리의 힘이 받쳐주질 못했다. 그래도 있는 힘을 다해 라운드를 하자 점차 다리 근육이 붙기 시작했고, 9홀도 힘들었던 라운드가 18홀이 가능해졌다. 매 홀 스윙을 바꾸면서 치던 것이 나중에는 36홀까지도 가능해졌다. 하체의 힘은 왼발에 힘을 유지해주는 역할을 하고 오른발은 힘이 실리는 역할을 했다. 왼쪽 오른쪽 발 모두에 힘이 있어서 하체의 힘이 실리면서 균형이 이뤄졌다.

하체 힘이 살아나고 힘이 붙어나가면서 백경의 체형이 바꿔어갔다. 이전의 상체가 강한 체형에서 하체가 강한 골퍼로 변화됐다. 골퍼로서 가장 좋은 교과서적인 모델 체형을 갖추어나갔다. 하체가 좋은 골퍼로서 변화된 이유를 분석하면 왼발의 힘의 지속이 어려운 까닭에 오른발의 힘을 키우는 결과가 된다. 당시 오른쪽 다리는 근육과 핏줄이 엉겨 붙은 것처럼도 보였다. 그런 상태에서 드라이버 샷은 물론 아이언 샷까지 풀 스윙으로 마음 놓고 쳤다.

이전의 하체가 약해서 만들어진 훅 볼은 온데간데없어지고 직구 볼이 나왔다. 자연스럽게 체중 이동이 가능해졌다. 이러한 상황에서도 백경은 공을 잘 쳤다. 프로 골퍼로서의 체형을 갖추게 된 것이다. 당시 주변에서는 대수술로 하여 백경의 골프는 이제 끝났다고 모두들 입을 모았다. 그러한 중에 놀라운 사건이 생겼다. 당시 교포 사회에서 주최하는 대회가 열렸다. 그 대회에 백경이 출전한 것이다. 백경이 그곳에서 가장 잘 치는 골퍼들과 겨루어 최종전에 올랐다. 아쉽게도 우승을 거머쥐진 못했지만, 교포사회에서 백경의 실력과 의지력을 인정받는 계기가 되었다.

Tip : 연령별로 보면 젊은 나이의 골퍼는 하체가 강하다. 나이가 들수록 하체 힘이 약해진다. 프로 골퍼의 전성기를 보면 대략 알 수가 있다. 여성의 경우는 10대 후반을 시작으로 이십대까지 전성기를 누리다 삼십대 들어서면 쇠퇴기를 맞이한다. 남자의 경우, 일반적으로는 이십대 후반 전성기를 누리다 사십대에 들어서면서 쇠퇴기를 맞는다.

 수술 이후 다리는 생활하는 데는 문제가 없었다. 다리는 점차 더 나아지고 있었다. 의외인 것은 골프 실력이 줄어들고 있었다. 대회에 나갈 정도로 완벽을 가했던 백경의 컨디션이 점점 나빠지고 있었다. 이유는 골퍼들이 통상적으로 연습량이 늘어나면서 겪는 하체 힘이 떨어져서가 아니라 하체 힘이 더 붙어나가면서 스윙이 어려워진 것이다. 몸의 변화는 상상할 수도 없으리만치 상체 힘이 떨어지고 있었다. 이전의 옷이 맞지가 않았다. 연습장에서 스윙을 하다보면 옷이 돌아가기 일쑤다. 하지만 딱 한 가지 좋은 점이 있었다. 이전에 연습장 스윙에서는 하체 힘이 떨어지면서 아팠던 것과는 달리 허리가 아프지 않았다. 그래서 연습량을 더 늘릴 수가 있었다.
 하루에 공 300개는 기본이고 필드도 18홀이 아니라 36홀 아니 54홀의 강행군도 했다. 어느 날은 그렇게 강행군을 하다 왼쪽 다리에 쥐가 나기도 했다. 잠시 다리의 뭉친 근육을 풀고 조금 걷다보면 오른쪽 다리에 다시 쥐가 났다. 한동안 뭉친 근육을 풀다보면 온몸의 에너지가 다 빠져나가는 느낌이었다.

언제부터였을까, 백경은 아버지 후배인 그놈에게 농락당하고 있는 것 같다는 생각이 들기 시작했다.

백경이 도를 닦고 있는 롱 아일랜드 그곳은 놈의 본거지였다. 주위에 사는 교포는 물론 미국인들까지도 놈의 울타리 안에 있었다. 교포 사회라는 것이 어느 집 이불이 무슨 색깔이며 어느 식당에서 팁을 얼마 놓고 갔는지를 알 수 있을 정도이다.

그 무렵 앞에서 말했듯이 롱 아일랜드 타운하우스, 방이 여럿 있는 로징 하우스에서 살고 있었다. 이곳에 사는 사람들 거의가 인생 밑바닥 인생들이었다. 그래도 저마다 특성은 있었다. 그곳에서 백경과 같은 나이 또래의 두 미국인을 알게 됐다. 한 사람은 쓰레기 수거하는 가비지 맨이다. 밤마다 자신의 허름한 차로 이 동네 저 동네를 돌아다니면서 버려진 물건들 중 쓸 만한 물건을 수거해 세일하면서 사는 사람이다. 한 사람은 집주인의 조카이다. 고등학교 때 레슬링 선수로 활동한 공수부대 출신으로 힘깨나 쓰는 건달이었다.

가비지 맨은 항시 밤에만 움직이고, 낮에는 방안에 틀어박혀 주워 온 물건을 고치거나 그렇지 않으면 특별히 하는 일 없이 마리화나를 피우고 자신의 세계에 빠져 살았다. 공수부대 출신인 집주인 조카는 여색을 밝혔다. 가정이 있음에도 이 여자 저 여자 매번 바꿔가면서 육체적 쾌락에 빠져 살았다. 그나마 건전하게 사는 것은 낚시를 좋아한다는 것이었다. 그가 낚시를 좋아한 것이 백경과 친구가 된 계기였다.

  백경의 낚시 안목은 집주인의 조카가 동네에서 낚시하는 것 이상이었다. 그도 그러한 것이 백경은 먼 바다로 배낚시를 많이 다녔기에 물고기의 습성을 잘 알고 있었다. 그가 때마침 조그마한 낚시 보트를 구입하고 동네에서 배낚시를 하게 됐다. 낚시 테크닉은 그가 월등했지만 미끼를 쓰는 법이나 물고기의 습성은 백경이 더 많이 알고 있었다. 그런 낚시 경험으로 백경은 그의 낚싯배의 가이드 역할을 했다. 백경과 그는 낚시꾼으로 만나 처음에는 사이가 좋았지만 어느 때부터 자주 부딪치곤 했다.

## 놈의 그림자

  주위 사람들과 좋은 관계를 유지하던 백경, 언제부터인가 몸의 기력이 떨어지기 시작했다. 그 이유가 근력 저하에 따른 체력 저하로 운동선수의 기량을 받쳐주지 못하기 때문이라 생각했다. 그리고 또 문제는 골프에 집중하기 어려운 상황이 이어졌다. 이상한 일들이 연이어 벌어지기 시작했다. 백경은 골프 연습장에서 돌아오다가 교통사고를 당했다. 차가 좌회전 신호를 받고 방향을 바꾸는 순간 직진해 오는 차가 백경의 차를 박았다. 백경의 차는 기역자로 구부러졌다. 다행히도 다친 사람은 없었다. 억울했지만 어쩔 수 없었다. 한번은 필드에서 두 명의 미국인과 동행을 하면서 라운드를 했다. 당시 백경은 몸을 다치기 전보다 체력이 많이 떨어져 비거리가 현저히 떨어진 상태였다. 경찰이 다가왔다. 백경이 친 볼이 앞서가던 일행의 머리를 넘어가 위험한 행위를 했다는 것이다. 백경이 아무리 아니라고 해도 소용이 없었다. 다행히 앞서가는 일행 중 한국인이 그런 일은 없었다고 증언했다. 누군가의 허위 신고였다. 누군가가 백경이 골프를 못 하게 훼방을 놓는 것 같았다.

어느 날은 밤중에 집 앞 부둣가에 낚시 갔다가 새벽에 돌아오는데 갑자기 누군가 나타나서 깜짝 놀랐다. 그는 물고기를 잡았느냐고 물었다. 크기 제한의 고기라도 잡아가는 줄 안 모양이었다. 설사 그렇다 하더라도 그 새벽에 백경을 주시하는 사람이 있다는 게 정말 소름 끼치는 일이었다. 마침 그날은 물고기를 한 마리도 못 잡고 귀가하는 중이었다. 누가 어떤 이유로 그러는 건지 모르지만 그때 백경은 소름이 돋았다. 자신이 마치 여기저기 놓아둔 미끼에 바늘을 덥석 무는 물고기 같다는 생각이 들었다.

이런저런 나쁜 일들이 꼬리를 물면서 백경은 그곳 생활이 두려워지기 시작했다. 마치 누군가 사주를 하지 않고서는 있을 수 없는 일들이 일어나다보니, 이상하게 생각하지 않을 수 없었다. 생각을 하면 할수록 떠오르는 건 그놈이었다. 그놈이 아니고서는 백경을 괴롭힐 사람이 없었다. 그럴 만한 이유가 아무것도 없었다.

만약 놈이 쳐놓은 그물에 백경이 한 번이라도 걸렸으면 그곳에서 퇴출당하는 건 시간 문제였다. 다행히도 일련의 그런 사건들은 의로운 사람들의 도움으로 위기를 모면하곤 했다.

백경은 이미 놈의 그늘에서 나와 혼자 생활을 하고 있었고, 놈과 엮을 일도 엮일 일도 없었다. 백경이 답답한 것은 그렇다고 대놓고 놈이라고 단정 지을 수도 없었다. 증거를 찾기에 역부족이었다. 그러한 환경에 놓여 있다보니 골프에 집중이 어려웠다. 열심히 한다고 했지만 예전 같지 않았다. 그렇게 그런 일들을 겪다보니 고국이 그리워졌다. 그래서 지친 몸도 쉬고 휴식을 취할 겸 고국의 땅을 밟았다.

고국으로

부모님은 반갑게 맞이해주었다. 이젠 미국으로 가지 말고 한국에서 살라 했다. 집 걱정도 할 필요 없고 얼마든지 편하게 살 수 있는데 왜 미국에 가서 고생하냐며 만류했다. 부모님은 백경의 건강이 염려되었는지 종합검진을 받게 했다. 당뇨가 있고, 다른 것은 전혀 이상이 없다는 결과였다. 백경은 그냥 부모님이 하라는 대로 하면 잘 먹고 잘 살 수 있었다.

백경은 이때 아버지 후배, 그놈이 백경을 어떻게 생각하는지 알게 됐다. 놈은 백경의 아버지를 비롯 주위 사람들에게도 골프를 하지 못하게 실드를 쳤다. 놈은 구력 20년이 넘는 골퍼였다. 그렇지만 실력은 보기 플레이 정도였다. 놈은 시작한 지 1년 남짓한 백경이 교민 사회에서 이름이 알려지고 사람들의 입에 자주 오르자 제어했던 것이었다. 자신의 이득을 위해서 백경에게 미국 생활을 열어주겠다던 그였다. 그는 자기 이익을 취하고서는 백경을 내친 비인격자이다. 강한 자 앞에서는 약하고 약한 자 앞에서는 강한 그의 인격을 교민 사회에서는 아는지 모르는지, 놈은 자신의 성공을 보란 듯이 목에 힘주고 다녔다. 놈은 백경의 골프 수업이 성공으로 이어지고 교민 사회에서 활동하게 되면, 자신이 저지른 일들이 적나라하게 드러날 것을 염려해 철저히 백경을 차단하려 했다. 한국으로 돌아가기를 바랐고 백경의 성장을 막았던 것이다.

이 무렵 백경의 아버지는 이미 예전의 건강한 아버지가 아니었다. 연로하셨고 힘이 많이 떨어져 평생 일관해온 의료 봉사하는 일에도 힘들어하셨다. 자식으로서 부모를 보살피지도 못하고 멀리 떨어져 살았던 죄스러운 마음에 부모님 곁에서 효도를 하며 살고 싶기도 했다. 그러나 백경은 자신이 아니더라도 가까이서 돌봐줄 동생들이 있고, 또 부모님은 지금까지 쌓아왔던 지위와 배경이 있어 외롭지 않을 거라고 생각했다. 고국에 머문다 해도 백경이 부모님께 해드릴 수 있는 것은 아무것도 없었다. 백경이 자신의 꿈을 포기하면서 부모 곁에 있는 일은 부모님은 물론 백경 자신에게도 좋을 게 없다는 결론을 내렸다.

그리고 어린 시절의 기억 저편에서 커튼이 열리며 열등감에 빠졌던 자신의 모습이 보였다. 골프를 포기하고 가족과 생활하는 것은 이전처럼 다시 열등감에 싸인 채 살아야 하는 조건이 담보되어 있는 삶일 거라는 염려였다. 숨이 막힐 것 같았다. 미국에선 외롭고 힘들어도 맘껏 골프를 할 수 있는 환경이다. 골프 환경이 한국과는 하늘과 땅 차이이다. 그렇다고 백경은 한국에서 마음껏 골프를 할 수 있는 경제적 여력 또한 갖고 있질 못했다. 그건 불가능에 가깝다. 안락한 삶을 위해 골프를 포기할 수는 없다는 생각과, 아무리 생각해도 골프를 포기하고 산다는 것은 그의 인생에서 상상할 수도 없는 일이었다.

일정 기간 가족과의 생활에 몸은 편했지만 이상하게도 정신은 그 어떤 다른 세상을 그리워하고 있었다. 꿈의 무대, 광활하면서 편리하게 마련된 접근성 좋은 필드가 머릿속에서 떠나질 않았다. 바닷가에 위치한 환상적인 곳, 온종일 필드를 거닐던 그곳에서의 생활이 그리워 견딜 수가 없었다.

백경은 골프만큼은 남들보다 잘할 수 있다는 의지와 신체적 조건이 충분했다. 남들보다 잘할 수 있는 것을 선택하고, 자신이 하고 싶은 일을 하며 사는 것은 인생의 가치이고 목적이라 여겼다. 먹고사는 것이 중요한 것이 아니라 어떻게 사는 것이 중요하다. 더 이상 부모님의 지원에 기대지 않고 스스로의 힘으로 골프 수업을 하며 살겠다는 굳은 의지를 다졌다. 백경은 부모님의 지원을 거부하고 집을 나왔다. 그리고 다시 태평양을 건넜다.

## 다시 미국으로

백경의 아버지는 아들을 잘 알고 있었다. 아들이 하고 싶은 일을 하기를 바랐다. 그렇게 하고 싶은 일을 해서 잘 살아갈 수 있다면 더 이상 바랄 게 없는 부모의 마음이었다. 큰 성공을 바라는 것은 아니어도 골프가 백경을 살게 해주는 견인차가 되어주기를 바랐다. 백경 자신도 자기만의 골프에 대한 창조를 이뤄낼 수 있다는 믿음을 가지고 있었다.

다시 태평양을 건너 미국 땅을 밟았다. 다시 골프를 시작했다. 다시 운동을 할 수가 있다는 사실이 무엇보다 좋았다. 이 무렵 백경의 골프 수준은 자신의 체형에 맞는 스윙이 만들어져 있었다. 교포 사회에서 골프를 좀 한다고 자부하는 친구들은 모두 백경과 겨루어보고 싶어 몰려들었다. 이는 골프를 연구하는 백경을 도와주는 것이 아니라 방해를 놓는 일이었다. 그럴 시간에 백경은 생활비를 벌기 위해, 또 골프 칠 돈을 마련하기 위해 닥치는 대로 일을 해야만 했다. 야채 가게, 세탁소 등 돈이 되는 일이라면 가리지 않고 했다. 그렇게 얼마의 돈이 마련되면 일을 그만두고 미친 듯이 공을 쳤다.

골프 시즌인 봄과 가을은 또한 일이 바쁜 시기와 겹친다. 그래서 일과 골프를 병행하며 살아가는 일이 어려웠다. 교포 사회에서 장사를 하는 사람들에게 백경은 채 3개월을 버티지 못하고 그만둔다는 소문이 돌아 일자리를 얻는 것도 힘들어졌다.

골프와 일의 경계에 선 백경의 주머니에는 동전만 달랑거렸다. 골프장에 가는 것이 뜸해지자 실력이 떨어지기 시작했다. 물이 끓어야 하는 비등점에 오르지 못하고 헤매는 것이 너무 아쉽고 마음이 아팠다. 그러다보니 불안과 초조함을 떨치지 못했다. 마음은 비등점 상승에 가 있었지만 마음뿐, 현실은 얼어붙어 있었다.

어느 날 교포 사회에서 골프를 잘한다고 소문난 골퍼와 라운드할 기회가 생겼다. 문제는 돈 내기 골프였다. 그날 백경은 큰돈을 잃었다. 큰돈이라는 것이 몇 백 불이다. 다른 사람에게는 푼돈일 수 있지만 백경에게는 일주일 동안 어렵게 번 돈이었다. 그동안 쇼트를 등한시한 것이 패한 요인이었다. 그리고 일주일 후 백경은 또다시 돈을 잃었다. 힘들게 번 돈을 잃고 쇼트를 다듬었다. 그리고 다음 주에는 쇼트를 무기로 그들을 이겼다. 이후 그들은 백경과 내기 게임을 하지 않았다.

백경에게 내기 골프를 하고자 한 골퍼들은 지역에서 골프를 꽤 한다는 사람들이었다. 그들과의 만남은 우연히 만난 것이 아니었다. 그놈에게 사주받은 사람들이었다. 그놈은 그 지역의 유명 인사로 그의 말 한마디면 무슨 일이든지 벌어질 수도 있었다. 아무리 자유주의 미국이라 해도 한국인들이 사는 곳은 한국 문화에 젖어 있기 마련이다.

이를 계기로 백경은 자신의 스윙에 변화가 있어야 한다는 것을 깨닫게 됐다. 저들과 이기는 게임을 하였지만 백경의 상대는 저들이 아닌 프로이다. 당시의 상태에 머무른다면 영원히 저들과 같은 수준에서 벗어날 수가 없다는 걸 절감했다. 처음엔 그들에게 돈을 잃었지만 그들과의 내기에서 얻은 건 아주 중요한 교훈이었다. 그리고 파워 그립 타법의 기틀을 마련하게 된다.

## 골프의 유레카

백경은 파워 그립을 접하게 된다. 처음 파워 그립은 자신만의 그립이라 생각했다. 파워 그립은 베이스 볼 그립에 왼손 엄지가 오른손 등 뒤로 빠지는 그립이다. 백경은 그 파워 그립을 잡고 스윙한다. 오른손 왼손이 수갑이 채워지듯 안정성 있게 맞닥뜨려지는 것을 느낄 수 있었다. 신기할 정도로 공이 잘 맞아나갔다. 파워 그립 사용은 상체가 강한 동양인에 적합한 그립이라는 것을 대번 알아차리게 됐다. 그리고 파워 그립에 왼손 그립을 적절히 사용하면 어느 체형에서든지 스윙이 가능하다는 것을 알았다.

백경은 이전에도 파워 그립 외에 또 다른 그립을 변형시켜 사용해보았으나 별 효과가 없었다. 하지만 지금 파워 그립만큼은 차원이 다르다. 일단 백경의 머릿속에 파워 그립 스윙에 대한 메시지가 강력하게 전달됐다. 파워 그립 사용은 거의 매일 스윙이 변화가 없다. 18홀이 아니라 36홀 아니 하루 온종일 쳐도 스윙이 유지된다. 정상 그립과 파워 그립을 비교해 쳐본다. 더 이상 의심할 여지가 없었다.

파워 그립 사용의 구질은 페이드 볼이다. 왼손 엄지가 오른손 등 뒤로 빠지는 느린 스윙 때문이다. 어느 정도의 수준급 골퍼라면 페이드 볼이 얼마나 좋은 구질이라는 것을 안다. 백경은 그 순간 자신이 파워 그립을 위해 태어났다고 생각했다. 정말 골프의 유레카였다. 그래서 무슨 일이 있어도 파워 그립 타법을 완성시키기로 마음먹었다. 정상급 프로 선수들도 말하길 훅 볼은 다루기 힘들어도 페이드 볼은 플레이하는 데 있어서 문제가 없다고 한다.

Tip : 프로들도 전성기 때나 칠 수가 있는 샷이 페이드 샷이다. 페이드 샷은 목표 방향으로 휘어 나가는 볼이다.

## 또 다른 놈(당뇨)의 출현

목표를 향해 나아가는 사람은 항상 외롭고, 완성하려는 시도에는 항시 그것을 방해하는 요소가 나타난다. 그러한 요소들은 모두 적으로 나타난다. 이전 부상에도 1년 넘게 노력하면서 체중 이동 방법이 완성이 되어가는 시기이다.

파워 그립 타법은 점차적으로 적응이 되고부터 이상한 일들이 다시 적으로 나타나기 시작한다. 어느 날은 미친 듯이 잘 맞다가도 어느 날은 단 한 번의 샷도 맞지 않는다. 그러나 백경은 실망하지 않았다. 대다수 골퍼의 문제점은 골프 능력이 부족한 것이 아니라 그 방법을 모르는 경우가 대부분이다. 정상 그립 사용에서의 스윙 방법도 있다. 하지만 파워 그립을 사용해 그 스윙 방법을 찾는 것이 더 쉬울 거라고 생각했다. 그때부터 파워 그립 사용의 시작이 된다.

세상에는 사는 방법도 많고 삶의 목표 또한 부지기수이다. 백경의 목표는 이미 결정이 되었다. 산악인들이 정상에 오르는 것도 여러 방법이 있다. 그룹을 지어 서로 도우면서 정상을 정복하는 방법이 있는가 하면 남들이 이미 정복한 곳을 같은 루트로 정복하는 방법 그리고 그 누구도 정복하지 못한 정상을 홀로 정복하는 방법이다. 백경은 지금 누구도 정복하지 못하는 골프의 최고점을 향해 자신의 방법대로 정복해갔다.

세기의 타법, 파워 그립이 만들어지면서부터 스윙에 혼선을 빚기 시작했다. 알 수 없었다. 엊그제 싱글을 치던 스코어가 갑자기 100을 넘어갔다. 골퍼라면 누구나 겪어봄직한 경험이지만 백경이 처해진 현실은 그 차원이 달랐다. 18홀을 도는 동안 단 한 샷도 맞지 않았다. 갈수록 상체 힘이 떨어졌다. 다리 수술 후 얻은 당뇨병이라는 것 이외에는 다른 이유를 찾기가 어려웠다. 당은 높지 않아 약은 먹지 않고 운동량으로 조절하는 상태였다. 정상적인 골퍼의 경우라면 나이가 들어 하체 힘이 떨어지는 것이 정상이나 백경은 상체 힘이 떨어지는 골퍼로서 정반대의 현상이 일어나고 있었다. 비거리도 많이 줄어들었다. 다리 수술 전 상체가 강할 때 300야드 날리던 비거리가 언제부턴가는 270야드 그리고 이제는 250야드에 머물러 있다. 하지만 백경의 목표는 프로 선수가 되는 것보다 세기의 타법을 만드는 것이 목표이기에 애써 마음의 위안을 삼는다.

## 몸의 변화

몸의 변화는 파워 그립에 따른 스윙 적응뿐만 아니라 정상 그립 사용에서도 나타났다. 정상 그립을 잡고 프로 스윙의 상, 하체 밸런스가 나온다. 이전의 강한 상체의 스윙이 아니라 골프하기에 적당한 상, 하체 밸런스의 골퍼로 거듭 변신했다. 이제는 정상 그립으로 잡고 교과서 스윙도 가능했다. 하지만 백경은 이제 다시는 정상 그립으로 되돌아갈 수가 없었다. 파워 그립 타법을 신뢰하고 있었기 때문이다.

정상 그립과 파워 그립 사용의 스윙 차이는 벤츠 승용차와 소형차의 차이와 같다. 이제 다시 상체 힘이 떨어져 파워 그립 타법의 스윙 교정은 불가피하다. 이전의 빠른 스윙에서 느린 스윙으로 바뀜으로써 스윙을 빨리 가져가지 않으면 안 된다. 파워 그립의 사용에 있어서 클럽이 공을 임팩트하는 순간 왼손 그립을 잡거나 놓아주면서 스윙을 빨리 가져간다.

샷은 날로 성숙해져갔다. 백경이 나이가 들어 하체 힘이 떨어지는 것은 확실하나, 지금 그 나이에 떨어지는 하체 힘보다도 상체 힘이 더 빨리 떨어졌다. 이때부터 백경은 파워 그립 타법이 상체가 강한 골퍼는 물론 여타 골퍼에 이르기까지 유효하다는 사실을 깨달았다.

## 아! 아버지, 어머니

백경은 한 번 더 고국을 찾았다. 속히 한국에 다녀가라는 부모님의 간절한 소망이 있어서였다. 부모님은 백경이 이제 골프를 그만두고 한국에서 조그마한 가게라도 운영하면서 현실에 적응하는 삶을 살기를 원했다. 백경의 부모님은 아들을 위해, 아들이 살아갈 수 있는 방편을 마련해두었다. 그러나 백경의 마음은, 생각은 다른 데에 있었다. 백경에게 있어 경제적인 면은 골프를 위한 것이지 그 외의 것은 관심이 없었다. 백경에게 돈이 필요한 것은 골프를 하기 위한 것이지 풍요롭게 살기 위해 필요한 것이 아니었다. 사람들은 누구나 어떻게 살 것인가에 대한 고민을 한다. 그 바탕에는 부와 풍요를 깔고 있다. 편하고 순조롭게 사는 것, 그러한 자리를 마련해준 부모님이 있는데 굳이 이를 거부하고 골프만을 고집하는 백경의 심중을 이해하는 사람은 그다지 많지 않았다.

백경의 부모님은 미국에서 세탁소며 허드렛일을 하고 사는 아들이 그저 안쓰러웠고 아픈 손가락이었다. 아니 손가락이 아닌 전부였을 수도. 한국에 들어와서 부모님의 의도를 알아차린 백경은 동요치 않았다. 부모님의 사랑을 예측하지 못하는 것은 아니지만, 당장 골프를 그만둘 수 없다는 생각뿐이었다. 골프를 그만두면 파워 그립 타법은 영원히 만들 수가 없게 된다. 이전에도 늘 그러했지만 또 다시 아버지 말씀에 응할 수가 없었다. 골프를 포기할 순 없었다.

　백경은 그때 아버지의 병세가 그렇게 중한지 몰랐다. 그때가 아버지와의 영원한 작별이 될 거라는 생각도 하지 못했다. 아버지는 아들의 삶을 존중해주었다. 그러면서도 자신의 죽음이 가까이 와 있다는 것을 알고, 아들을 곁에 두고 싶어 했다. 하지만 그것이 당신의 욕심이란 걸 누구보다 잘 알았다. 아버지는 더 이상 아들의 갈 길을 막지 않았다. 세상에는 너무도 민망하고 부끄러운 일이 많이 발생한다. 혼탁한 인간들의 군상 속에 섞여 아들이 행여 비루한 삶을 살지 않을까 염려했다. 다행인지 골프에 인생을 건 아들. 자신의 길을 묵묵히 걷고 있는 것을 확인하고는 그쯤에서 아들을 인정하고 자랑스러워하기까지 했다. 아버지는 눈물로 아들을 전송하면서 못난 아들을 두었다는 자책을 그쯤에서 거두었다.

　다시 미국 땅을 밟았다. 잠시 떠나 있는 사이 환경이 바뀌었다. 당시 백경의 환경을 지배하던 주인집 조카는 술집에서 난동을 부리고 교도소에 갇혀 있었다. 그리고 주인집 아들은 집이 팔렸다면서 백경이 들어오는 것을 막았다. 백경은 하는 수 없이 그곳을 떠나야 했다. 백경은 잠시 당황했으나 이내 정신을 차리고 다시 골퍼로서의 꿈을 실현하기 위해 다른 도시로 향했다.

백경은 워싱턴으로 이사했고, 한국에 다녀온 이후 미국 생활은 더 고립되었다. 확신할 수는 없었지만 백경은 자신의 삶을 농락하는 것이 바로 그놈일 거라는 의심을 지울 수가 없다. 수술 후 다리는 절고 힘이 떨어져 골프는 안 되고, 절망적인 상태에서 아버지의 부음을 듣고 오열했다. 백경은 아버지께 성공한 모습을 꼭 보여드리고 싶었다. 아버지는 야속하게 너무도 빨리 떠나셨다. 백경은 장례식에도 참석하지 못했다. 그리고 1년 후 어머니가 돌아가셨을 때 역시 장례식에 참석조차 하지 못하는 막심한 불효를 저질렀다.

그 후 백경은 신열을 앓으며 한동안 먹먹한 느낌으로, 미동도 하지 않고 그 자리에 서 있는 일을 반복했다. 그야말로 백경이 바라보는 세상은 모든 것이 암전(暗轉)이었다. 한 줄기 빛조차 스며들지 않는 암흑 속에서 그는 하나의 석상처럼 서 있곤 했다. 그러나 오래가진 않았다. 그것이 백경이 인생을 관조하는 철학이었다. 그 철학 하나로 순탄하지 않은 인생을 버텼다.

이후 워싱턴의 생활은 일과 골프를 되풀이하면서 생활을 이어나갔다. 몸이 많이 변해 있었다. 다리 수술 이후로 다리가 정상으로 되돌아왔지만 상체 힘이 이전과 같지 않았다. 그 같은 몸에서의 파워 그립 사용은 이미 자신의 평생 스윙으로 샷이 굳혀가고 있었다. 놈의 울타리에서 벗어나 치는 워싱턴에서의 골프는 좀 더 파워 그립 사용의 기틀이 만들어지고 있었으나, 아직 해결이 안 된 요소들이 있었다. 백경은 그것을 채풀지 못한 채 워싱턴 생활을 접고 고국으로 돌아가기로 했다.

### 고국으로 돌아오다

백경은 미국 생활을 접고 한국으로 돌아왔다. 몸이 망가진 상태에서 돌아온 것이어서 체력도 예전 같지 않았다. 백경은 그동안 쌓아온 체험을 바탕으로 몸이 아닌 머리로 싸우기로 했다.

그동안 자신이 경험하고 쌓아온 골프 지식으로 블로그에 글을 올리는 작업을 했다. 다행히 블로그는 단박에 파워 블로그로서 인기를 얻게 되었다.

한국에는 골프 붐이 일었고 골프가 대중화되어 골퍼들의 생각하는 안목이 넓어지면서 골퍼들은 실전 위주의 색다른 방법을 원하고 있었다. 이전의 교과서 골프에 싫증을 느낀 골퍼들에게 백경은 이렇게 외쳤다. "골프 스윙은 '이렇게 친다'

가 아니라, 자신의 '체형에 따라 스윙을 찾아야' 한다."

파워 그립 타법이 완성되지 않은 상태에서 골프 책을 출간했다. 파워 그립 타법이 완성되기까지는 시간이 필요했다. 그렇게 완성시키고자 했던 파워 그립 타법, 시간은 오직 파워 그립 타법을 완성시키는 것으로 활용해야 했다.

백경은 부모님이 돌아가시고 그 정신적인 혼란의 터널을 빠져나오는 데 오랜 시간이 걸렸다. 파워 그립 타법의 완성을 눈앞에 두고 있었지만 파워 그립의 습득에 있어서 실로 이해할 수 없는 부분이 있었다. 정상적인 그립에서와 반대로 나오는 구질이다. 정상 그립의 경우는 스윙이 빠르면 훅 볼이 나오고 스윙이 느리면 슬라이스가 나온다. 하지만 파워 그립 사용은 스윙이 빠르면 슬라이스 볼이 나오고 스윙이 느리면 훅 볼이 나온다. 파워 그립 사용의 스윙 교정은 항시 반대로 스윙 교정에 들어가야 했다.

백경이 그간 한 일은 골프가 전부였다. 생활과 골프를 병행할 수 있는 경제적 여건의 마련은 여전히 어려운 과제다. 하는 수 없이 골프 레슨이라도 해야 이 문제를 해결할 수 있을 것 같았다. 골프 책을 출간하고, 골프 블로거로 활동하면서 골프 레슨을 하기 시작했다.

그동안 골프를 하기 위해 허드렛일도 마다하지 않았다. 하지만 이제는 그토록 미쳐 있던 골프와 연결된 직업을 갖게 되었다. 인생을 살아가면서 자신이 하고 싶은 일을 하며 살아간다는 것은 매우 행복한 일이다. 골프 레슨을 하며 그간 연구해왔던 일들을 실제 연습에 접목해 그 폭을 넓혀갈 수 있게 된 것이다. 연습장 가까운 곳에 주거지를 정하고 연습장을 오가며 골프를 연구하고 연습생을 가르치는 데 집중했다.

세상에 목표가 없는 삶이란 존재하지 않는다. 더욱 중요한 것은 확정된 삶의 목표를 바꾸기가 쉽지 않다는 것이다. 지금의 레슨은 단지 미래를 향하는 수단으로서 존재할 뿐이었다. 백경의 레슨은 일반 레슨과 조금 달랐다. 원 포인트 레슨이 주를 이루었다. 백경이 그동안 닦은 골프 실력은 교과서 골프가 아니다. 다양한 체형에 따라 정립된 이론으로 만들어진 만큼 어떠한 골퍼이든 그 골퍼의 문제점을 파악하고 그 골퍼에 맞는 스윙을 가르친다.

스윙을 보면 그 사람의 골프 역사를 알 수 있다. 백경의 스윙을 보면 그가 얼마나 많은 노력을 하였는지 단번에 알 수 있다. 그의 스윙에는 확고한 신념을 가진 프로 특유의 근성이 배어 있다. 백경의 페이드 샷은 미스가 없다. 게다가 스윙 폼은 어떠한가, 일반적으로 만들어지는 안정된 피니시 폼이 아니지만, 클럽이 공을 임팩트하는 순간 만들어지는 상, 하체의 밸런스는 항시 일정하다. 백경의 체중 이동 방법은 클럽이 공을 임팩트하는 순간 몸을 던진다. 체중 이동에서 가장 중요한 것은 몸을 사용해줌으로써 헤드 업을 하지 않는 데 있다. 골프 스윙에서 몸을 사용하는 것은 스윙을 느리게 가져가는 원인이 될 수가 있지만 조금 느린 스윙 정도는 얼마든지 빠른 스윙 테크닉으로 커버가 가능하다.

백경의 피니시 동작은 클럽이 공을 치고 목표 방향으로 던져질 때 만들어지는 U자 모양으로 휘어지는, 마치 날아오는 화살이라도 피할 듯 유연하다. 연습장에 몰려든 사람들은 저런 스윙이 어떻게 이루어질 수 있으며, 비결이 무엇이냐고 물었다. 뿐만 아니라 이렇게 할 수 있을 때까지 얼마나 많이 어떤 노력을 했느냐는 질문에 시달릴 정도였다. 백경의 연습장은 소문을 듣고 백경의 스윙을 보기 위해 몰려드는 사람들이 줄을 이었다.

Tip : 골퍼는 항시 자신의 체형의 샷에 따라야 한다. 다른 사람의 샷이 나의 샷이 될 수 없고 나의 샷이 다른 사람의 샷이 될 수 없다.

백경은 골프 연습장에 레슨 프로로 들어간 지 얼마 되지 않아 금세 인기를 얻었다. 백경의 스윙이 화제가 되었지만 레슨도 남달랐다. 다른 프로가 두세 달 걸리는 레슨을 백경은 단 일주일 만에 끝냈다. 그는 골퍼들의 체형에 맞게 스윙 포인트를 잘 지적해주었다. 연습생들은 그가 쓴 책을 참고서로 적극 이용했다. 기존의 방법과 좀 색달랐지만, 책에서 언급한 레슨을 거의 모든 골퍼가 순응하며 따랐다. 골퍼로서 보람 있고 신나는 일이었다. 백경만의 골프 가이드북으로서 책도 행복한 날개를 달았다.

시간이 지나면서 백경의 스윙을 배우기 위해 더 많은 사람들이 몰려들었다. 초보 골퍼는 물론 어느 정도 숙련된 골퍼들도 몰려들기 시작했다. 하지만 호사다마라 했던가, 문제가 생겨나기 시작했다. 연습장에서 같이 일하는 동료들과 갈등이 자주 분출됐다. 연습생들이 백경에게만 몰리니 그럴 수밖에. 문제는 거기서 그친 것이 아니라 연습생들이 다른 레슨 프로들에게 불만을 표시했다. 그것이 결정적인 이유로 나타났다. 백경의 레슨은 이렇게 하라고 하는데 다른 레슨 프로는 저렇게 하라고 한다. 습득 기간에 있어서도 차이가 너무 난다. 어쩜 연습장 동료들과의 갈등은 예견된 것이었다.

백경은 이런 문제에 대해서 깊이 고민했다. 경제적인 타개책으로 선택한 레슨은 애초 그가 디딜 장소는 아니었고 목적에 속할 수도 없다. 좀 더 높은 곳을 향해 올라가야 했다. 거의 투쟁에 가까운 노력에 다시 빠져들었다. 하지만 마음만 그럴 뿐 비거리가 예전 같지 않았다. 다만 위안인 것은 아직 백경 나이의 골퍼에 비교하면 그들보다 비거리가 월등하다는 것이다. 투어 프로에 나가도 된다고 생각할 정도로, 다만 50대에 들어선 나이에서 오는 한계가 나타나기 시작한다. 젊은 골퍼들보다 비거리가 조금 부족해도 남이 따라올 수 없는 테크닉이 있다는 자부심 또한 살아 있어 투지가 살아났다.

그런 시기에 백경에게 기대할 수 있는 소식이 날아들었다. 한국에서 50대 이상의 프로 골퍼들의 시니어 대회가 열린다는 것이었다. 백경은 미국 땅에서 이루지 못한 것을 늦게나마 고국에서 펼쳐볼 수도 있겠구나 생각하며 흥분을 감추지 못했다. 어둠의 장막을 뚫고 한 줄기 빛이 비쳐지는 듯한 그런 기분에서 한동안 배회하며 투어 프로 테스트에 전념했다.

## 또다시 대수술

운명의 신은 그의 이런 희망을 허용하지 않았다. 투어 준비를 지나치게 열심히 해서 병이 생겼다. 어느 날부터 참을 수 없을 정도의 통증이 허리를 타고 내려왔다. 정말 어떻게 할 수가 없었다. 운신이 정지되어 어떻게 해볼 도리가 없었다. 이후 골프 연습을 포기하고 방구석에 드러누웠다. 누워서 백경은 많은 생각에 잠겼다. 아무리 열심히 골프 연습을 하면 뭐 하는가. 스윙이 이미 경지에 올랐다 해도 무리가 되어 몸을 움직이지 못할 정도라면 그 스윙을 어디에 쓰겠는가. 몸이 수용할 정도의 스윙이어야 한다는 결론에 도달했다. 그렇다면 몸에 병을 일으킨 원인이 어디에 있는가를 알아야 했다. 하지만 알 수 없었다. 백경으로선 도저히 이해할 수 없는 일이었다.

영문도 모르는 채 그렇게 며칠을 보냈다. 충분한 휴식을 취하면 통증이 가라앉고 다시 스윙을 할 수 있으리라는 기대로 아픈 시간을 견뎠다. 그러나 시간이 지나도 몸의 통증은 가라앉지 않았다. 이전의 다리 부상 생각이 났다. 또 다시 엄청난 수술을 받게 되는 일이 생기는 것은 아닌가 불안했다.

백경은 결국 침대에서 일어나지 못하고 병원 구급차에 실려 병원으로 후송됐다. 진단 결과 급성 요척추 협착증으로 수술하지 않으면 안 된다는 진단이 내려졌다. 다리 수술에 이어 이번에는 요척추 협착증 수술이라니, 몸속에 철심을 박는다고 했다. 의사의 말대로라면 다리 부상 이후 한쪽 다리에 무게중심이 쏠리면서 척추에 무리가 가 생긴 병이라고 했다.

수술이 끝나고 목발에 의지한 채 재활 훈련을 하고 몇 주가 지난 뒤에는 어느 정도 걸을 수가 있었다. 의사의 말대로면 몇 달 후면 다시 정상인으로서 생활도 골프도 가능하다고 했다. 몸의 회복은 생각보다 훨씬 빨랐다. 정신력 때문일까 아니면, 골프에 대한 집념 때문일까. 수술한 지 한 달이 지날 즈음 백경은 다시 골프채를 잡았다. 동료 골퍼들이 아연실색했다. 자칫 하다간 뼈 속에 들어간 철심이 뒤틀려 다시 수술을 하거나 영원히 보정이 어렵게 된다며 극구 만류했다.

그러나 백경은 무리하지 않는 선에서 스윙을 했다. 그것은 객기가 아니라 수술 후에 자신의 스윙이 어떻게 변했는지를 시험해보고 싶은 일종의 실험정신이었다. 백경은 예전에도 목발을 짚고 골프 스윙을 한 경험이 있었기 때문에 두렵지 않은 접근이었다. 수술한 몸을 생각해 또한 하체 힘이 부족한 것을 감안해서 파워 그립에 스윙을 최대한 적게 하고 약하게 쳤다. 깊은 안도의 숨을 내쉬었다. 비록 비거리는 적게 나갔지만 공이 똑바로 나가는 것을 확인했다.

그런 몸 상태에서 스윙이 가능한가도 궁금했지만 앞으로 골프를 계속 할 수 있는지 그 가능성을 확인하는 일에 더 조바심이 났다. 그동안의 여러 체형의 스윙을 연마하고 알고 있었기에 시험이 가능했다. 이미 백경은 여러 체형의 골프로 경험하고 치는 방법을 알고 있다. 지금의 허리 상태에서 공을 칠 수 있다면 차후에 몸이 더 좋아진 상태라면 못 칠 이유가 하나도 없다.

   시간은 잔인하지만 확실했다. 몸 상태가 예전으로 많이 회복되어가고 있었다. 스윙을 하는 데 전혀 무리가 없다고 여겨질 정도였다. 몸이 회복됨에 따라 백경의 정신도 마음도 그에 따라 많이 진정되었다. 하지만 허리 요척추 수술 이후부터는 당뇨병이 심하게 찾아온 것이다. 의사 권유대로 당뇨약을 먹어야 했다.

## 파랑새 날아들다

   계절은 완연한 봄이라고 느낄 새도 없이 후덥지근한 여름으로 접어드는 주말의 저녁이었다. 거리에 오가는 사람이 많았다. 그곳을 백경은 소요하듯 걸었다. 군중 속의 고독을 즐기는 사람처럼 목적 없이 거리를 걷고 있었다. 그때 30대 중반 정도 되었음직한 여자가 다가왔다.

   "커피 한잔 하실래요?"

   전혀 예측하지 못한 상황에서의 낯선 여성의 출현, 백경은 거리의 여자일 거라는 선입견을 갖고 경계했다.

   "걱정하지 마세요. 저는 창녀가 아니에요."

당돌한 말에 백경은 그녀의 얼굴을 정면으로 바라봤다.

미인이었다. 그녀는 멀리서도 운동으로 단련된 백경을 한눈에 알아보았다고 했다. 두 사람의 대화는 자연스레 이어졌다. 두 사람의 공통점은 타국에서 꿈을 이루고자 했으나 중도하차한 인생이었다. 그녀가 발레리나라는 것과 발레리나로서의 꿈을 실현하기 위해 10여 년 전, 캐나다로 이민을 갔다가 돌아왔다는 것도 알게 됐다. 안타깝지만 그녀는 꿈을 포기했다고 했다.

이후 백경과 그녀는 자주 만났다. 만나서 데이트를 하면서 어떤 운명의 공통부분을 발견했고, 더 발전하면서 서로는 옷을 벗었다. 백경은 자주 그녀의 집을 오갔고, 급기야 함께 살면서 공동생활을 했다.

발레리나로서의 길, 골퍼로서의 길. 인생의 목표였던 각자의 길을 빛내지 못한 두 사람. 그들은 그동안 아웃사이더로서 살면서 몸에 달라붙은 먼지를 씻어내지 못한 정신적 갈망을 서로 탐닉하는 것으로서 보상받으려 했다. 일정 기간 동안 두 사람은 욕정에 빠져 살았다. 백경의 허리 상태가 다소 장애가 되었지만 원초적 욕망은 꺼지지 않았다. 발레리나는 발레리나대로 백경은 백경대로. 한동안 자신들의 꿈을 잊었다.

그렇게 얼마간의 시간을 보냈다. 그러던 어느 날 백경은 깊은 잠에서 깨어나듯 욕망에서 벗어났다. 타법을 완성시켜야 한다는 정신적 욕망이 육체적 욕망을 밀어낸 것이다. 그녀와 함께 있는 동안 골프 스윙이 엉망이었다. 그동안 쌓아온 스윙이 마치 공염불처럼 사라져가는 것을 느꼈다.

처음에는 섹스 행위가 골프에 끼치는 영향으로만 생각을 했다. 하지만 그와 같은 생각은 그녀와 함께하는 시간이 길어지면 길어질수록 달라졌다. 야릇한 나른함 속에서 골프 스윙 적응이 이전과 같지 않았다. 섹스로 인해 하체의 힘이 어느 정도 추락할 거라는 예상은 했지만 힘이 떨어지는 정도가 아니라 하체가 무너져내리는 듯한 느낌이었다. 자고 나면 팔 근육과 가슴 근육이 푹 줄어드는, 근력 저하증 증세를 느꼈다. 허리 수술 이후에 나올 수 있는 여러 상황을 감안해서 그럴 수도 있겠다고 생각도 해보았다. 하지만 날이 가면 갈수록 그 강도가 심해졌다.

백경은 어느 날 저녁, 그녀에게 뜻밖의 이야기를 들었다. 자신이 명의를 잘 안다고 했다. 뜬금없는 그녀의 말이 처음에는 뭔가 했다. 그런데 그러한 말을 자주 입에 올렸다. 술이라도 한잔 하는 날이면 더욱 구체적으로 말을 했다. 백경은 그녀의 말을 들으며 한 얼굴을 떠올렸다. 언젠가부터 백경을 줄곧 따라다니는 검은 그림자, 그놈일 수도 있다는 생각이 들었다. 어이없게도 잊고 있었던 그 기억이 되살아났다.

사실 백경은 놈을 피했다. 정말이지 다시는 보고 싶지 않은 인물이고 백경 자신이 상대할 인물이 아니라고 생각했기 때문이다. 그런데 한국까지 따라오다니, 정말 당혹스러웠다.

그때 그녀는 발레 학원에서 강사로 일하고 있었다. 하지만 언젠가는 발레 학교를 지을 것이라고 입버릇처럼 말했다. 학교를 지으면 발레리나를 꿈꾸는 한국 아이들이 러시아나 유럽으로 유학 갈 필요가 없어 전망이 밝다고도 했다. 그 기대를 충족시켜줄 사람이 의료계에서 이름난 명의이고 자신에게 학교를 지어줄 스폰서라고 했다. 백경은 그놈에 대해 구체적으로 물었으나 그녀는 알려줄 수 없다고만 말했다. 그리곤 더 이상 묻지 말라며 말을 잘랐다.

그녀는 처음 만났을 때와 많이 달라져 있었다. 백경에게 골프 연구를 그만두라 했다. 자신이 발레 학교를 세우면, 자신이 백경의 미래를 모두 책임질 거라고도 했다. 백경은 자신이 미국에서 국제 미아가 됐던 일이 떠올랐고, 심지어 그녀가 그놈과 연관이 있을 거라는 생각을 뿌리칠 수 없었다. 물론 어처구니없는 일이지만 이상하게도 그 생각은 더욱 꼬리에 꼬리를 물고 다녔다.

몸이 점점 회복되면서 식욕도 나아지고 섹스에 대한 욕망이 다시 살아났다. 이상한 건 그녀가 백경과의 관계를 피하기 시작했다. 그녀는 하루가 멀다 하고 백경에게 골프를 그만두라 했다. 그리고 백경의 생활 전반을 간섭했다. 심지어 아버지가 남긴 재산으로 얼마든지 잘살 수 있는데 왜 자신의 몫을 챙기지 못하냐며 드세게 백경을 몰아붙였다.

백경은 애초 그런 도움이 필요치 않은 사람이라는 걸 그녀는 너무도 몰랐다. 백경은 가난이 뭔지 모르고 성장해왔듯 지금 현실이 경제적으로 바닥이어도 그런 게 문제가 아니었다. 단지 자기가 하고자 하는 것을 하는 것, 남의 구속을 받지 않고 사는 자유함만 있으면 만족했다. 삶의 목적이 부를 축적하는 게 아니라는 점, 그놈처럼 자기의 이익을 위해 남의 인생을 망쳐놓는 그런 건 더욱 더 아니라는 생각을 갖고 있었다.

그녀는 수시로 백경에게 골프를 그만두라 했고, 백경은 놈과 관련됐을 거란 의심이 커지면서 이제 그녀와 결별할 때가 왔다고 판단했다. 백경은 놈의 현 상황을 알고 싶었지만 알 수 없는 일이었다. 어쩌면 그녀와 그놈과는 아무런 관계가 없는 사이일 수도 있었다. 그녀는 섹스로 인해 몸 라인이 망가진다고 했고, 백경은 골프를 그만둘 순 없는 일이었다. 사실 백경에게 골프는 그 어느 것과도 바꿀 수 없는, 비교 대상이 아니었다.

"걱정하지 마세요. 저는 창녀가 아니에요."

처음 만났을 때 그녀가 했던 말처럼 그녀는 창녀가 아니고, 섹스에 굶주려 그 유희를 즐기기 위해 옷을 벗은 것도 아니었다. 적어도 그 순간만은 진실했다고 믿고 싶었다. 백경은 골프와 사랑을 함께 할 수 없다는 것에 큰 실망을 느꼈다.

잠시 '놈'과의 관계성을 의심했지만 결코 그럴 순 없는 일이라 고개를 흔들었다. 그간 놈이 한 짓이 우물에 돌을 던지는 일 정도였는지 모르지만, 백경은 놈이 던진 돌에 큰 상해를 입은 피해자였다. 그렇다고 대놓고 놈과 결투를 선언해봤자 소용없는 일이었고, 그럴수록 백경만이 더 상처를 입을 뿐이라는 걸 잘 알고 있었다. 결국 그녀와 헤어지면서 백경은 새로운 목표가 하나 추가됐다. 그간 피해왔던 놈과 한판 맞장을 뜨는 일이었다. 보이지 않는 그놈과 한판 대결해야 할 것 같았다. 놈이 왜 백경에게 몹쓸 짓을 했는지, 놈을 만나 한판 결투를 벌여야 한다는 생각이 들었다.

## 그녀와의 이별 그리고

백경은 언젠가 그녀를 다시 만날 것을 다짐하면서 그쯤에서 그녀와 작별했다.

다시 연습장 레슨을 시작했다. 이전에 일했던 연습장이었다. 쉬고 있는 사이 변화가 있다면 스크린 골프를 도입한 점만 달라졌을 뿐 달라진 건 아무것도 없었다. 레슨하면서 투어 프로도 다시 도전할 심산이었다. 다리는 절었지만 그 걸음걸이에는 그 누구도 따라오지 못할 고집과 신념이 배어 있었다.

어느 날이었다. 백경에게 연습장 안에 있는 스크린에서 한 게임 하자는 제의가 들어왔다. 백경은 한 번도 스크린 골프를 해본 적이 없었다. 그때만 해도 미국에 스크린 골프가 많이 보급되지 않았던 때여서 접할 기회가 없었다. 백경은 연습장 골프나 스크린 골프나 별 차이가 없을 거라고 생각하고 게임 제의를 흔쾌히 받아들였다.

그렇게 해서 백경은 처음으로 스크린 골프를 접하게 됐다. 눈앞에 전개되는 스크린 골프, 실내에서 드라이버 샷을 휘둘렀다. 공이 '팍' 하고 둔탁하게 맞아나갔다. 그날 그렇게 맞아나가는 드라이버 샷 비거리는 페어웨이를 벗어나지는 않았지만 비거리는 아마추어 수준에도 이르지 못했다. 아이언 샷도 마찬가지였다. 몇 홀을 치면서 느낀 것은 아이언 샷은 자신의 비거리 샷보다도 2~3클럽 더 잡고 온 그린을 노려야만 기대했던 비거리가 나온다는 것이었다.

숏게임은 더 가관이다. 아직 채 완성이 안 된 파워 그립 어프로치 샷 사용이 자신감도 결여되었지만 감각이 전혀 없다. 퍼팅은 필드에서 비거리와 경사도를 눈으로 측정하는 것과 달리 스크린 골프에서는 컴퓨터가 보여주는 숫자를 보고 쳐야 한다. 몇 홀 적응하면 감이 오겠지 하던 홀이 9홀이 넘어가도 도대체 감이 안 잡혔다. 처음 접하는 스크린 골프에 적응하려고 온갖 힘을 써보았지만 등줄기에 땀만 흐르고 좀체 감이 잡히지 않았다.

백경은 몰랐다. 동료들은 시작부터 백경을 밀어내자는 작전이었다. 그럼에도 동료들과의 스크린 골프 게임은 계속됐다. 백경의 입장에서는 레슨 선생으로 체면을 다시 찾으려는 의도였다. 동료들과 몇 게임을 더 해보았으나 여전히 헤매었다. 적응이 쉽지 않았다. 어느 게임에서는 게임을 포기하고 여러 체형의 스윙을 시도해보았으나 몸에 무리만 가고 부상이 찾아왔다.

백경이 적응한 스크린 골프 스윙은 어느 정도가 아니라 상상을 초월한 스윙이었다. 과연 이 같은 스윙을 해줄 수 있는 골퍼가 세상에 있을까 생각했다. 이렇게 스크린 골프에서 헤매고 적응하고 있는 동안 동료들은 백경을 궁지로 몰아넣었다. 백경이 동료들과 게임을 하고 있을 때면 언제 들어왔는지 연습생들이 백경의 스윙을 견학하듯 보고 있었다. 백경의 골프를 선망하던 사람들에게 그토록 형편없는 장면을 보여 망신을 준 것이다.

동료들과의 갈등은 스크린 골프의 대결로 비화되었고 결국 백경은 연습장을 그만두었다. 그리고 많은 시간, 생각에 빠졌다. 그토록 좋아하고 안 하면 죽을 것 같은 골프를, 아니 골프채를 손에서 내려놓아야 했다.

실의에 빠져 있는 백경에게 누군가 다가왔다. 그렇게 있다가는 병에 걸릴 수 있으니 밖으로 나가 걷기라도 하라고 했다. 골프 외에는 할 줄 아는 게 없는 백경은 그 누구의 말도 귀에 들어오지 않았다. 자괴감에 휩싸여 혼자만의 생각에 빠져 있었다.

미국에서는 고립이 될 수 있었지만 한국에서의 사정은 달랐다. 백경이 거주하는 원룸이나 사무실 장소도 그랬다. 그들 몇몇은 저녁이면 모여 식사를 같이 하거나 술을 마셨다. 술을 마시지 않는 백경은 그들과 어울릴 생각이 없었다. 그들은 식사하기 위해 오가는 백경을 불러 근황을 묻곤 했다. 그들 중 누군가가 자기가 하는 일을 함께 해보자고 했다. 백경은 그냥 시큰둥하게 듣고 집으로 들어가려 했다. 그가 큰 소리로 말했다. 여기서 그러다 죽어나가는 사람을 몇 명이나 봤는 줄 아냐고. 백경에게 뭐든 해야지 그렇지 않으면 죽음이라며 백경을 밖으로 내몰았다.

그래서 하게 된 일이 대리기사 일이었다.

## 대리기사

취중 손님을 상대하는 대리기사 생활이 편할 리 없었다. 하지만 백경은 아랑곳하지 않았다. 백경에겐 골프채를 놓고 있다는 것과 다시 골프채를 잡아야 한다는 염원만이 있을 뿐이다. 취중 의뢰인들의 언행은 무심하게 넘겼다. 그동안 온갖 고초를 다 겪으며 머나먼 타국 땅에서 죽을 뻔한 고비를 여러 번 넘긴 그였다.

대리기사는 술 취한 자동차 운전자를 대신하여 그가 목적하는 장소까지 운전해주고 장소에 따라 일정 금액을 받는 일이다. 백경은 미래의 목표를 생각하면서 낙심하지 않았다. 그것을 이루기 위한 과정이라 여겼다.

때로는 새벽이 열리는 여명 때까지 이어지는 고된 일이기도 했다. 그럼에도 거를 수 없는 아침의 골프, 게슴츠레 내려앉는 눈꺼풀을 억지로 들어 올리며 연습장에서 공을 날렸다. 스크린 골프장에서 게임을 끝내고는 깊은 잠에 빠진다. 오후 늦게가 돼서야 겨우 눈을 뜬다. 그리곤 햄버거로 빈 뱃속을 채

운다. 아무리 해도 백경의 하루를 되짚어보면 섭생도 없고 건강해질 요소는 그 어디에도 보이지 않는다. 그런 나쁜 조건을 갖고 있으면서도 백경은 자신만의 타법 완성을 위해 달려간다. 물론 자신감이 있었기 때문에 가능한 일이었다.

처음 내몰리다시피 시작한 일이지만 점차 일을 하면서 그간의 생각이 정리되었다.

바람이 불고 비가 내리는 날이면 몸이 흔들리고 다리가 비틀거렸다. 백경은 잠시 눈을 감는다. 그의 모습은 잠시 뒤 어둠속 저편으로 사라졌다. 조금 전 밤거리, 가로등 아래 서 있었던 백경이 온데간데없다. 그러나 어디로 사라졌는지 묻는 사람도 더군다나 궁금해하는 사람도 없다. 통틀 무렵이면 어김없이 스크린 골프장으로 들어서는 모습과 걸음걸이만이 자신이 살아 있음을 증명할 뿐이다.

그날 밤도 백경은 대리기사 일을 하러 밤길로 나왔다. 차는 손님이 말한 내비게이션을 따라서 어느 시골길 논두렁을 지나 마을로 들어섰다. 취객이 말한 그 장소였다. 주위는 어두워 아무것도 보이지 않았다. 자동차 불빛으로 주변을 자세히 보니 마을 산 위는 온통 무덤이었다. 오는 도중 공동묘지 표지판을 본 것도 같았다. 술에 취한 손님을 깨웠다. 그가 고개를 들더니 백경을 보고 씩 웃었다.

백경은 온몸에 소름이 끼쳤다. 멘털이 붕괴되는 순간이었지만 이내 정신을 차렸다. 그리고 돈을 받고 어둡고 깜깜한 묘지 사이를 초연하게 걸었다. 하지만 뒤를 돌아볼 수는 없었다. 무섭기도 했고 혹 그가 정말 귀신은 아닐까 하는 생각이 꼬리에 꼬리를 물기 시작했다. 서둘러 뛰지 않을 수 없었다. 그 시간, 그곳엔 오가는 차도 없었다. 얼마나 뛰고 걸었을까? 인근 마을의 불빛을 찾아갔다. 그리고 그곳 PC방에서 꼬박 밤을 새워야 했다.

다음 날 병원을 찾았다. 의사가 눈이 좀 이상하니 안과에서 진단을 받으라 했다. 안과에서는 더 큰 병원에 가보라 했다. 다음 날 대학병원에서 눈 검사를 했다. 검사 결과 양쪽 눈 망막 곳곳에 구멍이 났다고 했다. 다행히도 망막 전체를 갈아야 하는 정도는 아니라고 했다. 자동차 타이어 전체를 가는 것이 아니라 땜빵을 메우는 정도라고 알아들었다. 수술 날짜를 받고 다시 수술실에 들어갔다. 레이저 불꽃이 온 세상을 시뻘건 세상으로 만들어버리더니 얼마 후 수술이 끝났다고 했다.

의사는 조금만 늦었어도 실명을 하여 앞을 못 볼 수도 있는 위험한 상황이었다며 정말 천만다행이라 했다. 만일 미국 땅에서 이러한 일을 맞이했다면 속수무책으로 앞을 못 보는 장애인으로 생을 마감할 수도 있었다. 정말 생각만 해도 아찔했다. 문득 그 사람, 한밤중 백경을 공동묘지로 이끈 그가 사람인지 귀신인지 모르지만 고맙고 고마웠다.

　한겨울로 접어들면서 차가운 거리를 누비며 대리운전을 한다는 것은 쉬운 일이 아니었다. 추위가 올 때는 한기가 뼛속 깊이 스며들었다. 부상이 깊었던 다리와 허리 등의 부위는 감각이 마비되어갈 정도였다. 그래서 참을 수 없을 정도로 추울 땐 며칠이고 일을 하지 않고 쉬었다. 쉴 때는 PC에 들어가 문서 작업을 하거나 음악을 들었다. 베토벤의 그 장중한 음악을 듣다보면 속이 후련해지고 마음에 평화가 깃드는 것 같았다. 백경은 실로 자신만의 세계에서 음악에 빠져드는 행복감을 느끼며 심연에 빠져들곤 했다.

　베토벤은 음악적 최고 절정기에 청각을 잃었다. 그 무렵 백경은 누가 옆에서 기침 소리만 내도 뇌가 진동할 정도로 크게 들렸다. 이 또한 새로운 병명의 추가가 아닐지 불안감을 떨칠 수가 없었다.

　그렇게 계절과 계절 사이를 지나오면서 몸의 움직임이 급격히 줄어들었다. 겨우내 몸을 움직이지 못한 것은 백경에게 이로운 일이 아니었다. 경직되어가는 몸, 그 포진의 변화는 심각하다고 느껴질 정도였다.

　겨울이 가고 다시 봄이 오면 한 번 필드에 나가 오랜만에 파워 그립 타법에서 탄생한 장쾌한 스윙을 해보고 싶었다. 과연 전성기 때에 날렸던 비거리의 몇 퍼센트가 살아 있을지 궁금했다. 그러자 몸을 만들기 위한 운동은 배가 되고 근육을 키우기 위한 노력에 웨이트 트레이닝은 평소의 갑절이 된다. 하지만 의욕은 좋으나 그러면 그럴수록 지침의 강도가 해일처럼 밀려온다. 운동을 마치고 나면 거의 녹초가 되어 생활에 어려움이 따랐다. 가장 현명한 일은 둘 중 하나를 줄이든가 아예 포기를 하는 것이다. 그러나 백경은 그 어느 것 하나 줄이거나 포기할 수 없는 현실 앞에서 나날이 지쳐갔다.

## 파워 그립 타법

파워 그립 타법의 스윙 방법은 미국에서 한국으로 돌아올 때는 50%가 완성이 되었고, 이후에 오랜 시간을 검증하는 시간을 가졌다. 오랜 세월 동안 골프에 몰두해 정상을 바라보고 달려왔다. 스윙 적응에 있어서는 잘 안 되는 샷을 확인하고 다시 또 확인을 하는 방식으로 접근한다. 그렇게 샷에 적응하다 보니 남들보다 적응력은 뒤떨어졌지만 반복해서 확인한 샷은 절대 잊어버리지 않았다.

백경은 고국에 온 이후, 드라이버 레인지에서 연습하고 있다. 그간 내려놓았던 스크린 골프로 재확인할 심산이다. 문제는 숏게임이다. 파워 그립 사용의 느린 스윙이 숏게임에 유리한 줄은 알고 있지만 그 사용 방법이 확실하지 않았고 항시 자신감이 없었다. 미국에서도 파워 그립 사용에 자신감이 부족해 정상 그립과 파워 그립을 동시에 적용하였다. 이는 파워 그립 숏게임이 완성이 안 되었다는 증거이다.

이제 숏게임만 완성이 되면 기대하는 점수가 나올 것이다. 백경의 몸 상태는 지금 상체가 강한 골퍼가 아니라 하체 밸런스가 좋은 체형이다. 파워 그립은 물론 정상 그립을 가지고도 스윙에 문제가 없다. 숏게임에 있어서도 파워 그립 사용이 아닌 정상 그립으로 샷을 잘 해낼 수가 있다. 하지만 파워 그립 사용을 고집한다.

숏게임에서 파워 그립 사용을 고집하는 것은 세 가지 이유 때문이다. 첫 번째는 세상에서 그 누구도 해보지 못한 자신만의 샷 방법을 완성시키고 싶다. 두 번째는 그립의 일치성이다. 지금의 드라이버 샷, 아이언 샷은 파워 그립을 사용하고 숏게임에 들어가 파워 그립에서 정상 그립을 사용하면 그립의 일치감이 떨어진다. 숏게임에서도 파워 그립을 사용하고 싶다. 세 번째는 숏게임에 있어서 가장 좋은 스윙은 스윙을 얼마나 느리게 가져가는가에 달려 있다. 파워 그립 자체가 느린 스윙이므로 파워 그립 사용으로 분명히 좋은 스윙을 만들 수 있다고 확신하고 있다.

그동안 사용한 방법은, 파워 그립 자체가 느린 스윙이므로 좀 더 빠른 스윙을 하는 데 비중을 두고 그 방법을 찾고 있었다. 왼손 그립을 아주 약하게 잡거나 샤프트를 짧게 잡고 숏게임을 한다. 파워 그립을 변형시켜 만들어진 퍼팅 파워 그립 사용도 그 효과에 확신을 하고 있었으나 아직은 불투명하다.

현재 스윙이 잘 안 되는 것은 몸의 변화에 적응하지 못한 까닭이다. 그동안 닦아온 백경의 테크닉으로는 역부족이었다. 골프는 이제 백경의 인생 그 자체이다. 골프의 정상에 서려면 지금의 상황을 반드시 극복해야 한다.

스윙 적응에는 기술과 경험 그리고 기억력이 총동원되어야 한다. 만일 스윙이 만들어지지 못할 경우는 또다시 창의력을 발휘해서 스윙을 만들 각오도 해야 한다. 냉정을 잃고 잘못된 판단을 하면 제아무리 좋은 기술과 경험도 무용지물이다. 정신적인 의지에 힘입어 근육이 살아나기 시작하면서 기능이 다시 발휘된다. 스윙의 본능이 뼛속까지 파고들어 의지에 불을 붙인다.

파워 그립 타법은, 정상 그립 사용에 하체가 약한 골퍼의 경우 파워 그립 사용으로 하체가 강한 프로 샷으로 만들어진다. 그렇게 사용한 파워 그립 사용이 언젠가부터 이전에 왼손 그립을 사용해줌으로써 샷이 더 잘 맞아나갔다. 원인을 분석해본 결과 왼손 그립을 좀 더 사용하면서 스윙 강도를 최대한 약하게 치는 샷이 좋은 결과가 나오는 것을 확인하였다. 아직 미완성 단계다.

숏게임이 완성되고 점수만 잘 나오면 된다. 이렇게 자신의 타법을 스크린 골프에 적용하기로 하고 게임에 속도를 내고 있었다. 여태껏 단 한 번도 볼 수가 없었던 스윙이었다. 혹시나 몸이 바뀌지 않았나 의심도 해보았다. 여러 차례 스윙을 바꿔보면서 6게임을 연속 쳐보았다. 하지만 언젠가 연습장 동료와 치던 상황의 게임이 다시 펼쳐졌다. 그동안은 파워 그립 타법에 있어서 숏게임이 문제였으나 이제 상황이 다르다. 스윙 전체가 바뀐다. 드라이버 샷과 아이언 샷의 변화가 또다시 발목을 잡는다.

Tip : 고집을 부리면 부리는 만큼 손해를 보는 것이 골프 스윙이다. 스윙 변화는 구질을 보고 판단한다. 몸의 변화에서 오는 경우가 대부분이다. 공이 잘 맞아나갈 시에는 평상시 자신의 샷 그대로 하면 되지만 잘 안 맞을 때에는 스윙 변화를 주어야 공이 똑바로 나간다.

상상력이 스윙의 결과를 만들어내기 시작했다. 백경은 알고 있다. 지금 정도의 수준이라면 정상 그립으로는 도저히 감당하기 힘든 스윙이다. 골프에서는 간혹 인간으로서 감당할 수 없는 샷이 있다. 백경은 지금 새로운 도전을 앞두고 두려움과 동시에 가능성에 흥분하고 있다. 정상 그립이라면 상상도 하지 못하는 스윙의 한계점을 파워 그립 타법이 가능케 한다.

가능한 한 그동안의 모든 스윙을 기억해내야 한다. AI와의 싸움은 하루도 빠지지 않고 계속된다. 백경은 그 누구도 도달하지 못했던 정상에 도달하려 한다. 무언가가 마음속에서 치솟아 오르는 것을 느낀다. 그것은 두려움이라기보다는 신념에 가까운 그 무엇이다.

스크린 골프장은 백경이 머무는 곳 인근에 있다. 무엇보다도 이용료가 일반 골프장보다 저렴하다.

상체 근력이 급속도로 떨어진다. 정상 그립으로는 어떠한 방법으로도 스윙이 불가능했고, 파워 그립에서만 스윙 적응이 가능했다. 스윙을 최대한 빨리 가져가는 의도에서 왼손 그립을 약하게 잡고 왼손 그립을 놓아준다. 대략 처음에는 이 정도의 스윙에 공이 맞아나갔다. 하지만 차후에는 강도가 더해지면서 지금의 스윙에서 몇 단계 더 빠른 스윙 방법이 필요했다. 이전에 왼손 그립을 사용하지 않던 스윙을 왼손 그립을 더 사용해줌으로써 샷이 더 잘 맞아나가는 것을 발견한다.

아무리 골프에 일가견을 가지고 있더라도 여태껏 자신이 체험을 하지 못한 스윙 방법을 새롭게 만들 수는 없다. 더구나 작은 크기의 스윙에서도 변화가 나타나는 숏게임에서 스윙의 문제를 찾아내기란 결코 쉽지 않다.

새로운 변화에 있어서는 남다른 인내심과 끈기가 있어야 했다. 백경은 이미 오랜 세월을 그 능력을 키워왔다. 더 이상 이제 몸의 부상이 있어서는 안 된다.

지금의 상체 힘이 없는 상태에서는 극단적인 스윙 변화가 필요했다. 스윙에는 도달할 수 있는 것과 도달할 수 없는 스윙이 있다. 스윙의 한계점에 도달하기 어려우면 근접하는 스윙으로라도 적응해야 한다.

Tip : 우드 클럽과 아이언 클럽의 차이점은, 우드 클럽은 두툼하게 만들어져 무게 중심이 뒤쪽에 있다. 우드 클럽의 효과는 아이언 클럽의 효과와 비교를 해서 빠르고 느린 스윙의 효과를 50%만 사용해도 스윙 교정이 가능하다.

계속 부딪치고 충돌하면 방법이 나올 것 같았다. 골프 역사를 새로 쓰려면 그 누구도 하지 못한 일을 해야 한다. 백경은 지금 그 일에 도전하고 있는 것이다.

몸이 무겁고 피로가 몰려 사우나에 들어가 잠을 청한다. 오가는 사람들의 발자국 소리와 불빛에 잠이 오지 않는다. 날로 예민해져 좀처럼 잠을 이루지 못한다.

그동안 경험을 해보지 못한 어프로치 샷의 테크닉과 퍼팅 방법을 생각해내야 한다.

언젠가부터 지금 몸의 변화에 따른 갈등을 긍정적으로 받아들이고 있다. 스윙의 문제점을 발견하면 그 문제를 해결해 스윙 능력을 한층 더 높이는 데 활용한다.

파워 그립은 왼손 그립을 어떻게 사용하는가에 따라서 스윙이 만들어진다. 일반 골퍼의 파워 그립 사용은 왼손 그립을 사용해야 샷이 만들어진다. 스윙을 아주 빨리 가져갈 때는 왼손 그립을 약하게 또는 아주 약하게 잡고 놓아주는 스윙으로 가져간다.

백경이 벌이는 내적 결여는 골퍼의 체형을 넘어선 싸움이다. 과연 가능할까. 지금 백경은 싸움을 아주 소중한 기회로 삼는다. 고국에 와서 자신의 골프를 완성시킨 것이 바로 스크린 골프이다.

# 2부 원 샷 원 킬의 완성

# 1
# 스크린
# 골프

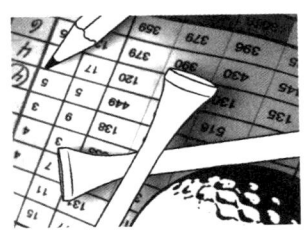

　어두운 밤, 도시의 빌딩과 빌딩 사이를 오가며 백경은 스크린 골프장을 주시한다. 골프장 필드를 그대로 가져다 놓은 시뮬레이션이다. 드라이버 샷, 스윙 본능이 근육 곳곳에서 살아 움직였다. 경쾌한 타구감, 페어웨이에 안착했다. 곧이어 치는 아이언 샷은 온 그린, 비거리가 마음에 들지는 않았지만 샷 정확도에 집중했다. 점수가 나와야 한다. 숏게임이 문제다. 아직 파워 그립 타법에서 숏게임의 완성이 안 된다. 그 방법도 문제였지만 스크린 골프의 숏게임은 눈으로 거리감을 파악하는 것이 아니라, 화면에 나오는 숫자 거리로 적응해야 했다. 20

년간을 필드에서 눈으로 짐작했던 비거리 측정이 미터로 계산되어 나오는 것이 조금 생소했다.

Tip : 스크린 골프는 골프를 실내에서 즐길 수 있도록 제작된 시스템이다. 가상 골프 코스가 스크린 화면에 비치면서 골프 클럽과 골프 볼을 이용해 라운드를 즐길 수 있는 시스템이다. 초창기 시뮬레이션 기술은 골프 클럽 제조사 등에서 자사 제품을 사용했을 때, 비거리 및 탄도를 분석하기 위한 연구용으로 개발했다고 한다.

스크린 골프와 필드 골프는 별 차이가 없다. 스크린 골프를 잘 하는 골퍼는 필드에서도 잘 친다. 필드에서 잘 치는 골퍼가 스크린 골프를 못 치는 경우는 스크린 골프 경험이 없기 때문이다. 백경이 그런 경우이다. 전문가 입장에서 본다면 스크린 골프와 필드 골프의 차이는 필드에서 하는 골프는 산과 들을 걸어 다니면서 하기 때문에 체력(하체 힘) 소모가 큰 반면에 스크린 골프는 실내에서 하체 힘을 덜 쓰고 상체 힘만을 가속화시키기 때문에 체력이 붙고 떨어짐에 따라 차이가 나는 것이다.

어떤 경우이든 공이 똑바로 나가는 것이 우선이다. 공을 똑바로 내보내 스코어가 잘 나오면 굿이다. 스크린 골프와 필드의 테크닉 차이는, 스크린 골프의 경우는 항시 일정한 트러블 샷이 형성이 된다. 필드의 경우에는 여러 형태로 나타난다. 깊고 얕은 러프 그리고 벙커 샷의 경우는 모래의 질도 차이가 나며 공이 얕게 또는 깊게 모래에 파묻히는 차이가 있다.

필드에서의 경험이 눈앞에 생생하게 펼쳐진다. 굽이굽이 꺾이는 코스부터 경사도의 높낮이 그리고 풀 한 포기까지 계산해 치는 러프의 난이도. 눈 감고도 샷의 감각이 전해진다. 백경이 골프를 땅 덩어리가 큰 먼 이국땅에서 접했던 건 축복이자 행운이다. 이제 그 경험에 대한 성과를 스크린 골프를 통해 고국에서 마무리 지어야 했다. 타국 경험에서 체득한 모든 것을 결과로 만들어 보여야 한다.

백경에게 스크린 골프에서의 새로운 도전이 시작되었다. 스크린 골프의 가장 좋은 점은 비용이 저렴하게 든다는 것이다. 당장 연습장 일자리도 그만둔 백경의 입장에서 필드행은 쉽지 않다. 그런 만큼 스크린 골프를 정복해야 하고 일가견을 이루어야 한다. 그렇게 해야 투어 프로도 다시 시도할 수가 있다.

백경은 스크린 골프장에서의 대결을 잊지 않고 있다. 나를 알고 상대를 알아야 한다는 건 싸움의 기본이다. 그러나 그때 그 당시만 해도 백경은 스크린 골프를 전혀 몰랐다. 모르는 상태에서 상대가 거는 대결에 응하는 실수는 빚었다. 완전 실수였다. 실수는 인정한다 하더라도 그 대결에서 진 이유조차 몰랐다. 백경은 스크린 골프의 대참사, 그 트라우마를 극복하기 위해 스크린 골프장으로 갔다. 가서 어느 날은 그렇게 아홉 번이나 게임을 한 적도 있었다.

들어가서 그가 누구든 대결하기로 했다. 어차피 시뮬레이션이다. 그가 서울에 있든 부산에 있든 그 어디에 있든 상대가 누군지는 중요치 않았다. 어차피 벌이는 대결이다. 엄밀히 따지고 보면 상대를 모르고 벌이는 싸움이다. 백경은 한시라도 더 빨리 스크린 골프장의 트라우마를 극복해야 했고 그 싸움을 끝내고 싶었다. 그런 생각으로 스크린 골프장으로 들어선다. 불을 켜고 시스템을 작동시킨다. 또 하나의 세계가 펼쳐진다. 그곳은 연습장이 될 수도 있고 퍼팅장이 될 수도 있다. 게임이 시작되면 골프 코스가 펼쳐진다. 그러면 스크린이라는 AI와의 대결이 시작된다.

Tip : 골프는 전 세계 200여 국이 즐기는 스포츠이다. 그 시장 규모가 90억 달러에 이르는 초대형 스포츠이다. 한국 시장이 미국, 일본 다음으로 큰 시장인 것으로 나타났다.

그동안의 경험과 아이디어가 파워 그립 타법에 맞아떨어진다면 분명 승산이 있다. 하루아침에 이루어진 것이 아니다. 그동안 다리, 허리 부상과 당뇨라는 병을 극복해가면서 골프를 해왔기에 백경은 해낼 수 있다고 굳게 자신을 믿는다. 그리고 생각한다. 그동안의 부상과 힘든 삶이 지금 이 순간을 위한 과정이었다고…….

스크린 골프를 치는 날이면 하루에 4시간 자던 잠이 7~8시간으로 늘어난다. 대결에서 오는 무리한 스윙을 온몸으로 받아들여야 한다.

스크린 대결에 어느 정도 자신감이 붙었다. 대결의 어느 함정에서도 이제는 그리 놀랄 필요가 없다. 백경은 자신의 스윙을 믿고 있었다. 하지만 믿는 만큼 샷 결과가 나오지 않는다. 경륜이 가져다주는 지혜가 분출한다. 이제부터는 부상을 통해서 자신의 스윙을 업그레이드하기보다는 자신의 몸을 보호하는 것이 급선무이다. 부상의 스윙은 정상 스윙에서보다도 그 체력 소모가 더 크고 게임을 운영하는 데 있어서 컨디션을 유지하기 어렵다.

프로 선수가 부상으로 게임을 지속할 경우는 게임 유지도 어려울뿐더러 부상이 더욱 심해질 경우에는 선수 생활이 어려워진다. 충분한 휴식과 함께 몸이 정상으로 돌아오길 기다리고 몸에 무리가 안 가는 스윙을 준비해야 한다.

　샷에 있어서 안전한 샷은 페이드 샷이 최고다. 비거리를 조금 주는 손해를 감수하고 페이드 볼로 승부를 한다. 일단 페이드 볼에 맛을 들이면 훅 볼로 승부하고 싶은 생각이 없어진다. 아이언 샷은 드라이버 샷 페이드 볼로 승부하는 것이 좋다. 아이언 샷은 최상의 샷에 자신이 있을 시에나 거리가 거의 맞아 떨어지는 곳에서 샷을 하고 안전한 온 그린 샷에 있어서는 페이드 볼이 좋다. 자신의 최상의 샷 비거리에서 한 클럽은 더 잡는 것은 기본이고 두 클럽을 더 잡아도 된다. 트러블 샷에서는 두세 클럽 더 잡고 페이드 샷으로 승부한다.

　샷 결과는 훅 볼이 나오는 상황이 아니라 슬라이스 볼이 나오는 상황에서는 한두 클럽 비거리가 적어지는 상황에서도 클럽이 열려 맞는 샷이 플레이 가능한 샷 결과가 나온다. 이와 함께 업 힐이나 러프에서의 샷은 클럽을 오픈시켜 스윙을 느리게 가져가는 샷이 결과가 좋다. 파워 그립 타법의 샷은 이 같은 느린 스윙이 정상 그립을 사용하는 것보다 쉽게 만들어진다. 한 클럽 더 잡고 페이드 샷으로 온 그린을 노린다. 백경은 지금 그 페이드 샷에 흠뻑 빠져 있다. 파워 그립에서 페이드 샷을 만드는 과정은 정상 그립에서 페이드 샷을 만드는 것과 비교해 스윙 만들기가 훨씬 쉽다.

백경은 그동안 파워 그립 타법을 창시하고 연습하면서 그 타법의 엄청난 효과를 증명하기 위해 오랜 시간 준비했다. 힘들게 긴 세월을 골프와 싸워왔다. 때론 이쯤에서 그만 쉬고 싶다는 생각이 들기도 했지만 멈출 수가 없었다. 파워 그립 타법이 존재한다는 것을 강하게 믿고 있으며 그것을 골퍼들에게 알리고 싶은 원망(願望) 때문이다.

인간의 평균 수명을 따지자면 대략 앞으로 남은 내 생존 기간이 얼마인지를 짐작할 수 있다. 그 수명을 다 채울 수 있을지 아니면 그보다 몇 년을 더 살지는 모르지만 생물학적 기간이 그리 많지 않다는 것은 분명한 사실이다. 시간이 없다는 한탄, 목표를 이루지 못하고 있다는 초조감, 그래도 작은 뭔가라도 세상에 남겨야만 한다는 생각이다. 오직 한길을 살아온 것에 대한 결실을 보고자 하는 것이다. 그런데 가만히 자신을 바라보고 있으면 한탄과 초조감, 후회스러움이 뭉텅이로 온몸을 휘감고 죽는 날까지 최선을 다해야 한다는 자조 섞인 목소리가 메아리로 퍼져나간다.

사실 골퍼가 되기 위한 조건을 따지자면 백경은 탈락이다. 다리 수술 후 다리를 절게 되었고 허리 수술로 철심을 박은 상태로 생존을 위한 현실 경영 또한 녹록치 않았다. 그래도 그런 핸디캡을 안고 오직 해내야 한다는 집념 하나로 어깨에 짊어진 절망의 무게를 이겨낼 수 있었던 것은 단 하나, 정신력이었다. 지금도 그 정신력은 살아 있다. 다만 시간이 흐르면서 세월의 무게를 느낄 뿐이다.

훌륭한 골퍼가 되기 위해선 근육을 튼튼히 해 건강한 몸을 유지해야 한다. 거기에 운동을 체계적으로 하며 몸 상태가 어떤지 체크를 해야 하고 컨디션 조절을 항상 염두에 두어야 한다. 그리고 자신의 체형에 알맞은 스윙을 연구한 뒤 그 요점에 집중해 힘차게 공을 날려야 한다.

상체의 힘을 이용한 타법을 연구하여 획기적인 스윙을 창조하려는 백경은 상체의 힘을 키우기 위한 노력을 게을리하지 않았다. 그래서 상체가 강한 예전의 골퍼로 되돌아와 백경은 흡족했다. 그의 이론대로 골퍼는 항시 자신의 체형에 알맞은 샷에 순응해야 한다. 당신의 샷이 나의 샷이 될 수가 없고 나의 샷이 당신의 샷이 될 수가 없다는 주장이다. 백경은 세월의 흐름에 따라 변한 자신의 체형에 맞는 샷을 받아들여야 했다. 스윙이 빨라지고 경쾌해졌다. 이전보다는 아직 비거리가 많이 나지는 않지만 220미터를 근접해가는 것을 보면 비거리가 좋아진 것이 확실하다. 롱게임만 변한 것이 아니라 숏게임 또한 변했다. 공을 놓치는 법이 없다.

백경이 남들처럼 골프 치기에 좋은 체력을 갖추었다면 파워 그립의 필요성을 느끼지 못했을 것이다. 파워 그립을 생각할 필요도 없이 남들과 같은 생각으로 남들과 같은 평범한 골퍼가 되었을 것이다. 하지만 좋은 체력이 담보되지 않은 상태에서 상체가 강한 골퍼로 살아남았다! 이는 획기적인 방안이었고 방법이었으며 결과였다.

그동안 닦아온 실력이면 스크린 게임 적응도 어렵지 않을 거라고 생각했다. 그래서 숏게임에만 집중하고 있다.

백경은 자기 자신을 믿으며 그렇게 많은 시간을 보냈다. 그동안 줄곧 체형을 넘나들면서 여러 체형의 스윙을 활용하는 연구도 게을리하지 않았다. 그간 풀지 못한 골프의 비밀을 파워 그립 타법에 의해서 풀 수 있다는 것이 일관된 백경의 주장이다. 파워 그립이라는 방법을 알고부터 그에게 파워 그립은 골프의 대명사이다. 몸은 예전 근력이 아니다. 그것은 당뇨병으로 인한 약 때문이다. 당뇨약이 골프에 끼치는 영향력을 백경은 알았고, 스크린 골프 싸움으로 파워 그립 타법을 시험대에 올려놓았던 것이다.

파워 그립 타법을 접하게 되면서 가장 혼란스러운 것이 정상 그립 사용의 구질과 다르게 나오는 반대 구질이다. 이 같은 반대 구질의 근본적인 원인을 풀어야 했다. 파워 그립 사용이 정상 그립 사용보다 스윙이 느려지면서 나오는 역회전 현상이다. 파워 그립 사용의 수준급 골퍼의 경우 스윙이 빠르면 훅 볼이 나오는 것이 아니라 슬라이스 볼이 나오고, 스윙이 느리면 훅 볼이 나온다. 하지만 초보 골퍼의 경우에는 반대 구질이 다시 정상 구질의 샷으로 나온다. 정상 그립 사용의 경우에도 초보자의 느린 스윙일 경우에는 스윙이 느려지면서 훅 볼이 나오고 스윙이 빨라지면서 슬라이스 볼이 나오는 현상과도 같다.

백경은 파워 그립을 알고부터 세상과 단절됐다. 주위에서는 그립을 그따위로 잡으려면 골프를 그만두라는 식이다. 하지만 백경은 파워 그립을 통해서 다시 골프의 새로운 세계에 접근하였다. 그것이 세상에 태어나서 자신이 해야 할 일인 것 같았다. 자기만의 골프 세계에서 탄생한 발견이었다. 그래서 파워 그립에 골프 인생을 걸었고, 지금은 대결을 앞두고 있다.

Tip : 골퍼는 골프 스윙에 그립이 차지하는 비중이 90%라는 사실을 알고 있다. 하지만 대부분의 골퍼가 그 중요성을 깨닫지 못하고 있다. 그리고 그 사용이 극히 제한적이다.

또 다시 스크린 게임이 시작됐다. 드라이버 샷은 OB가 나오고, 아이언 샷의 경우는 자신의 정상 샷 비거리에서 2~3클럽 덜 나가는 샷의 결과가 나온다. 드라이버 샷이 이 정도면 아이언 샷이 맞아나가야 한다. 골프 라운드 중 70%에 해당하는 샷이 아이언 샷이다. 사실 어떤 상황에서도 아이언 샷을 할 수 있다면 골프에서 두려울 것이 없다. 이상한 것은 게임을 할수록 점수는 기대치에서 멀어져가고 있다는 것이다.

백경은 스크린 골프 게임에 앞서 이전과 다르다는 것을 느꼈다. 몸에 조금씩 무리가 오기 시작했다. 등과 근육에 통증이 몰려왔다. 백경은 스크린 골프장에서 대결을 하면서 여러 스윙 방법들을 생각하고 있었다. 하지만 어쩐 일인지 한 게임이 끝나기도 전에 게임을 포기하고 싶은 생각이 들었다. 그동안 백경은 아무리 게임이 어려워도 한 번도 게임을 포기한 적이 없었다.

웃음이 나왔다. 체념해야 하는 단계를 넘어 허탈한 기분이다. 게임을 달리해야 한다고 생각했다. 게임 적응에 있어서는 어느 코스마다 조금씩은 약점이 있다. 훅 코스에서는 스윙을 극단적으로 느리게 만들고 슬라이스 코스에서는 극단적으로 스윙을 빠르게 가져갔다. 대다수 샷은 스윙을 빨리 가져가는 샷으로 페이드 볼이나 슬라이스 볼로 승부를 했다. 이 같은 샷은 최상의 샷은 만들 수는 없지만 코스에 적응하는 샷은 게임을 가능하게 그리고 몸에 무리가 덜 가는 샷이 될 수 있다.

그간의 경로를 보더라도 지금의 몸에 무리를 해서 칠 것이 아니라 코스를 보고 코스에 적합한 샷 대결로 가져가는 수밖에 없다.

이 같은 빠른 스윙은 드라이버 티 샷인 경우는 OB(골프공이 경기장의 규정된 지역을 벗어난 경우를 말한다. 경계선은 하얀 말뚝과 선 등으로 표시하는데 원칙적으로 OB가 발생하면 1벌타를 받고 이전 위치에서 다시 쳐야 한다. 즉, 다시 치는 것은 3번째 샷이 된다.)가 안 나오는 플레이가 가능한 볼 정도가 된다. 아이언 샷인 경우는 온 그린 근처에 떨어지는 샷이 된다.

Tip : 아마추어 골퍼들은 항시 자신의 최상의 샷을 선택을 하고 온 그린을 노린다. 하지만 수준급 골퍼의 경우는 자신이 없는 샷에서는 한 클럽 더 잡고 비거리를 덜 보고 때린다.

슬라이스 볼이나 페이드 볼은 플레이가 어려운 훅 볼과 비교해서 항시 페이드 샷이 안전하다. 비록 완벽한 게임을 할 수는 없지만 게임이 가능한 샷이 된다.

작전을 달리하고부터 게임이 쉬워지기 시작했다. 드라이버 티샷은 한 번도 OB가 난 적이 없다. 대신 비거리가 짧아진다. 빠른 스윙을 이용한 안전한 파워 그립 타법이다. 또 다시 파워 그립 타법에서 만들어지는 빠른 스윙의 효능이 그 위용을 과시하고 있다.

Tip : 골프 게임은 18홀이다. 첫 홀부터 첫 라운드부터 자신의 최상의 샷을 기대하고 치다가는 미스 샷이 나올 염려가 있다. 초반 홀에서는 탐색전이 필요하다. 그리고 때로는 불가항력으로 타협을 해가며 쳐야 하는 라운드가 있다.

백경은 스크린 골프장 대결에서 처음으로 타협하는 스윙을 선택했다. 안전한 샷으로 적응하고 싶었다. 대결은 예상을 할 수가 없다. 고작 두 게임을 했는데 온몸에 피로가 몰려왔다. 근육들이 욱신거리고 고통스러웠다. 샷을 안전하게 하면서 플레이 가능한 게임으로 가져가고 있었으나 샷 적응에 몸의 무리는 피할 수가 없었다. 백경은 마지막까지 혼신의 힘을 다해 샷을 날렸다. 몸속 그 어느 곳에서든 기억하고 있는 샷의 본능은 한 치의 낭비도 없이 온몸의 근육을 총동원했다. 스크린 골프 대결은 끝이 난 것이 아니라 이제 서막을 알리고 있다.

좀 더 강해져야 했다. 롱게임은 이전보다 더 강해야 했고 숏게임은 좀 더 자신감 있고 치밀해야 했다. 과연 이 같은 싸움에서 이길 수가 있을까? 하는 염려와 두려움을 물리친 것이다. 그동안의 경험과 능력과 그리고 의지의 승리였다.

파워 그립의 장점은 우선 빠른 스윙 플레이가 가능하다는 점이다. 파워 그립은 정상 그립과 반대의 스윙 결과가 나온다. 스윙이 느리면 훅 볼이 나오고, 스윙이 빠르면 슬라이스 볼이 나온다. 파워 그립을 사용에 있어서는 빠른 스윙은 정상 그립 사용의 훅 볼과 같이 플레이가 어려운 것과 다르게 플레이가 가능하다. 물론 파워 그립 사용에서도 공을 똑바로 내보내는 샷이 더 좋다. 하지만 파워 그립 스윙은 상황적으로 스윙이 빠른 경우에도 플레이가 가능하다.

정상 그립과 파워 그립의 차이점이 있다면 정상 그립 사용은 하체가 강해야 유리하다. 하지만 파워 그립 사용은 하체가 약해도 상관이 없다. 아니 도리어 하체가 약하면 샷을 하기가 더 좋다. 파워 그립 사용은 이전 놈과의 싸움에서 아무리 스윙이 빨라져도 플레이가 가능했다. 하지만 일반적인 게임에서는 빠른 스윙으로 가져가야 했다. 하지만 그 빠른 스윙에도 한계점이 없는 것은 아니다. 골프 게임에 있어서는 항시 최상의 샷이 좋은 결과를 만들지는 않는다. 좋은 샷이 상황에 맞지 않은 샷으로 나쁜 결과가 나오는 경우가 있고, 어려운 샷이 상황에 맞는 샷의 선택으로 좋은 결과가 나오는 경우가 있다. 대다수 아마 골퍼들은 자신의 최상의 샷이 만들어지는 날이 거의 없다. 자신의 그날 샷이 최상의 샷이 아니라고 판단을 했을 때는 한 클럽 더 잡고 승부했을 때 온 그린 하는 확률이 높아진다.

트러블 샷에서의 업 힐이나 러프 샷에서도 마찬가지이다. 골퍼의 체형에 따라 다소 차이가 있을 수도 있지만 트러블 샷에서는 자신의 평지 비거리가 나올 수가 없다. 업 힐이나 러프 샷에서는 한두 클럽 더 잡고 치는 상황에 맞는 샷이 필요하다. 숏게임에서의 상황에 따른 샷 선택에 있어서도 자신의 능력이 안 되거나 컨디션이 안 좋은 상황에서는 각도가 적은 클럽을 사용하거나 스윙의 크기를 적게 가져가는 샷이 결과가 좋다.

다시 스크린 골프장에 들어서면서 백경의 도전은 거듭된다. 방안의 불을 켜면 펼쳐지는 또 하나의 세계, 그곳은 연습장이기도 하고 퍼팅장이기도 하다. 무한정 계속되는 도전은 백경을 골프의 경지에 오르게 하고 파워 그립 타법의 이론을 정립하는 계기가 된다. 언젠가부터 퍼팅 구질이 눈에 보이기 시작한다. 퍼팅에는 자신의 구질이 있다. 홀 컵을 직접 보고 칠 수도 있지만 의도적으로 자신만의 구질에서 크게 벗어나지 않고 친다.

Tip : 퍼팅의 스윙 크기가 너무 커도 문제고 너무 작아도 문제다. 골퍼는 어느 퍼팅 그린 속도에서나 비거리를 짧거나 길게 나눠 칠 수 있는 능력을 갖추어야 한다. 공의 방향성도 똑바로 나가는 공이 바람직하나 그렇지 못한 불가피한 상황이라면 나오는 구질에 맞춰 쳐야 한다.

어느 날부터 게임 점수가 잘 나오기 시작했다. 비결은 숏게임 퍼팅이었다. 항시 빠른 그린에서 치다가 보통 그린에서 퍼팅을 하니까 숏게임 퍼팅이 쉬워진다. 그동안 자신의 퍼팅 문제가 무엇인지를 다시금 생각하게 된다. 숏게임에서 짧은 퍼팅이 부족했다.

빠른 그린에서 치다가 보통 그린에서의 쇼트 퍼팅을 가져가니 치기가 쉽다. 그동안 쇼트 퍼팅에서 비거리를 짧게 가져가는 테크닉이 문제였던 것이다. 퍼팅은 자신의 최정상 스윙에서 스윙이 빨라도 비거리가 더 나오지만 느려도 비거리가 더 나온다. 스윙을 극단적으로 느리게 가져간다고 비거리를 줄일 수는 없다. 새로운 방법을 찾아내야 한다. 그동안 빠른 그린에서 비거리를 짧게 가져가는 테크닉을 사용하지 않은 것은 아니지만 비거리를 짧게 가져가는 테크닉이 부족했던 것을 발견한다. 쇼트 퍼팅에서 비거리를 짧게 가져가는 방법으로는 공 위를 때리는 방법에서 클럽 바깥쪽을 사용하는 방법 그리고 클럽을 오픈시키는 방법을 택한다. 클럽을 오픈시키는 방법은 스윙을 느리게 비거리를 짧게 가져가는 방법으로 틀리지는 않지만 그 방법은 좋지 않다. 벙커 샷과 같이 클럽을 의도적으로 오픈시키는 방법은 틀리지는 않았으나 실수가 많다. 더구나 경사도가 오른쪽이나 왼쪽으로 겨냥하여야 하는 곳에서는 클럽을 오픈하고 치기가 여간 어렵지 않다. 비거리에 따라 조금 혹은 많이 오픈시켜야 하는데 육안으로 정확하게 클럽을 오픈하기가 쉽지 않다.

퍼팅의 테크닉은 골퍼의 능력과 퍼터의 선택에 따라서도 달라진다. 비거리가 적게 나가는 골퍼라면 퍼팅의 테크닉 또한 고도의 테크닉 없이 쉽게 해결된다. 이와 함께 스윙을 느리게 가져갈 수 있는 퍼터의 선택이라면 테크닉이 필요하지 않을 수도 있다. 하지만 대다수 골퍼들의 경우 퍼팅의 비거리를 짧게 가져갈 수 있는 퍼팅의 테크닉이 필요하다. 비거리를 줄이기 위해서 다른 방법을 생각한다. 클럽 바깥쪽을 더 극단적으로 사용하는 시도도 해보아야 한다.

골프가 대중화되면서 많은 사람들은 골프의 비밀을 알고

싶어한다. 그러나 그 비밀은 프로 골퍼도 알지 못한다. 부단한 연습과 체형에 따른 자신만의 고유한 스윙을 익혔더라도 매번 정리되지 않는 골프의 비밀. 그러나 백경은 이 같은 골프의 문제점을 풀기 위해 그 비밀을 캐기 위해서 지독한 훈련과 부상을 되풀이하면서 노력해왔다. 드디어 그곳에 백경만의 팻말을 박아놓았다. 이제 대결만 남았고 승리할 자신이 있었다.

근래에는 스윙 폼에 신경을 쓰고 있다. 자세 중 엉덩이를 내미는 동작이나 왼팔을 쭉 펴는 멋진 프로 스윙 폼. 언제부터인가 스윙 폼이 좋아진 것을 느낀다. 이전에 생각하던 스윙 집중과는 조금 달랐다.

처음 골프에 입문했을 때는 스윙 동작 하나하나에 문제점을 파악해 그것을 교정하기 위한 연습을 했다. 스윙 동작 하나를 제대로 익히기까지 6개월이 걸렸다. 그렇게 10년 20년을 골프의 메커니즘을 따라 연습에 연습을 되풀이하면서 뼈를 깎는 고통을 극기로 참아내면서 골프의 경지에 오를 꿈을 꾸었다. 그러나 백경의 시야가 달라졌다. 그것은 골프에 대한 위대한 발견이자 경지에 다다를 회전문이었다.

바로 파워 그립 타법이었다. 그것을 알고부터는 왼손 그립 하나만 신경을 쓴다. 골프 스윙은 단순할수록 좋다. 왼손 그립만큼 중요한 것이 없다. 놈과의 승부에서 이길 비장의 무기가 그것임을 알고는 백경은 짜릿한 전율을 느낀다.

퍼팅이 대략 만들어지는 것 같다. 그러나 아직 퍼팅에 있어서 부족한 것이 있다. 짧게 치는 쇼트 퍼팅에 있어서 불안감이 채 가시지 않는다. 쇼트 퍼팅은 반드시 들어가야 할 퍼팅이다. 퍼팅은 그날 그린 속도는 물론이거니와 퍼터 선택이나 컨디션에 따라 비거리가 달라진다. 자신의 능력을 믿고 그날그날에 맞는 비거리에 따라야 한다. 오늘의 롱 퍼팅 시행착오는 퍼팅 방법을 다시 생각해내야 했다.

퍼팅의 그립 선택에 따라 비거리 차이가 많이 난다. 일반적으로 사용하는 퍼팅 그립 사용은 왼손 인지가 오른손 세 손가락을 감싸면서 오른 손목 힘을 억제하고 스윙을 느리게 가져간다. 만일 일반 롱게임과 같이 베이스 볼 그립에 퍼팅을 한다면 스윙이 빨라져 비거리가 많이 나간다. 하지만 그 비거리 차이가 아직 불명확하다. 백경이 롱 퍼팅에서 빠른 스윙의 그립을 선택한 것은 이전에 상체가 강할 때에도 롱 퍼팅 비거리를 만드는 데 있어서 빠른 스윙이 항시 좋은 결과를 냈기 때문이다. 빠른 그립의 사용에서도 문제가 발생하지 않는다고 판단을 한 것이다.

퍼팅은 항시 변한다. 그날 그린 속도뿐만 아니라 퍼터 선택 그리고 골퍼의 컨디션에 따라 비거리가 달라진다. 골퍼의 그날 컨디션과 퍼터 선택은 자신이 알고 느낄 수가 있지만 그린 속도를 좌우하는 잔디는 많이 깎고 안 깎고를 실제 눈으로는 정확히 파악할 수가 없다.

Tip : 대부분의 골퍼들의 퍼팅 미스 샷은 이전의 퍼팅을 그대로 가져가는 경향이 많기 때문이다. 퍼팅의 비거리는 그날그날 다르다. 항시 그날의 비거리에 빨리 적응해야만 좋은 결과가 나온다. 하지만 대다수 골퍼가 이전의 기억된 퍼팅 비거리만을 고집한다. 그러함에도 퍼팅에 자신감이 떨어지면 공의 비거리가 들쑥날쑥한 것과 동시에 공의 방향성마저도 나오지 않는다.

다리 수술 이후로 얻은 당뇨병으로 몸의 근력이 줄어들었다. 스크린 골프 대결이 치열하면 할수록 몸이 나른해지면서 젊은 날의 그때와 같이 정신이 맑아진다. 몸에 혈기가 도는 것 같았다. 그러나 체력이 급격히 떨어진 핸디캡을 안고서 대결한다. 75kg이던 몸무게가 60kg로 줄었다. 몸무게가 줄면서 상체의 힘도 떨어졌다. 이제는 근력이 없어 비거리가 나오지 못하는 샷이 된다.

백경은 두 번씩이나 한국에서 의료 혜택을 받았다. 한 번은 무리한 연습으로 구급차에 실려가 허리 수술을 받은 것이고 두 번째는 눈 수술이었다.

  과도한 연습으로 말미암아 몸이 정상이 아니다. 고관절에 허리 수술 그리고 당뇨병과 망막 수술까지. 백경이 추구하는 골프의 완성은 그동안의 삶이 헛되지 않았다는 것을 세상 사람에게 보여주는 일이다. 하지만 이것은 백경의 확신이지 골프 세계에서 정리된 이론으로 인정된 것은 아니란 아쉬움이 있다. 아직 결과물이 나오지 않은 상태에서 모든 것이 불분명한 상태이다. 더 이상 골프를 치고 싶지 않다는 생각이 들 때도 있었다. 그것은 아주 잠시, 그러한 생각을 얼른 털어버리곤 했다. 그만큼 백경은 많이 지쳤고 긴 세월 한 세계에만 빠져 있다보니 매너리즘이 찾아왔다. 이는 만신창이가 된 백경의 몸에 추가된 색다른 병명(病名)이다.

  세상에 희생 없이 이루어지는 일은 하나도 없다. 그동안에 희생된 수많은 사람들과 세월이 다시금 머리를 스쳐 지나갔다. 백경이 고국에 온 후 이모도 삼촌도 돌아가셨다. 백경을 전적으로 밀어주신 멘토였다. 앞으로 미래를 준비해야 한다. 날이 가면 갈수록 확신이 더해지는 신념은 그 모든 희생의 대가를 지불하는 데 부족함이 없다. 금세 끝날 것 같은 대결은 기약 없이 이어지고 있다.

세상은 백경을 경멸하기도 했다. 정상이 아닌 사람의 비정상적인 골프 이론이라 비웃기도 했다. 그러나 백경은 그것을 버텨 이겨냈고 완성을 이루었다. 그 대가로 백경은 만신창이가 된 몸뚱이를 그 완성의 제단에 제물로 바치게 된 것이다.

어느덧 시니어 투어를 배회해야 할 정도로 세월이 흘렀고 골프를 통해 영광을 얻으려 했던 그 야망은 덧없는 세월에 묻혀가고 있다. 피폐해질 대로 피폐해진 몸뚱이는 절름거리는 발걸음에 흔들리고 망막에 드러난 골프공의 비거리는 200야드가 버겁다.

돌아보면 백경의 골프 인생은 너무나 많은 페널티 구역에서 배회하였던 것 같다. 굳이 위안을 얻자면 '오비보다는 해저드가 낫다'는 생각이다. 물론 둘 다 벌타지만 벌타를 받은 뒤에 시작하는 위치가 다르다는 것이 위안이었던가? 실망 속에서 생겨나는 희망, 오비보단 그래도 해저드로 공이 빠진다면 타수를 방어할 확률이 높다는 것. 어쩜 백경이 절망 속에서도 지금까지 골프를 이어왔던 것은, 수많은 희생을 하면서도 포기하지 않았다는 것은 바로 그 위안이다.

"오비보다는 해저드가 낫다."는 그 말.

# 2
# 다시 시작 되는 대결

한국 사회에서 골프는 대중 스포츠로서 각광을 받고 있지만 백경이 골프를 시작할 때만 해도 그렇지 않았다. 한국에서 골프는 그저 부유층의 전유물, 그들만의 리그에서 즐길 수 있는 스포츠였다. 백경이 처음 미국 땅을 밟았을 무렵 미국은 골프가 지금의 한국처럼 대중적이었고 누구나 쉽게 접근할 수 있었다. 늘 외톨이였고 이국 땅에 고립되었던 백경은 자연스레 골프와 접하면서 골프가 친구였고 연인이었고 가족이었다. 그러면서 골프는 백경과 먼 길을 동행했으며 운명이 되었다.

골프는 이제 스크린이 등장해 실외 스포츠에서 실내 스포츠로 진입되면서 그 대중성을 한 발 더 앞당기게 되었다. 도시 빌딩 한가운데에서도 아주 저렴하게 게임을 즐길 수 있게 됐다. 지금 백경은 스크린 골프를 통해서 이전에 정복하지 못한 필드에서의 골프를 완성시키고 증명해나가고 있다. 나이라는 핸디캡, 경제적인 핸디캡에서 오는 것도 있지만 그동안 몸이 만신창이가 되도록 꾸준히 연구하여 만들고자 했던 골프 완성과 더불어 이곳에서 인간의 한계점에 도전하고 있다.

날이면 날마다 펼쳐지는 대결에 백경의 타법은 나날이 발전해가고 있었다. 그리 넓지 않은 실내 공간에서도 세기의 골퍼가 탄생이 될 수도 있다는 신념이다.

스크린 골프에서의 대결에 승리를 이끌자면 그동안의 여러 스윙 방법을 사용해야 가능하다. 그린 주위의 어프로치 샷도 주위의 상황과 비거리와 클럽 각도에 따라 그 사용 방법도 달리해야 한다. 퍼팅도 한 가지 그립만 가지고 하는 것이 아니라 여러 그립을 잡고 상황에 맞추어 사용한다. 그동안의 스윙 방법을 검증하고 좋은 방법들을 찾아내야 한다.

백경의 타법을 그들은 이해하지 못했다. 그것은 지극히 당연한 일이다. 부상과 부상으로 이어지는 백경의 타법은 남들과 다를 수밖에 없었다. 백경은 자신의 타법을 믿고 있었다. 백경은 그 타법을 스크린 골프를 통해서 모두 증명해 보이고자 했다.

Tip : 프로 골프 선수가 되려면 어떠한 체력 조건을 갖추어야 한다. 모든 운동이 그러하듯이 하체가 우선 좋아야 한다. 교과서 골프는 하체에 힘을 키워야 한다. 그리고 몇 년간의 습득 기간을 거쳐야 샷이 완성된다. 스윙 습득이 너무 빠른 경우는 상체가 강한 경우로서 차후에 문제가 된다.

 골프에 입문한 지 어언 30년이 넘었다. 골퍼로 보낸 시간의 두께가, 세월의 부피가 작지 않다. 백경에게 있어서 골프는 처음이자 마지막 승부처였다. 그 누가 어떤 말로 무시하고 어떤 말로 위무를 해도 백경에게는 쓴맛은 쓴맛대로 단맛은 단맛대로 그저 느끼고 살아갈 뿐이다. 쓴맛이라 해서 굳이 버리려 하지 않고 단맛이라 해서 기분 좋게 삼키려 하지도 않는다. 음식이 한 뼘의 목젖을 넘어가면 모두 오물이 된다. 어떤 맛이 가미되었든 오물과 마찬가지 운명을 띠게 된다.
 밤새 일을 하고 오전에 스크린 골프를 하고 낮에 사우나 방에 가서 수면을 취한다. 표면적인 백경의 삶을 보면 부끄럽다.

골프에 입문하고 모든 것을 골프에 쏟아부었던 정열의 대체는 이제 그런 삶의 형식으로 남았다. 세기의 타법을 연구해 프로 골퍼 위치에 오르기 위해 골프계의 아웃사이더로 살면서 얻은 결론은 지금 현실로 남은 삶, 그대로이다. 하지만 그런 모든 것에 대해선 초연한 마음가짐이었다. 세기의 타법을 연구하기 위해 스스로의 몸에 적용시키다 근육이 파괴되고 망가져 발을 절게 되었고 허리까지 뒤틀려 만신창이로 병마에 뒤덮여 살았지만, 그렇게 현재에 이르렀지만 후회는 없다. 골프에 관한 한 초인에 가까워지고 있었다.

새해 첫 스크린 골프 도전이었다.

게임에 있어서 가장 힘든 싸움이 퍼팅이다. 롱게임에서의 샷 미스는 눈에 보이고 쉽게 교정이 가능했다. 하지만 쇼트 미스 샷은 거의 눈으로 판별하기가 쉽지 않다. 더구나 퍼팅에서의 쇼트 퍼팅은 스윙이 빨라도 비거리가 나가지만 스윙이 느려도 비거리가 더 나간다. 이 같은 상황 변화에서는 비거리가 스윙이 빠른지 느린지 분간이 어렵다. 시행착오를 되풀이하고 있다.

백경은 한 가지 방법을 고집하지 않고 여러 가지 방법으로 퍼팅을 공략한다. 퍼팅 파워 그립 사용뿐만 아니라 정상 퍼팅 그립 사용을 한다. 샤프트를 짧게, 아니면 길게 잡고 사용하거나 비거리를 크게 잡거나 적게 잡고 퍼팅을 했다. 퍼터의 선택에 있어서도 일자 퍼터에서부터 말렛 퍼터 그리고 라운드 퍼터에 이르기까지 다양하게 적응해 사용한다.

  퍼팅 적응이 쉬워진다. 그린 속도에 따라 비거리를 짧게 치는 테크닉도 가능하지만, 구질 적응도 이전과 달라진다. 항시 홀 컵 중앙을 보고 치는 것이 아니라 홀 컵 왼쪽을 보고 치기도 하고 홀 컵 오른쪽을 보고 치기도 한다. 퍼팅 구질의 변화는 퍼터 선택, 테크닉, 그린 속도에 따라 달라진다. 골퍼 대다수가 나오는 퍼팅의 구질은 직구와 훅 볼이다. 직구, 슬라이스 볼이 나오는 퍼팅으로 만드는 것이 바람직하나 그렇게 하지 못하는 골퍼의 경우는 자신의 직구, 훅 볼이 나오는 것을 염두에 두고 친다.

  거의 매일 밤을 지새우고 아침이면 스크린 골프장에서 대결을 한다. 몸이 무리가 갈 거라고는 생각했다. 하지만 기대 이상으로 몸이 견디어내고 있었다. 그런데 이상한 것은 휴식할 때보다는 혹사시키고 난 이후에 몸이 더 활력을 찾는다. 일반적으로 사람들은 몸을 혹사하면 몸에 피로가 몰려오고 움직이기 싫어한다. 하지만 백경의 경우는 그 반대 현상이 일어났다. 몸을 혹사하면 할수록 몸에 더 활력이 붙었다. 힘든 게임을 끝내고 지쳤음에도 웨이트 트레이닝을 거르지 않는다.

죽을힘을 다하는, 이렇듯 백경은 본능적으로 최선을 다하고 있었다.

하루의 계획은 잠자리에 들기 전에 하고 일 년의 계획은 연말에 하는 것처럼 백경은 모든 계획을 정해 놓고 그 실행에 돌입하면 브레이크가 없다. 물론 몸이 망가져 그 계획을 수행할 힘이 없었을 때도 있다. 하지만 백경은 병석에 누워 있을 때도 그의 정신은 그 계획을 수행하고 있지, 잠시도 그 생각에서 벗어난 적이 없다.

Tip : 골프 트레이닝에 있어서도 자신에 맞는 웨이트 트레이닝을 한다. 상체 힘이 약한 골퍼는 상체 힘 위주로 하고 하체 힘이 약한 골퍼의 경우는 하체 힘 위주로 한다. 나이가 있는 골퍼일수록 하체 근력을 키우는 것이 바람직하다.

휴일이었다. 눈이 내려 길거리에 눈이 쌓여갔다. 이런 날에는 아무리 운전에 능숙하여도 조심하지 않으면 사고가 날 수 있다. 그런데 마침 휴일에 눈이 내려 다행이라 생각하고 오전에 스크린 골프 세 게임을 하고 사우나 방에 들어가 잠을 청한다. 모처럼의 낮잠이었고 꿀잠이었다. 백경은 슈퍼맨 꿈을 꾼다. 영화 속 아니 만화 속에 나오는 슈퍼맨 복장에 얼굴은 분명 백경이었다.

　게임이 이전보다 나아진다. 아무리 초반에 게임을 어렵게 끌고 가더라도 끈질기게 게임에 적응하였다.

　성공하는 자와 실패하는 자의 차이는 항시 자신에게 닥친 상황을 어떻게 받아들이는가에 달려 있다. 항시 기회는 위기로부터 온다. 백경은 절대 실패를 두려워하지 않는다. 실패 다음에는 반드시 기회가 찾아온다는 것을 본능적으로 알고 있다.

　백경은 그 누구도 생각조차 할 수 없는 불멸의 퍼팅 개발을 추구했다. 골프에 대한 경외감이 솟아나는 순간이다. 당장 게임에 이기는 것보다도 실험하는 것이 더 중요하다. 게임 효과를 배로 얻을 수가 있기 때문이다. 퍼터의 사용에 있어서도 앞에서도 말했지만 한 가지 퍼터만 사용하는 것이 아니라 일자 퍼터 말렛 퍼터, 그리고 라운드 퍼터까지 여러 퍼터를 사용한다. 방법에 있어서도 샤프트를 길게도 잡아보고 짧게도 사용해보고 그립도 달리 사용해본다. 이런저런 방법의 데이터가 축적되어 있다. 처음 스크린 골프를 대했을 때 이 조그마한 실내 공간에서 어떻게 골프의 맛을 느끼고 즐길 수 있을까 하는 생각이 들었다. 하지만 생각이 완전히 바뀌었다. 필드 골프에서보다 실험 연구가 더 가능하다는 것을 알게 되었다.

처음에 스크린 골프가 클럽 연구 개발 목적으로 만들어졌지만 이제는 필드 골프를 대체하면서 일반화되었다. 그리고 백경의 타법 연구에도 많은 도움을 주었다. 백경의 남다른 창의적 타법은 남들을 의식하지 않고 해왔기에 가능했다.

한동안 백경은 스크린 골프를 하지 않기로 한다. 숨 고르기 하는 시간도 필요하고 점점 떨어지는 체력을 회복하기에도 그랬고 정신적인 휴식도 필요했기 때문이다. 그간 백경은 웨이트 트레이닝을 통한 체력 단련에 힘썼다. 그리고 오전에 골프를 치고 나면 음악을 듣는데 주로 클래식이다. 음악에 조예가 깊지는 않지만 타국에서 홀로 오랜 생활을 하다보니 자연히 음악과 친해지게 되었다. 백경이 가장 좋아하는 곡은 베토벤 교향곡 3번 영웅이다.

지금의 골프 실력은 테크닉이 완벽한 상태에서 단지 근력이 떨어져 비거리가 덜 나갈 뿐이다. 이제 나이를 더 먹게 되면 지금보다 근력이 더 떨어질 것은 불 보듯 뻔하다. 냉철한 판단을 하자면 투어 프로에의 도전 자체가 무모하다. 자신의 능력을 발휘할 수 있는 시간이 얼마 남지 않은 것도 사실이다. 인정할 것은 인정해두고 백경은 마지막에 가까운 도전을 위해 체력 단련을 위한 운동에 몰입한다.

Tip : 상, 하체 부상이 골프 스윙에 영향을 끼치는 결과는 상체에 부상이 있을 경우는 스윙을 빨리해주지 못해서 스윙이 느리다. 하체에 부상이 있는 경우에는 상체 힘이 강해서 스윙이 빠르다.

걷는 것 자체가 당뇨병뿐만 아니라 퇴행성 관절염의 노화를 호전시킬 수 있다. 걷는 운동을 과도하게 하는데도 다리가 편해진다. 다리의 불편함이 달라지는 것을 느꼈다. 상식적인 간단한 운동이 건강의 벽을 넘어서게 해주고 있었다.

어느 날부턴가 스크린 대결이 훨씬 쉬워졌다. 쇼트 퍼팅 구질은 스윙을 슬로로 가져가면 훅 볼이 나오는 경우가 많다는 것을 안다. 이 같은 쇼트 퍼팅의 구질에 있어서 의도적으로 컵 오른쪽을 겨냥해서 치면, 공이 컵에 들어가는 경우가 많다. 그렇다고 해서 항시 훅 볼을 겨냥해서 칠 수는 없다. 간혹 잔디를 깎지 않아 속도가 느린 그린에서 할 경우가 있다. 이러한 경우에는 훅 볼이 안 나오고 슬라이스 볼이 나온다. 하지만 대체로 스크린 골프장 샷에서는 빠른 스윙 대결이 펼쳐진다.

Tip : 골프가 힘이 드는 것은 나이가 들어 샷이 달라지고 컨디션 변화에 따라 달라지기 때문이다. 클럽 하나만 변하는 것이 아니라 14개 클럽 모두 다 변한다.

혹한의 겨울을 지내고 따뜻한 기운이 살아나는 봄기운은 곧 살아나는 백경의 기운이었다. 경련이 일 듯한 그의 정신은 숨 막히는 질주, 그 본능을 향해 백경은 달려가고 있었다.
백경은 자신의 타법에 더 이상 의심을 하지 않았다. 이전에도 한 가지 기술을 자기 것으로 만들기까지 6개월의 세월이 걸린 적도 있다. 열 가지 스윙 방법을 생각해내면 한 가지 방법이 자신의 스윙 방법이 되었다. 하지만 경지에 오른 지금의 타법은 다르다. 핵심에 핵심을 파고드는 집중력으로 그 스윙 방법이 옳고 그름을 파악하는 데 있어서는 반나절도 안 걸린다.

Tip : 골퍼 스윙이 가장 어려운 것이 한 클럽만 잘 쳐서 되는 것이 아니다. 14개 클럽을 다 잘 쳐야 한다. 그리고 몸의 변화에 있어서는 드라이버 아이언 샷 숏게임에서의 14개 클럽 모두를 다시 바꾸어 적응해서 쳐야 한다.

골프 스윙에 있어서 가장 힘이 들 때가 그날 자신의 스윙을 잘못 파악하는 경우이다. 샷을 잘못 파악하면, 아무리 테크닉을 많이 알고 사용해도 소용이 없다.

하체의 힘을 체크해보기 위해 스윙을 해보는데 훅 볼이 나온다. 재차 시도를 해보아도 역시 마찬가지다. 파워 그립 타법에서의 훅 볼이 나오는 것은 스윙이 느리다는 것을 증명해주는 것이다. 그래서 스윙을 좀 더 빠르게 가져가기 전 왼손 그립을 아주 약하게 잡고 왼손 그립을 놓아주자 그제야 공이 원하는 궤도로 나가기 시작했다. 아이언 샷도 마찬가지였다. 풀 스윙에 왼손 그립을 아주 약하게 잡고 놓아주는 스윙이었을 때 제대로 맞아나가기 시작한다.

이 정도 스윙이면 하체의 힘은 아주 좋은 상태라고 보면 된다. 정상 그립을 잡고는 무슨 테크닉을 사용하여도 샷이 불가능하다. 정상 그립을 잡고 확인 샷을 날려본다. 예상대로이다. 파워 그립 타법에선 왼손 그립을 최대로 사용하여야만 샷이 가능하다. 한동안 하체의 힘을 기르기 위해서 걷는 운동에 힘쓴 것이 결과로 나타났다. 좋은 결과가 나타났을 때, 그 원인에 대한 해석이 긍정되었을 때 그 운동을 중단하는 바보는 세상에 없다. 백경은 더더욱 많이 걸으면서 하체의 힘을 키워 간다.

이제부터는 상체의 힘을 길러 몸의 밸런스를 유지해야 한다는 것을 다음 단계로 생각하고 더더욱 웨이트 트레이닝에 몰두한다. 좋은 골퍼는 그런 밸런스를 갖추고 유지해야 하지만 나누어 분석해보면 스윙이 느린 골퍼의 경우는 상체의 힘을 키우고 스윙이 빠른 골퍼의 경우는 하체의 힘을 키워야 타수를 줄일 수 있다. 요즘의 골프 트레이닝을 보면 몸에 맞는 근육을 키우는 게 관건이다.

Tip : 하체가 약한 골퍼의 경우는 하체의 힘을 늘릴 수 있는 트레이닝이 좋고 하체가 강한 골퍼의 경우는 상체의 힘을 키울 수 있는 웨이트 트레이닝이 효과적이다.

그동안 무엇을 하였는지를 생각하기보다는 오늘의 결과가 궁금하였다. 자신의 몸만 알면 백경은 테크닉으로 쉽게 스윙 교정이 가능했다. 오늘의 스윙 교정에 있어서보다 더 놀라운 것은 자신의 몸이 많이 변하고 있다는 사실이었다. 사우나에서 다리를 보니 이전의 다리가 아니었다. 왼쪽 다리를 절고 있으나 근육이 살아 있었고 허리는 모르는 사이 통증이 사라지고 무리한 스윙 연습을 한 뒤인데도 아주 편한 상태였다. 운신을 하기 힘들 정도의 몸이 말끔하게 나아졌다고 느껴지는 기분은 실로 아파보지 않은 사람은 알 수 없다. 대단한 희열을 느낀다. 예전보다 손목 마디마디 힘이 붙는 것 같았다. 손과 팔뚝 위로 힘줄이 팽팽하게 치솟고 있었다.

이 정도의 몸이라면 비거리를 많이 늘릴 수 있다는 생각이다. 하지만 아직 투어 프로에 참가할 정도의 체력에는 미치지 못해서 운동의 강도를 더 높여가야 한다. 비거리를 높이려면 하체의 힘과 상체 힘의 밸런스가 잘 맞아야 한다. 스윙의 순간은 컴퓨터로 정확하게 측정된 데이터에 의해 움직이는 것처럼 해야 비거리가 멀고 방향성도 좋아진다. 스윙의 순간에 찰나적인 밸런스를 놓쳐도 형편없는 비거리가 나오고 오비가 나기 일쑤이다. 그래서 골프가 여느 운동보다 더 힘들고 까다로우며 정복하는 데 많은 시간이 걸리는 것이다.

일반적인 골퍼들은 밸런스가 맞지 않은 것을 두고 그저 컨디션에 따른 변화라고 일축해버린다. 절대 그렇지 않다. 퍼팅을 할 때도 마찬가지이다. 홀 컵에 잘 들어가지 않으면 그린 탓을 하는 사람도 많다. 골프는 첫 스윙에서 마지막 퍼팅에 이르기까지 무조건 골퍼 자신의 책임 아래서 이루어진다. 그 어떤 탓도 변명에 불과하다. 퍼팅 라인을 잘못 읽었으면서 그린 탓을 하는 골퍼들일수록 아마추어 수준을 넘지 못한다. 이런 골퍼들은 오랜 기간 필드에서 살아도 골프가 늘지 않는다는 것을 명심해야 한다.

모든 운동이 다 그러하듯 골프도 정석을 벗어나선 안 된다. 모든 운동은 메커니즘에 따라 움직여진다. 그것을 무시하고서 성립되는 운동은 없다.

골프 선수는 위닝 샷을 가지고 있어야 한다. 언제든 이길 수 있는 자신만의 노하우를 무기로 가지고 있어야 한다. 승리를 결정짓는 타구를 날릴 수 있어야 한다. 위닝 샷이 없는 골퍼에게 승리는 없다. 백경은 골퍼들의 생명인 위닝 샷을 완성하기 위해 세기의 타법인 파워 그립을 연구하고 그 연구를 진행하면서 자신의 몸을 임상에 헌납해왔다.

그리고 골프에 한없이 미쳤던 골퍼 백경은 지구를 떠나 우주로의 비행을 하는 하얀 골프공을 눈물로 전송하면서 그 찬란한 영광을 위해 인생을 바친 당당한 골퍼로서 길이 남을 것이다.

백경은 장타자이다. 장타에 대한 욕심은 실력을 늘리는 것과 비례했다. 백경은 공을 그냥 멀리만 날린다는 생각이 아니라 공의 방향성을 잘 조절하면서 정확하게 멀리 날릴 수 있는 그 테크닉의 중요성을 처음부터 깨달았다.

골프는 힘이다.

더불어 예민한 감각과 조화를 이루었을 때 목적하는 것을 얻어낼 수 있는 정교한 스포츠이다. 그래서 골프는 어렵다. 정연한 논리 체계를 아무리 주장하고 체화시켜도 백 명의 선생도 선생마다 다르게 주장하는 것이 골프다. 어떤 방정식이 있는 것이 아니라 자신의 체형에 맞는 스윙, 거리에 따라 선택되는 우드와 아이언의 선택. 골퍼들은 누구나 골프에 입문한 순간부터 골프의 메커니즘을 찾기 위해 힘든 길을 걷고 있다. 구간마다 페이스를 적절하게 유지하려는 마라토너처럼 골퍼들도 페이스가 흐트러지지 않고 일정한 감각을 유지하는 것이 관건이다.

백경의 몸은 롤러 코스터를 자주 탄다. 어느 날은 평탄한 몸을 유지하면서 컨디션이 한껏 끌어올려졌다가도 어느 날은 360도를 돌아 급전 직하하는 경험을 한다. 이는 몸이 정상이 아니라는 증좌이기도 하다. 그런 경험은 사람을 지치게 한다. 일정하게 유지되지 않는 몸은 하루에도 여러 번 바뀌면서 정상의 골퍼 감각과 아마추어 골퍼 감각 사이에서 혼돈을 겪는다.

이럴 때 나타나는 몸의 반응은 역시 정상적이지 않다. 배가 아플 정도로 폭식을 하게 되는 것은 물론이거니와 잠드는 시간도 일정하지 않다. 쪽잠을 자기도 하고 어느 때는 하루 종일 자기도 하고 전혀 잠들지 못할 때도 있다. 이런 몸 상태에서 치는 골프가 좋은 샷으로 좋은 점수를 낼 수 없는 것은 지

극히 당연한 일이다. 하지만 백경은 이 같은 몸의 반응에 굴하지 않고 그 방법을 찾고자 하였기에 지금의 타법에 이르게 된 것이다. 물론 지금의 몸 상태에서 모든 것을 극복하는 샷을 구사하는 것이 결코 쉬운 일은 아니다. 그러나 그 길이 어렵다고 해서 다시 과거로 돌아간다면, 여태껏 해온 노력이 공염불이 되었을 때 오는 초조와 불안과 두려움이 교차되는 소용돌이에 갇혀 정말 미쳐버리거나 폐인으로 전락할지도 모른다.

백경은 자신의 골프 전체적인 면을 분석하고 그에 따른 해석으로 교정하고 발전시키는 일, 그러나 그것만큼이나 자신의 몸을 살피고 검진을 통해 나타난 병을 고쳐야 한다는 필요성을 스스로 느끼며 살고 있다. 느껴진다, 건강이 더욱 나빠지는 길로 가고 있다는 것을. 일상을 거부하는 몸의 반응을 통해 절실하게 느껴진다.

다리가 아파오고 허리의 통증이 근육을 마비시키는 것과 아울러 백경을 괴롭히는 질병이 당뇨병이란 진단을 스스로 내려본다. 그도 그럴 것이 여태 몸의 이상을 느껴 병원에서 검진해보면 역시 제일 문제로 나타났던 것이 당뇨병이었기 때문이다. 자연스레 그 병을 의심하고 연결 지을 수밖에 없다.

누구나 살아가는 방식이 저마다 다르고 삶의 목표와 기준이 다르다. 건강을 지키는 방법 또한 다르다. 누구는 운동을 통해서, 누구는 섭취하는 음식을 통해 건강을 관리하고 발전시킨다. 그래서 건강한 삶, 수명 연장을 통한 장수를 꿈꾼다.

연습장에서 한 시간 정도 드라이버 샷을 날리고 있는데 몸으로 전달되고 느껴지는 것이 있다. 활력이었다. 예전에 느꼈던 그런 기분 좋은 느낌이었다. 물론 이 역시 롤러 코스터와 같은 것이지만 어쨌든 그 순간에서 오는 상쾌함은 말로 표현하지 못할 그런 행복감이었다.

스윙의 속도가 빨라진다. 절로 몸의 밸런스가 정상적으로 채워진다. 백경이 찾고자 했던 것, 백경이 만들고자 했던 루틴이 정상적으로 발동한다.

이렇게 골프가 만족스러운 건 참으로 오랜만이다. 아니 그 오랜 세월 골프를 치고 연구해오면서, 수많은 게임을 하면서도 몇 번 없었던 그런 경험이다. 하지만 지금 백경은 자신이 해낼 수 있다는 믿음이 있었다. 의식적이든 무의식적이든 백경의 머릿속에는 이미 골프의 게놈(Genom)지도가 만들어지고 있었다.

Tip : 프로 골퍼나 아마추어 골퍼나 공을 치는 능력에는 별반 차이가 없다. 아마추어 골퍼가 공을 잘 치지 못하는 이유는 몸에 맞는 스윙이 만들어지지 않았기 때문이다.

훈련 부족이다. 아마추어 골퍼도 자신이 놀랄 정도로 공이 잘 맞는 날이 있다. 이는 공을 치는 능력이 갑자기 생겨난 것이 아니라 그날 몸의 밸런스가 공을 치기에 적합하게 만들어졌기 때문이다.

3월 꽃샘추위가 외투 속으로 파고 들어오지만 지난겨울 추위와 비교하면 아무것도 아니다. 밤공기도 상쾌하게 느껴진다. 캘린더의 전령이 아니더라도 머잖아 봄이 온다는 것을 느낄 수 있었다. 하지만 계절이 계속 바뀌어도 삶이 나아지는 것은 없었다. 항시 경제적인 여건은 오늘 하루만 견디는 것의 연장이었고 세월 따라 건강은 점점 숨죽어갔다.

더 이상 잃을 것도 없었다. 굳이 있다면 건강을 찾는 일이다. 건강하게 사는 일이다. 백경은 그동안 많은 것을 잃고서 건강을 찾았다.

요즘 아니, 더 오래 전부터 잠자리에 들려고 하면 잠이 오기 전에 머리가 아파오기 시작했다. 그리고 좀체 잠들지 못했다. 아마도 당 조절이 잘 안 되면서 본능적으로 몸이 잠을 거부하는 것 같았다. 극단적으로 몸을 움직이고 지칠 대로 지쳐 쓰러질 것 같은 피로가 몰려오는데도 여전히 잠은 멀리 달아나 있었다. 몸은 죽은 듯한데 정신은 멀쩡하게 살아 어둠의 저편에서 활발히 움직이고 있었다. 수면을 취하지 못하는 것은 대단히 고통스러운 일이다. 몇 시간 자지 못하는 습관은 있었어도 불면으로 꼬박 밤을 지새우는 건 견디기 힘들었다. 잠이 오면 잠이 오는 대로 오지 않으면 오지 않는 대로 무시해보지만, 계속되는 불면으로 며칠을 그렇게 보내자 그것이 곧 죽음으로 가는 길이란 걸 깨닫는다.

편안한 휴식을 찾아 정말 죽음보다 깊은 잠에 빠져들고 싶은데 백경에겐 그럴 공간이 없다. 언젠가부터 소음에 극도로 민감한 반응이 나타났다. 어느 날 사우나에서 잠을 자는데 누군가의 기침 소리에 깨어났다. 잠에서 깨어 신경질적인 반응을 보이자 사람들은 놀라 백경을 경계하며 그의 곁에서 도망치듯 사라졌다. 이런 행동을 보이는 자신이 정말 이상했다. 남들의 기침소리에 잠에서 깨어나고 그것에 신경질적인 반응을 보이고. 스스로 생각해도 정상이 아니다. PC방에서 이어폰을 꽂고 고막이 터져라 할 정도로 큰 소리로 음악을 들으면서도 전혀 이상을 느끼지 못하던 그가 기침 소리에는 머리가 울릴 정도로 고통을 느낀다.

그러던 중 다행히 도시 빌딩 한구석에 조그마한 사무실을 하나 얻었다. 컴퓨터 책상 하나를 두고 세간이랄 수 없는 옷가지와 간단한 짐을 두면 움직일 공간이라고는 전혀 없는 그런 곳이다. 일단 소음 문제를 피할 수 있어서 좋았다. 혼자만의 시간을 보낼 수 있는 장소를 마련했다는 것이 얼마나 다행스러운지. 추운 날이 아니면 웅크리고 잠을 잘 수도 있고 간단한 식사를 스스로 해결할 수도 있게 됐다.

Tip : 골프 스윙에 공을 똑바로 치는 것이 무엇보다도 중요하지만 그 원리를 아는 것도 중요하다. 골프라는 변수의 게임을 하는 데 있어서는 원리를 알아야 스윙 교정이 원활하게 이루어진다.

임시 거처로 마련된 작은 공간은 백경의 생명을 지탱하게 해주는 유토피아이다. 아주 작은 소리에도 민감하게 반응했던 백경에게 이곳은 일단 조용해서 좋았다. 굳이 사우나를 찾아 잠을 청하지 않아도 되었고, 음악을 들으려 PC방을 찾지 않아도 되었고, 컴퓨터 앞에 앉아 글을 쓰고 나름 문서 작업도 이곳에서 모두 해결하였다. 무엇보다 더 중요했던 것은 이곳에서 웅크리고 자는 쪽잠이 사우나에서 두 다리 쭉 뻗고 자는 편안한 잠보다 더 숙면을 할 수 있었다. 자기만의 공간, 자기만의 공간이 주는 여유가 이런 엄청난 변화를 가져온 것에 편안함을 느꼈다. 때로 피곤하면 다리를 책상 위에 올리고 의자를 뒤로 젖힌 채 잠을 잤다. 이런 만끽도 새로이 추가된 달콤한 행복이었다.

게다가 더욱 더 다행인 것은 골프를 할 수 있고 골프를 심도 있게 분석하고 연구할 수 있다는 거였다.

스크린 골프장도 백경의 유토피아이다. 세상 그 어디에 마음 붙일 곳 없는 백경에게 평안을 가져다주는 곳이다. 정신적인 휴식이 그립고 육체적인 피로가 몰려올 때도 스크린 골프장에만 들어가면 모두 위로받을 수 있었고 해소되었다. 24시간 오픈하여 일찍 와도 좋다는 종업원의 말에 일이 끝나기 무섭게 아침을 잊고 찾는 곳이 그곳이다. 그 시간에는 손님이 거의 없어 한산한 시간에 골프를 즐긴다는 것이 너무 좋았다.

백경에게 골프는 일상의 부분이 아니다. 전부이다. 그 이상의 가치는 없다. 다만 건강하게 사는 것, 건강해야만 할 수 있는 일이기에 건강에 더욱 신경을 쓴다.

백경은 스스로에게 말한다. 골프에 대한 타법을 기술하고 후대에 이 기록을 남길 수 있다는 것이 얼마나 의미 있는 일인가.

책을 쓰려고 가만히 앉아 눈을 감고 회억(回憶)하자니 부모님 생각이 떠오른다. 미국 생활을 하면서 그야말로 골프에 미쳐 살고 있을 때 부모님이 미국에 오셨다. 평생 의료봉사만 하고 살아온 아버지의 시선에 잡힌 아들의 생활은 당신의 기대와는 전혀 딴판이었다. 골프라는 스포츠가 부자들의 놀이로 행해지고 있다고만 알았지, 골프를 맞닥뜨린 것은 난생 처음이셨다. 그때 아버지 표정을 잊지 못한다. 아들이 모든 것을 던지고 미쳐 있다는 것이 고작 막대기를 휘둘러 공을 멀리 날려 보내는 일이란 것에 실망감을 감추지 못했다.

백경은 아버지에게 골프로 성공하는 모습을 꼭 보이고 싶었고, 그래서 잠도 줄이며 연구를 해왔다. 그러나 아버지는 기다려주지 않았다. 아버지가 그렇게 일찍 가실 줄 몰랐고 그 시간들이 그렇게 짧게 마무리될 줄도 몰랐다.

백경의 아버지는 돌아가시기 얼마 전, 백경에게 골프를 포기하라고 간곡하게 말씀하셨다. 연로한 아버지가 아들에게 할 수 있는 마지막 권고이기도 했다. 백경이 그때 아버지 말씀을 따랐다면 지금처럼 어려운 삶을 살아가지는 않았을 것이다. 하지만 백경은 포기할 수 없었다. 포기하기에는 골프를 너무 잘 알고 있었다. 그때가 파워 그립 타법을 알고 난 직후였다. 언젠가는 이 타법을 세상에 알리겠다고 다짐하고 있을 때였다. 그리고 체중 이동 방법을 터득하고 있었던 시기였다. 지금 백경이 사용하는 체중 이동 방법이다. 발차기부터 시작한 어깨 치기. 교과서에도 없는 방법이었다. 하지만 상체가 강한 백경에게 있어서 꼭 필요한 체중 이동 방법이다. 만일 그때 부상을 당하지 않고 체중 이동 방법으로 골프가 가능했다면 지금의 경지에 올라서기는 어려웠을 것이다. 하지만 최소한 아버지가 살아계시는 동안 골퍼로서 그렇게 노력하는 모습을 보여주지 못했기 때문에 아버진 아들의 표면적인 모습만을 보고 가셨다.

그러나 이제 과거의 일들은 묻어두고 미래를 향해 갈 것이다. 그곳이 빙하이고 산꼭대기이고 낭떠러지일지라도.

파워 그립 타법에서 그날 몸의 컨디션이 정상이 아닐 때에는 왼손 그립을 어떻게 사용하는지를 잘 살펴야 한다. 하체 힘이 떨어지는 날에는 평상시처럼 왼손 그립을 사용하지 말고 하체 힘이 붙는 날에는 왼손 그립을 어떻게 사용하는가에 집중한다. 샷의 변화에 있어서는 드라이버 샷뿐만 아니라 아이언 샷, 숏게임에 이르기까지 광범위하게 이루어져야 한다. 백경은 대결에 익숙해지다보니 이제는 샷에 대한 미련이 없다. 자신의 능력만을 믿었다. 그날 샷이 안 되면 자신의 능력이 부족한 것이 아니라 자신의 몸의 변화 때문이라 확신하였다.

근래에 타법에 자신이 붙고부터는 스윙 폼이 좋아졌다. 좋은 스윙 폼을 만들려고 노력을 많이 한다. 백경은 왼팔을 쭉 폄으로써 왼쪽 팔에 힘이 들어가는 것을, 스윙을 빨리 해주는 테크닉으로 커버한다. 왼팔을 멋지게 쭉 펴주었다. 이제부터는 남들에게 보여주는 스윙을 만들려고 한다. 언젠가부터 좋아진 강한 하체 힘 그대로였다. 하지만 이러한 스윙이 변하는 때가 있다. 피로가 몰려온 날은 어김없이 그 같은 현상이 일어난다.

Tip : 기본 스윙 폼은 몸의 에너지를 최대한 발휘할 수 있는 기본 동작이다.

# 3
# 결과가
# 좋은 삶

삶은 과정이 중요하지만 결과가 더욱 중요하다.

백경은 여러 체형의 스윙을 체험하고 습득하는 것이 목적이었다. 그러면서 샷은 점점 더 다양해졌다.

문제는 비거리가 안 나간다. 그동안은 느린 스윙에서는 빠른 스윙 테크닉으로서 왼손 그립을 최대한 사용하거나 뒤땅치기 타법이나 왼손과 오른손의 간격을 띄우고 치는 아이스하키 타법으로 적응하는 샷이었다. 이렇듯 빠른 스윙 테크닉으로 사용하던 샷을 느린 스윙으로 적응하는 샷이었다.

어느 날부터 공 위를 때리면 샷이 쉬워졌다. 원래 공 위를 때리는 샷은 빠른 스윙에 클럽이 닫혀 맞는 것을 방지하기 위해 클럽을 스퀘어로 맞히는 방법이다. 이 같은 파워 그립 사용의 공 위 때리는 스윙은 비거리를 늘리면서 원하는 구질로 샷을 만들 수가 있었다.

공 위를 때리는 샷은 왼손과 오른손의 간격을 띄우고 치는 샷보다 치기도 편하고 공의 비거리가 더 나간다. 처음에는 드라이버 티샷부터 만들어진다. 클럽 밑 선을 중심점으로 공을 4등분해서 공 위를 때리는 샷이다. 공 위를 치면 칠수록 비거리가 더 나가는 것 같았다. 공 위를 치는 샷의 실상은 상체 힘이 강하거나 손목 힘이 강한 골퍼의 경우, 클럽이 공을 닫혀 맞히게 되는 과정에서 의도적으로 공 위를 친다 생각하고 치는 샷이 실제로 클럽 정면을 맞추는 샷이다.

이 같은 샷이 점차로 공 위를 치면 칠수록 비거리가 더 나간다. 더욱이 트러블 샷의 경우에는 가능한 공 위를 치지 않고서는 샷이 제대로 맞아나가지 않는다. 이전의 빠른 스윙 테크닉을 접고 공 위를 때리는 샷으로 가져간다.

공 위를 때리는 샷은 초보 골퍼의 경우에는 치기 힘들다. 초보 골퍼의 경우는 스윙이 느려지면서 의도적으로 공 위를 때리는 샷으로 가져가기가 어렵다. 이전에 몸의 무리로 만들어지는 추억의 탑볼 샷에서 오는 심리적 압박이 가장 큰 걸림돌이다.

  하지만 숙달자 백경의 경우는 달랐다. 파워 그립 사용이라는 안정된 그립 사용으로 공 위를 때리는 샷이 그렇게 어렵지 않다. 일단 샷이 맞아나가고부터는 공 위를 때리는 샷에 자신감이 더해지고 있다. 누구에게는 치기 어려운 샷이지만 백경에게 있어서는 가장 자신이 있는 샷으로 자리매김하게 되었다. 공 위를 때리는 스윙은 왼손 그립을 최대한 사용하면서 샷을 안정적으로 끌고 간다. 그리고 자신이 원하는 구질로 가져갈 수 있는 타법이다. 이 발견이 백경을 테크닉의 경지에 오르게 하였다.

  공 위를 때리는 샷은 세컨드 아이언 샷보다 드라이버 티샷의 경우가 더 치기 쉽다. 클럽 밑 선을 중심점으로 한 스윙으로 비거리가 늘어났다. 공 위를 때리는 샷을 주 무기로 하고부터는 놈과의 대결에서 게임 적응이 점점 더 쉬워졌다.

  하지만 백경을 안타깝게 만들고 있는 것은 눈으로 감지가 어려운 숏게임이다. AI의 빠르고 느린 속도에서는 비거리가 달라질뿐더러 구질 또한 변하고 있었다. 아직 롱게임과 비교해서 숏게임 적응이 더 어렵다.


  Tip : 골프 스윙은 항시 교과서 골프에만 해답이 있는 것이 아니다. 무한한 상상력 속에서도 본능적으로 스윙을 찾을 수가 있다.

백경이 거주하는 곳은 서너 평의 공간이다. 이제는 이 작고 좁은 공간에도 적응이 되었다. 그래서 전혀 불편함이 없다. 잠도 잘 잔다. 회전의자를 뒤로 젖히고 다리를 책상 위에 올리고도 잠을 잔다. 잠이 안 올 때에는 수시로 베토벤의 음악을 듣는다. 한가한 시간이면 검진을 받고 싶었으나 대충 운동량에 따른 당 조절은 검진을 받지 않아도 감이 잡힌다.

참으로 백경의 몸 구조는 알 수 없었다. 편하다 싶으면 건강이 좋질 않고 몸이 힘들면 오히려 이상을 느끼지 못한다. 하지만 백경은 느끼고 있었다. 다시 건강이 돌아오고 있는 것을. 주말 연습장에서도 자신이 생각한 비거리 이상으로 나가는 것을 확인한다. 투어 프로의 현실이 더욱더 가까워진다. 앞으로는 조급하게 마음을 가질 필요가 없다. 지금 백경은 그 누구도 모르는 세기의 타법 비밀을 알고 있고 체력까지 되찾고 있으니.

지금 샷의 비거리는 그동안 수술했던 다리가 고통을 이겨내면서 강해졌는지 모른다. 백경은 지금의 현실을 냉철히 보면서 부정도 긍정도 하지 않고 있다.

스크린 골프라는 대결을 통해서 숏게임에 집중하고 있다. 숏게임에서의 퍼팅은 심리적 요소가 가장 중요하다. 퍼팅의 심리적 요소가 스윙 강도로 이어져 비거리가 달라지기 때문이다. 항시 같은 스윙 강도로 퍼팅에 임해야 한다. 그렇지 않고 자신의 퍼팅 비거리를 의심하고 스윙 강도를 약하게 하거나 강하게 할 때는 그날 퍼팅의 비거리는 들쑥날쑥 갈피를 잡지 못한다. 롱 퍼팅과 비교해 쇼트 퍼팅에서의 심리적 부담감은 훨씬 더 많은 문제를 낳는다. 공을 홀 컵에 넣어야겠다는 심리적 부담감은 슬로 스윙이 만들어지면서 비거리가 짧아지거나 훅 볼이 나온다. 퍼팅 파워 그립 사용은 이 문제를 쉽게 해결한다.

퍼팅 파워 그립이라는 파워 그립과 퍼팅 그립이 접목한 퍼팅 그립 사용은 정상 퍼팅 그립에 비교해서 스윙을 느리게 가져가기도 하지만, 퍼팅에서의 슬로 스윙을 이용해서 훅 볼을 직구 볼로 만들 수 있다. 퍼팅 파워 그립 사용은 항시 구질이 정상 퍼팅 그립 사용과 반대로 나온다. 스윙이 빠르면 슬라이스 볼이 나오고 스윙이 느리면 훅 볼이 나온다. 따라서 쇼트 퍼팅에 의도적으로 빠른 스윙으로 가져가면서 직구 슬라이스 볼로 홀 컵을 노리는 경우는 심리적으로 위축된다. 그런 상태에서의 퍼팅인 경우에는 직구 볼로 홀 컵에 들어가고 정상적으로 슬로 퍼팅이 만들어질 때에는 슬라이스 볼이 나오면서 오른쪽 홀 컵으로 공이 들어간다.

Tip : 퍼팅 파워 그립은 파워 그립을 퍼팅 그립에 접목시킨 그립이다. 퍼팅 그립은 골퍼들이 퍼팅할 때 사용하는 그립이다. 왼손 인지를 오른손가락 모두를 감싸는 그립으로서 퍼팅 시 오른손 사용을 최대한 막아주어 스윙을 느리게 해주는 그립이다.

스크린 게임 대결에 모든 스윙이 준비된 상태였다. 백경의 머릿속에는 수많은 데이터가 축척되어 있다.

지금의 프로 선수들 거의 대다수가 자신의 체형과 능력에 맞는 스윙을 만들어 친다. 백경도 그랬다. 골퍼가 수많은 스윙 방법들을 모두 안다고 훌륭한 프로 골퍼가 되는 것은 아니다.

그날도 백경은 아른 아침부터 스크린 골프장으로 향했다. 바로 전날, 연습장에서 시범 스윙을 하다 가벼운 부상을 당했는데 오른쪽 목 근육이 당겨왔다. 목을 돌리기조차 힘들다. 하지만 목의 통증과 다르게 절름거리는 발걸음은 가볍게 느껴진다.

걸어서 5분도 안 되는 스크린 골프장에 도착한다. 요즘 홀인원 상금이 최고조에 달한다. 백오십만 원까지 오른다. 배팅 금액은 천 원이다. 홀인원이 되면, 상금 반을 타게 된다. 반은 다음 홀인원 상금으로 배당된다고 한다. 백경의 샷은 일반 아마추어 골퍼의 샷보다 홀인원 될 확률이 높다. 백경이 찬스를 놓칠 리 없다.

게임이 시작되고 가게 주인이 넣어준 코스는 최고로 어려운 곳이었다. 홀인원 확률이 떨어지는 것은 둘째 치고 샷이 생각처럼 안 맞는다. 목의 통증이 오면서 짜증이 났다. 근래에 이렇게 게임을 어렵게 가져간 적이 없다.

백경은 그동안 여러 부상을 통해서 스윙을 느리고 빠르게 교정을 해왔지만 목의 통증으로 인해서 스윙이 느려지는 것은 이번이 처음이었다. 목의 통증으로 좀 더 빠른 스윙으로 교정하고부터는 공이 똑바로 나가기 시작한다. 점수도 점차적으로 줄여나가기 시작했다. 하지만 비거리는 생각처럼 안 나갔다. 아이언 클럽을 한 클럽 더 잡고부터는 온 그린이 되기 시작했다. 두 게임으로 끝내려고 했으나 부상은 부상이고 세 번째 게임으로 들어갔다. 자신의 게임을 못할 리가 없다. 목의 통증 이겨내기는 식은 죽 먹기이다. 게임은 하면 할수록 점수를 줄여나간다. 게임은 자신의 몇 가지 문제점을 인지하고 이븐을 끝마친다.

비록 목 통증으로 인해서 자신의 게임으로 가져가지는 못했으나 목의 통증을 염두해둔 샷 적응으로 자신의 스윙을 찾고 있었다. 앞으로 백경이 무엇을 얻을 수 있을까 생각해보았다.

Tip : 부상이 있으면 일단 쉬는 것이 최선의 방법이다. 무리한 스윙을 강행할 경우에는 체력의 소모만 더해지고 부상의 정도는 더 심해진다. 치명적이 될 수 있다.

그동안 사용한 스윙을 정리해가면서 좋은 스윙과 나쁜 스윙을 가려내야 했다. 백경의 지금 몸은 하체가 좋은 상태다. 아직 연습량이 많지 않아 조금은 변할 요지가 있다.

25년 전 일이 생각났다. 다리 수술을 하고 얼마 후에 절룩이는 다리를 끌고 필드에 나간 적이 있었다. 다리 수술을 하고 근육이 모두 잘려나가고 난 후 다시 근육이 조금씩 붙어나가는 상태였을 때다. 몸의 상태는 전혀 골프를 칠 상황이 아니었다. 절대 정상적인 스윙이 불가능하다는 것을 잘 알고 있었다. 하지만 그런 상태에서 어떠한 스윙이 나오는지를 보고 싶었다.

18홀을 도는 동안 단 홀도 같은 스윙을 하지 못하는 것을 발견하였다. 매 홀 스윙이 달라지는 것을 체험하면서도 끝까지 포기하지 않았다. 이 같은 스윙 적응에 있어서는 같은 스윙을 해주었을 경우에는 절대 공을 똑바로 내보내지 못한다. 그 당시에도 어느 정도 스윙 교정이 가능하여 의도적으로 매 홀 체력이 붙고 떨어지고를 계산해가면서 18홀을 쳤다.

체력이 붙었을 때와 그렇지 않았을 때를 확실히 알고 치는 샷만이 공을 똑바로 내보낸다. 차후에 왼쪽 다리 근육이 생기면서 9홀을 유지하던 체력이 18홀을 유지하고 36홀도 같은 스윙이 유지된 경험이 있었다.

Tip : 체력은 대체로 겨울과 봄에 붙어나는 경우가 대부분이다. 여름과 가을엔 체력이 떨어진다. 체력이 붙어나가는 봄철에는 첫 홀에서 나오는 슬라이스 볼이 라운드를 거듭할수록 더 나온다. 체력이 떨어지는 가을철이면 슬라이스 볼이 라운드를 거듭할수록 직구 볼로 변한다. 골퍼는 자신의 체력이 붙어가는지 아니면 떨어지는지를 아는 것만으로도 미스 샷을 반으로 줄일 수 있다.

파워 그립 초창기에 백경은 한때 파워 그립 한 방법만의 스윙으로 평생 스윙이 가능할 거라고 생각했다. 하지만 그동안 두 번의 수술과 당뇨병으로서 살아오면서 자신만의 파워 그립 사용에서도 많은 변화가 불가피하였다. 그 불가피성으로 인해서 부득이하게 파워 그립 타법의 스윙 변화를 받아들일 수밖에 없었다.

Tip : 프로 골퍼가 항상 똑같은 컨디션에서 골프를 잘 칠 수가 있는 것은 아니다. 수시로 달라져 지속성을 갖기가 힘들다. 몇 년 간의 전성기를 누리다 사라지는 골퍼가 있는가 하면 늦깎이 골퍼도 있다. 골퍼들마다 자신의 체형에 따라서 샷이 다르게 만들어져야 하고 체력이 떨어지는 나이가 되면 스윙 교정이 불가피하다.

한 예를 들면, 골프가 어렵고도 매력 있는 이유를 여러 가지로 들 수 있다. 그중 골프는 한마디로 말할 수 없는 게 있다. 그 이유는 상황이나 환경 그리고 몸의 컨디션이 매번 다르기 때문이다. 하나의 고사를 들자면 우리는 같은 강물에 발을 두 번 담글 수 없다는 것이다.

몸도 정신도 생각조차 그때그때 다르다. 바람의 세기가 다르고 방향이 다르고 필드의 잔디도 다르다. 골프채만 탓할 일이 아닌 게 골프이다. 백경은 자신의 몸의 변화를 누구보다 빨리 느끼고 체득하는 골퍼이다. 그러한 것을 연구했기 때문에 더욱 잘 알 수 있다.

　백경이 자신감 있게 말하는 안정된 파워 그립 타법을 사용함에 있어서도 자신감만으로 통하지 않을 때가 되었다. 파워 그립 타법에 있어서도 어느 정도 융통성을 발휘해야 한다. 이전보다 왼손 그립을 더 많이 사용하면서 빠른 스윙으로 가져가야 했다. 몸이 풀리지 않은 상태에서는 몸의 근육이 풀리지 않아 스윙이 느려지는 것이 대부분이다. 골퍼 자신은 최상의 스윙을 하려고 하지만 스윙 결과가 만들어지지 않는다. 해결 방법은 의도적으로 스윙을 빨리해주는 방법으로 가져가는 것이 결과가 좋다.

　골퍼는 기계가 아닌 사람이다. 세기의 타법을 가지고 있는 백경도 사람이다. 자신을 알고 치는 것이 중요하다. 기억의 스윙 방법은 필요하다. 하지만 그 기억의 스윙을 올바른 기억의 스윙으로 만들어야지 그렇지 않고 다른 스윙으로 만들어지면 어려운 상황에 놓이게 된다.

　기억의 스윙은 알게 모르게 백경을 조금씩 괴롭혀왔다. 오늘 백경은 그렇게 자신의 중심 스윙에서 빠르고 느린 스윙에 변화를 주면서 앞으로의 스윙 변화에 대비를 해가고 있다. 자신의 숙련된 클럽으로 칠 수 없는 클럽일 경우나 몸의 변화에 오는 게임에 있어서는 세기의 타법 파워 그립 타법도 조금씩은 달리 적응해야겠다고 다짐하였다.

시간은 잔인하지만 확실했다. 예전의 허리 디스크 수술이 많이 회복되었다. 그리고 테크닉이 절정에 달한다. 다시 스크린 골프장에 불나방처럼 들어선다. 놈의 극단적인 빠른 스윙에 스윙 포인트를 잡고 있다.

어렵게 티샷이 만들어지고 있다. 세컨드 또한 어렵게 만들어지는 샷으로 비거리가 온 그린에 못 미치는 샷이 대부분이다. 그린 주위에서 어프로치 샷의 기회가 자주 왔다. 파워 그립 사용의 어프로치 샷은 극단적인 빠른 스윙에서는 비거리가 덜 나간다. 조금씩 비거리를 늘려 잡으면 다시 어프로치 샷의 기회가 왔다. 이번에는 좀 더 고난도의 10야드 어프로치 샷이다.

파워 그립 타법을 사용하는 데 있어서 거의 20년을 검증하고 실증해보았다. 그런데도 아직 파워 그립 타법 사용에 의문이 있었는데 파워 그립 사용에서의 반대 구질이다. 오른 손등 뒤로 빠지면서 만들어지는 파워 그립 샷 결과가 정상 그립과 반대로 만들어지는 구질의 원인을 아직도 모른다.

그러나 그 샷 결과에 대해서는 항시 일반 골퍼의 경우에는 스윙이 느려지면서 훅 볼이 나오고 스윙이 빨라지면 슬라이스 볼이 나온다. 훅 볼이 나오는 경우 스윙을 빨리 가져가야 직구 볼이 나온다. 이 같은 파워 그립 사용의 기본을 무시하면 파워 그립 타법의 스윙 교정이 어려워진다. 롱게임부터 숏게임에 이르기까지 이루어지는 모든 스윙의 일치감이 그렇다. 실로 파워 그립 타법 사용은 스윙이 쉬운 반면에 풀기 힘든 난제들이 산재해 있다. 이제는 그 의심을 걷어내야 할 때이다.

Tip : 그립이 골프 스윙의 90%를 차지한다. 골퍼 대다수가 그립의 중요성은 알지만 그립을 어떻게 사용하는지를 모른다.

투어 프로에 나가려면 좀 더 실전 경험이 필요하기도 하지만 여유도 있어야 한다. 백경의 실전 경험은 사실 그 누구보다도 풍부하다. 미국에서 숱한 경험을 쌓았다. 굽이굽이 휘어지는 난코스하며 풀 한 포기 차이의 러프 샷 그리고 난이도를 달리하는 언덕의 경사도까지 철저하게 계산할 수가 있다. 그런데 여유가 없었다. 현실의 벽을 느끼는 순간이다.

필드와 스크린 골프의 체력은 커다란 차이가 있고 조건이 다르다. 하지만 파워 그립 타법의 스윙 범위는 그 이상을 커버하고도 남는다. 이전과 지금 백경의 다른 점은 지금은 파워 그립 타법의 사용 범위를 알고 친다는 것이다. 파워 그립 타법을 무작정 감각적으로 치던 예전과 다르다.

    스크린 골프장 게임이 이제 눈에 훤히 보이기 시작했다. 당장 시뮬레이션 게임을 끝장낼 수도 있었지만 백경은 점수 대결에 매달릴 필요가 없다는 생각을 갖고 있다. 특히나 점수에 있어서 가장 영향을 주는 퍼팅이 항시 문제가 있었다.

    극단적으로 느린 퍼팅 그린 스윙 적응에 있어서는 항시 의문점이 남아 있다. 최상의 퍼터 선택과 퍼팅 테크닉은 비거리가 적게 나가는 데 있다. 대다수 골퍼들의 퍼팅 스윙이 빠른 것을 감안하면 스윙이 빨라서 비거리가 더 나가는 경우가 대부분이다. 정상적 스윙이 빠른 상태에서 비거리가 더 나가는 데 있어서는 의문점이 없지만 스윙이 느린 경우 비거리가 더 나가는 것에는 의심이 간다. 결과가 그러하니 믿을 수밖에 없다. 이 같은 퍼팅의 빠르고 느린 스윙은 퍼팅에서만 나오는 것이 아니다. 쇼트 어프로치 샷도 마찬가지다. 스윙이 빨라도 비거리가 더 나가지만 스윙이 느려도 비거리가 더 나간다. 그린 주위의 러프 샷이나 맨땅 샷은 스윙을 느리게 가져가는 것도 요령이지만 비거리를 짧게 보고 치는 것도 좋은 샷을 내는 요령이다.

    그동안 타법을 세상에 내놓지 못한 것은 믿음이 덜 가서가 아니라 확인을 채 하지 못했기 때문이다. 사실 백경은 세상에서 가장 힘들고 어려운 일을 하고 있다. 골퍼가 자신만의 타법을 만든다는 것 자체가 어렵다. 하지만 백경은 여러 체형 모두의 스윙을 만들면서 골프의 게놈지도(유전체 지도)를 만들고 있다. 고난과 시련이 있었기에 가능한 일이다.

Tip : 골프 치기 좋은 수준급 골퍼의 경우, 나이가 더해지고 하체 힘이 떨어지는 경우나 연습량이 많아지는 경우에는 빠른 스윙의 골프 치기가 어려운 체형으로 변한다. 골퍼의 체형에 따라서 그 시기가 다르다. 하체가 강한 경우에는 시기가 늦어진다. 어쩔 수 없는 자연도태 현상이다.

백경의 파워 그립 타법은 비행기가 되어 하늘 높이 파란 창공을 날고 있었다.

프로 선수가 나이가 들어 비거리가 줄어드는 것은 어쩔 수 없는 현실이다. 그런데 백경은 나이가 들면서 줄었던 비거리가 다시 회복되어가는 기현상이 일어나고 있었다. 세기의 파워 그립 타법 탄생과 함께 백경의 몸에서도 기적이 일어나고 있는 것은 아닌가.

환갑이 다 되어가는 나이에 투어 프로에 나간다는 것은 쉬운 도전이 아니다. 상상하기 힘들다. 하지만 가망성이 없는 것도 아니다. 극기 훈련을 한 것을 시작으로 몸이 변화를 보이기 시작하자 도전 정신이 극에 달할 정도로 살아났다. 근래에 와서 상체 힘이 매우 강해지고 있다. 그리고 하체 힘도 계속 좋아지고 있다. 이런 상태의 느낌과 자극은 몸을 더 움직이게 했고 그럴수록 마음도 편해졌다. 연습장 스윙이건 웨이트 트레이닝이건 몸을 최대한 움직여야 했다. 몸의 근육이 붙어가는 것을 느꼈다. 백경의 골프 시계는 거꾸로 가고 있다.

몸의 변화가 몰고 오는 정신적인 힘은 대단했다. 부호가 따른다면 물음표가 아닌 느낌표였다. 감격이 오고 환희가 절정으로 치닫는다. 누가 이 기분을 알 것인가. 누가 이 기분을 만끽하면서 골프의 세계를 시공으로 인도할 것인가. 백경은 지금 그 고통스러웠던 모든 일들을 세월의 폭음과 함께 날려버리고 있었다.

운명과 함께 그 궤를 함께하고 있는 것이 있다면 그것은 골프였다. 골프는 백경의 가슴속에 깊숙하게 박힌 대명사가 되어 하나의 운명을 공유하고 있다. 한 사람의 역사에 떠나지 않고 자리 잡았다.

투어 프로라는 목표가 백경에겐 또 다시 고난의 행군을 벌이는 이유가 된다. 투어 프로에 들어가기 위한 참가비를 마련하려면 갑절 이상의 일을 하면서 모아도 힘들겠지만 그 힘듦에 일차적인 힘을 싣는다. 모든 것을 해낼 수 있다는 본능적인 감각이 살아난다. 목표가 생겼다는 것은 또 다른 삶의 희망이며 살아가는 이유이다.

기다리기로 했다. 부정이 긍정을 낳는다. 반드시 길이 열릴 것이란 희망을 포기하지 않기로 했다. 어떤 상황에서도 절망의 늪에서 헤매기는 했어도 주저앉아본 적은 없다. 그런 자신을 믿는다. 투어 프로에 만약 참가하지 못하게 된다면 그것도 하나의 운명에 포함된다고 생각하면서 내일을 기다리기로 했다.

여전히 백경은 자신의 타법에 믿음을 버리지 않았다. 아직 정리되지는 않았지만 그 믿음과 확신이 세상을 살아가는 힘이 되고 자신의 존재 이유가 되어 힘을 갖게 한다. 언젠가 골프 세계에서 백경이 창시한 고유한 그만의 파워 그립 타법은 빛을 발하게 될 것이다. 한 사람의 인생 여정에서 탄생한 교과서로 자리매김할 것이다. 평생을 일관해온 그 목표의 완성이 마침표로 끝나는 날, 그날을 기다리고 있다.

사실 투어 프로가 목표이긴 하되 그게 전부는 아니다. 우승을 한다는 것도 나이나 체력을 감안하면 의욕만 앞설 뿐이지 가능성이 많지 않다. 이론과 실재에서 나를 두둔하고 평가하는 것에도 한계가 있다. 도전적 정신은 살아 있을지 몰라도 몸은 임계점에 다다랐다. 아니 추락하는 과정에 있다. 그것이 부정할 수 없는 현실이다. 때론 긍정도 부정에 속할 수 있는 것이다.

Tip : LPGA에서 성공한 여자 프로 골퍼들의 말에 의하면 1년에 1억씩 투자해 10년을 거쳐야 비로소 프로 선수가 가능하다고 한다. 프로에 도전하는 사람 100명 중에 1명이 프로 선수가 된다.

그래도 도전해보고 싶은 걸 어쩌랴. 도전해보지도 않고 포기한다면 평생 후회로 남게 될 것이다. 체력을 최대한 끌어올려보고 컨디션 조절을 하면서 정말 도전해보고 싶었다. 골프계의 아웃사이더로 만족하고 내놓을 만한 대회에 참석하지 못한 백경은 시니어 대회에서만이라도 좋은 결과를 만들어내고 싶었다. 그동안 자신에게 미친 골퍼라는 수식어를 붙여가면서 무시했던 사람들, 다리를 절며 허리 통증에 두 손으로 허리를 잡으면서도 부단하게 골프 스윙을 멈추지 않았던 백경에게 조소를 보냈던 사람들에게 정말 확실하게 보여주고 싶었다. 마지막 도전일 거라는 생각이 들자 초조함을 떨치기 힘들었다.

 체력 훈련에 전념하면서 스크린 골프장이 아닌 연습장을 찾는다. 연습장을 찾는다 해서 특별히 새로운 것은 없다. 할 수 있는 것은 평생 자신의 타법으로 굳어진 스윙과 퍼팅의 반복 수준이었다. 말하자면 그런 기술의 반복적인 훈련이었으며 몸 컨디션의 유지를 위한 루틴의 실행이다. 그리고 상체와 하체의 힘을 균형 있게 맞추어 밸런스를 잃지 않도록 하는 일이다. 이런 과정을 통한 훈련이 점수를 키우고 가장 좋은 결과물을 만들어낸다는 것을 백경을 잘 알고 또 좋은 결과를 낼 수 있다는 확신이 있었다.

 Tip : 골퍼는 자신의 상, 하체 밸런스를 유지하는 것이 무엇보다도 중요하다. 하체가 강한 골퍼의 경우는 연습 기간을 길게 하고 열심히 노력하면 늦게라도 전성기를 맞이할 수가 있다.

 골프라는 게임은 한 샷, 한 홀, 한 라운드로 끝나는 것이 아니다. 안정적으로 게임을 가져가면서 기회를 노리고 상황 판단을 잘 하면서 한 타 한 타 접어나가야 한다. 상황에 따라 안전한 게임이 필요할 때가 있고 공격적인 게임을 필요로 할 때가 있다.

프로 골퍼의 경우에는 자신의 그날 샷을 유지할 수가 있는 시간이 3시간을 넘기지 못한다고 한다. 이 같은 샷에 있어서 아마추어 골퍼의 경우에는 전, 후반이 다르고, 소변을 보고 쳐도 샷이 변한다고 한다.

아침나절인데도 한낮의 뜨거운 열기는 스크린 골프장을 향하는 아스팔트 위로 올라오고 있었다. 아무 생각이 없었다. 이전 같으면, 오늘은 무엇을 중점적으로 실험을 할까 고민해야 하는 순간이었다. 하지만 이제는 모든 스윙을 기억해내고 최선을 다하고 치는 것 외에는 다른 생각이 나지 않았다.

불편한 다리로 움직이면서도 하체의 힘을 유지하고 있는 것은 정말 다행이었다. 절룩거리는 다리에서 그 같은 힘이 나온다는 것이 믿기지 않았다. 그러나 하체의 힘에 비해 백경은 상처가 허약했다. 웨이트 트레이닝을 통해서 열심히 운동을 하는데도 상체와 하체 힘의 차이가 느껴질 정도다. 비슷한 차이를 보이기도 하지만 그런 날은 별로 많지 않은 것 같았다. 어쩜 직업에서 걷는 시간이 많아 그런 것은 아닐까 하는 생각을 해보는데 전혀 무관할 것 같진 않으나 전부는 아닐 거라는 생각이다.

반대로 생각을 하면 상체 힘이 없다는 것과 같았다. 하지만 아직 나이에 비해 상체 힘이 약한 편은 아니다. 상체 힘을 키우는 것은, 하체 힘을 키우는 것보다 어렵지가 않다. 연습장 스윙을 통해서 스윙을 빨리 가져갈 수가 있고, 웨이트 트레이닝으로 상체 힘을 키울 수가 있다. 아직은 스윙을 하는 데 문제가 없다. 현재의 하체 힘을 좀 더 주시해보고 훈련 방법을 바꿀 작정이다.

백경은 이미 모든 체형의 스윙이 가능하다. 하지만 지금은 당장 자신의 스윙에 집중을 해야 했다. 체형에 맞는 스윙을 만들어 투어 프로에 나가서 자신의 타법을 인정받아야 한다. 기존의 파워 그립 타법 완성에서 이제 다시 투어 프로의 꿈이 여전히 진행되고 있었다.

상체 힘이 강한 골퍼의 경우는 연습장 스윙이 해가 되지만, 하체가 강한 골퍼의 경우는 연습장 스윙이 스윙을 빨리 가져가면서 비거리를 더 나가게 만든다. 만일 연습장 스윙으로도 상체 힘이 부족한 경우는, 웨이트 트레이닝으로 상체 힘을 키워야 한다. 비거리를 늘리는 것이 투어 프로에 한 발짝 앞당겨 갈 수 있는 길이다.

그러나 조심해야 할 것은 당뇨병이다. 몇 번 당뇨병에 대한 경고가 있었지만 무시해버렸고 그런데 만일 당뇨병이 더해가면서 합병증으로 발전하면 생을 마감할 수도 있다. 좀 더 냉철하게 자신의 몸을 체크해야만 한다. 골프를 위한 운동이 당뇨를 다스릴 것이란 막연한 판단이 혹시나 잘못되면 이건 정말 큰일이 아닐 수 없다. 그렇게 되면 모든 것을 잃을 수도 있다. 운동으로 힘을 기르려 하는 것처럼 예방을 위한 진단을 통해 합병증에 이를 정도의 병으로 키워가선 안 될 일이라 생각하고 있었다.

예전엔 혼자라는 것이 편하다 생각하기도 했지만 이렇듯 나이가 들고 불편한 몸과 병을 지니고 있으니 두려움마저 든다. 골프에 미쳐 가정을 이루지 못한 것이 후회스러웠다.

근래에 와서는 백경은 좋은 신체 조건에서 갖추어진 골퍼가 아니라 하체가 강하고 테크닉으로 단련된 골퍼이다. 몸무게로 따지자면 비교하기 힘들 정도로 마른 체형을 지니고 있다. 그러한 체형에서 어떻게 그런 파워의 스윙이 나올 수 있는지 많은 사람들이 궁금증을 자아낸다. 훈련과 노력 그리고 열정이었다. 만일 그러하지 않았다면 파워 스윙의 타법을 입에 올리지도 못했을 것이다.

식당으로 들어갔다. 브레이크 타임이 막 지난 시간이었다. 이상하게 배고픈 것이 느껴지는데 식욕은 당기질 않는다. 몇 숟가락 뜨다가 자리에서 일어났다.

거리는 붐비지도 한산하지도 않게 사람들의 행렬이 이어진다. 천천히 걸었다. 아니 빨리 걸을 힘이 하나도 남아 있지 않았다. 이 정도로 걷는 것조차 다행이라 여겨진다.

투어프로 테스트까지는 한 달이 남아 있었다. 더이상 무리하지 않는 선에서 몸을 만들어보기로 했다.

거의 20년을 상체가 강한 골퍼에서 스윙을 느리게 가져가는 방법을 터득해왔지만 이제는 하체가 강한 골퍼에서 스윙을 빨리 가져가는 방법을 사용해야 한다. 스윙을 빨리 가져가는 것이 스윙을 느리게 가져가는 방법보다 쉽다.

스윙을 빨리 가져가는 방법은 스윙을 느리게 가져가는 것보다 선택의 폭이 넓다. 왼손 그립을 최대한 사용하는 상태보다 왼손 그립을 거의 안 잡고 치는 것이 스윙을 빨리 해주는 방법이다.

언젠가 초보자 레슨을 하는데 레슨을 받는 사람이 의도적으로 그립 끝을 잡고 쳤다. 일명 손가락 타법이다. 레슨 골퍼가 가르쳐주지도 않는 타법으로 샷을 한다. 본능적으로 왼손 그립을 빨리 놓아주려고 한 행위이다. 그날 백경은 그립을 그렇게 잡으면 안 된다고 하였지만 그 사람은 그렇게 그립을 잡고 해보니까 스윙이 빨라지는 것을 발견한 것이다.

레슨을 하면서 자신의 레슨 골퍼에게 스윙 방법을 터득하기도 한다. 진정한 골퍼는 어느 골퍼의 스윙이든 존중할 줄 알아야 한다. 백경은 이후에 왼손 그립의 검지와 중지만으로 그립 끝을 잡고 왼손 그립을 빨리 놓아주는 스윙을 터득했다. 손가락 타법은 손가락 하나둘만으로 그립을 잡고 치는 샷으로 스윙을 최대한 빨리 가져가면서 장타가 만들어진다.

 장타 타법은 상체가 강한 골퍼의 경우, 왼손의 손가락만으로 왼손 그립을 잡고 공을 직접 칠 수가 있다. 하체가 강한 골퍼인 경우 입문 골퍼의 경우에도 이런 샷이 만들어진다. 하지만 이 같은 손가락 타법은 초보자 골퍼의 스윙으로서는 치기가 조금 어려운 샷이다. 파워 그립 사용에 왼손 그립 사용이 자신이 있는 경우나 비거리를 좀 더 내고 싶은 골퍼에게 있어서 손가락 타법은 전천후 샷이 될 수가 있다. 손가락 타법은 파워 그립 사용의 최고 난이도 테크닉 샷이기도 하지만, 상체가 강한 골퍼에서 입문 골퍼에 이르기까지 전천후 샷이기도 하다. 이렇듯 만들어지는 손가락 타법은 누구에게는 아주 쉬운 샷이나 누구에게는 어려운 샷이 될 수도 있다. 샷의 결과는 얼마나 자신이 숙달하는가에 달려 있다. 하지만 이 같은 손가락 타법에서도 하체가 강할수록 조금 융통성을 가지고 샷이 조금 어려운 경우에는 뒤땅 치기나 왼손과 오른손의 간격을 조금 띄우고 치는 아이스하키 타법의 요령이 필요하다. 그리고 클럽 선택에 있어서도 페어웨이우드 3번의 경우에는 좀 더 빠른 스윙 방법으로 뒤땅 치기나 아이스하키 타법을 유도 사용한다.

손가락 타법은 정상적으로 파워 그립 왼손 그립 사용이 가능한 이후에나 이런 장타 타법이 필요하다. 스윙을 빨리 가져가기 위한 손가락 타법이 어려운 골퍼의 경우에는 왼손 그립 사용과 더불어 뒤땅 치기와 왼손과 오른손의 간격을 띄우는 아이스하키 타법을 사용하는 것이 좋다.

백경은 이전에 왼쪽 다리 수술로 한동안 오른쪽 다리만으로 생활을 한 적이 있었다. 오른쪽 다리에 온 힘을 다 싣고 다녀 오른쪽 다리 근육이 엄청나게 강해진 적이 있었다. 의학적으로 본다면 왼쪽 다리는 힘을 지탱(지속)해주는 다리 역할을 하고 오른쪽 다리는 하체 힘이 만들어지는 역할을 한다. 그때에는 비거리가 300야드 나갔다. 강한 상체와 더불어 하체 힘의 밸런스가 맞아 골프 치기에 가장 좋았던 시기였다. 지금의 파워 그립은 생각할 필요도 사용하지도 않았던 시기이다. 하지만 과거 골프 치기 좋은 체형을 오래 유지하기란 그리 쉽지 않다.

만일 그 당시 정상 그립으로 선수 생활이 가능했다면 지금의 파워 그립은 생각하지도 못했을 것이다. 백경도 남들과 같은 생각으로 같은 스윙을 했을 거라는 생각이 들었다. 그리고 남들과 같이 일찌감치 골프의 황혼기에 접어들었을 것이다.

백경의 나이가 되면 거의 대부분 배가 불룩 나오고 기력의 쇠퇴기로 접어든다. 그런데 백경은 그렇지 않다. 배가 나오지도 않았고 다소 힘이 없어졌지만 그렇다고 기력의 쇠퇴기에 접어들었다고 말할 수도 없을 만큼 유지가 되고 있었다.

잠시 낮잠에 빠진다. 하늘을 날던 새 한 마리가 새장 안에 갇힌다. 새장 안에는 10마리가량의 새가 있었는데 새로 날아 들어온 새를 걷잡을 수 없이 공격하기 시작했다. 백경이 새들의 공격을 말리다가 잠에서 깨어난다. 악몽이었다.

백경은 그동안 누구의 제약을 받지 않고 자유롭게 하늘을 나는 새였다. 꿈속에서처럼 새장에 갇히지 않고 자유롭게 세상을 날았다. 세상에 자기가 하고 싶은 일은 모두 다 한 자유인이었다. 그런데 지금은 마치 새장에 갇혀버린 새처럼 되었다.

파워 그립 타법이라는 세기의 타법을 세상에 알리면서 새장에서 탈출해야 한다. 자신의 타법을 세상에 섣부르게 알리기보다 확실하게 다가가야 한다. 투어 프로로 나가서 자신의 실력을 증명해 보여야 한다.

# 4
# 파워 그립이라는
# 파랑새

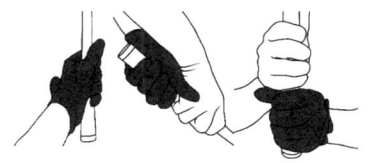

그동안 상체 힘이 어떻게 빠졌는지 모른다. 체중만 보더라도 이전에 비해 15kg이나 감량됐다. 테크닉이 경지에 오른 이후부터는 항시 공이 똑바로 나갔다. 하지만 백경은 왼손 그립을 사용하면서 공 위를 때리는 샷을 주로 사용한다. 간혹 정상 그립으로도 스윙을 해본다. 풀 스윙을 가져가면 상체가 강한 골퍼의 훅 볼이 간혹 나온다. 하체가 강한 골퍼와 상체가 강한 이전의 몸 상태를 오고 가고 있었다. 이 같은 체형에서는 파워 그립에 왼손을 사용해야 좋은 스윙이 가능했다.

연습만이 답이다. 드라이버 샷도 그렇지만 아이언 샷도 마찬가지였다. 연습량을 많이 늘려서 비거리를 늘리는 일만 남아 있었다. 중심점 스윙에서는 아무리 연습량을 많이 가져가도 몸에 무리가 가지 않는다. 사력을 다해서 치고 있다. 간혹 파워 그립에 왼손 그립을 사용하지 않는 상태에서 샷을 가져가 본다. 공은 분명히 맞아나간다. 하지만 왼손 그립을 사용할수록 샷의 구질도 좋지만 비거리가 더 나온다.

    샷은 주로 페이드 샷을 주 무기로 한다. 파워 그립 샷은 조금 빠른 스윙으로 가져갔을 때 좋은 결과가 나왔다. 아직 스윙이 더 빨라지진 않았다. 이전에 생각한 스윙 포인트에서 좀 더 빠른 스윙으로 가져가는 포인트가 중심점 스윙이 된다. 그러나 아이언 샷은 조금 달랐다. 굳이 왼쪽 목표물을 보고 칠 필요 없이 스윙을 빨리 가져가면 공이 똑바로 나갔다. 지금으로 최선을 다하는 길은 스윙을 빨리 가져가는 방법 외에는 다른 방법이 없다.

    투어 프로가 열리는 다음 달까지 스윙을 빨리 가져가지 못할 수도 있었다. 하지만 지금의 비거리와 테크닉이라면 투어 출전에는 별 문제가 없다. 긍정적으로 생각하고 싶었다. 지금의 몸 밸런스에서 마음껏 연습할 수가 있다는 것이 만족스러웠다. 몸이 어떻게 변하든 지금의 테크닉이라면 지금의 상, 하체 밸런스가 어떻게 변하든 샷을 만들 수가 있었다.

환갑이 돼가는 나이에 투어 프로에 도전을 한다는 것은 누가 생각해도 현실성이 떨어진다. 그것도 정상적인 몸이 아닌 부상당한 몸으로 도전을 한다는 것은 의욕은 좋으나 미친 짓이나 다름없다. 하지만 백경은 자신 있었다. 여태껏 쌓아온 모든 기술을 최대한 발휘하면 가능성이 충분하다고 믿고 있다. 기적이 일어날 수도 있다는 생각을 한다.

잠들다 깨다를 반복하다 정오가 지나서야 침대에서 일어났다. 오랜만에 긴 시간 잠을 잤다. 브런치로 공복을 달래고 연습장으로 향한다. 그리곤 장타 샷부터 시작해서 공 위를 때리는 샷, 그리고 정상 그립 사용까지 다양하게 샷을 가져가보았다. 투어 프로에서는 가급적 장타 샷을 노리기보다는 공 위를 때리는 샷으로 안정적인 플레이가 나을 듯했다.

요 근래에 와서는 첫 티샷이 항상 마음에 걸린다. 이전 같으면 파워 그립 타법으로 몸이 풀리거나 안 풀린 상태에서도 자신감 있게 샷을 잘 쳤다. 하지만 근래에는 처음 샷이 그렇게 만족스럽지 못하다. 초반 상체 힘이 붙어나가기 이전에 자신이 생각한 스윙보다 느려지면서 적응이 어려운 경우가 많았다. 연습량이 많아진 이후 상체 힘이 붙은 다음에는 미스 샷이 없어진다. 초반에 좀 더 빠른 스윙으로 적응하다가 상체 힘이 붙으면 그때 가서 공의 비거리가 늘어나는 것을 보면 스윙을 빨리 가져가지 않아도 되었다.

그러나 오늘은 달랐다. 충분한 휴식을 취하면 상체 힘이 붙어서 빠른 스윙을 하면 생각보다 비거리가 많이 나온다. 하지만 얼마간 연습 스윙을 멈추고 스윙의 템포를 느리게 가져가면 샷이 잘 맞지 않는다. 이전의 빠른 스윙으로 가져가야 공이 똑바로 날아가고 비거리가 나갔다.

실전에 들어가면 스윙 템포를 빨리 가져가고 싶어도 빨리 가져갈 수가 없다. 느리게 가져가려고 해도 느리게 가져갈 수가 없다. 자신의 그날 컨디션에 맞는 스윙과 템포에 맞추어 칠 수밖에 없다. 어느 날은 빠른 스윙, 어느 날은 느린 스윙으로 적응해야만 한다.

Tip : 그날 게임 결과는 샷 선택을 얼마나 잘하는가에 따라 결과가 좌우된다.

골프의 대중화는 이제 종주국 유럽과 미국을 시작으로 아시아 한국까지 열풍을 불러일으켰다. 골프를 못 치면 사회생활이 힘들 정도이다.

프로 골퍼가 되려고 입문하려는 사람들이 많다. 어릴 때부터 자식을 프로 골퍼로 키우기 위해 부모의 적극성이 개입되고 꿈을 꾸는 골퍼는 프로 골퍼가 되기 위해 혹독한 훈련을 거듭한다. 영광의 트로피를 들어 올리고 워터 해저드로 첨벙 뛰어들 자신의 모습을 상상하면서 인고의 세월을 헤쳐나간다. 그러나 그 영광의 자리에 오른다는 것은 대단히 어려운 일이다. 낙타가 바늘구멍을 지나는 것처럼 어려운 일이다.

그러나 프로 골퍼가 되려는 일념과 도전 정신은 그런 어려운 일을 돌파한다. 프로 입문 골퍼들의 면면을 살피면 그들은 거의 도전적 정신에 충실했다. 남보다 수십 배 힘든 고비를 넘기며 골프를 연구하고 체력을 키웠나간다. 좌절하기도 하고 자신의 능력에 대한 회의에 사로잡혀 망연자실하기도 한다.

골프는 부단한 연마다. 끝없는 훈련의 반복이며 자신과의 투쟁이다. 상처 없는 영혼이 없는 것처럼 투쟁 없이 이룰 수 있는 골프는 없다. 돌아보면, 백경은 이 모든 것에 대해 충실했고 훨씬 넘어섰다. 그런데도 자신의 골프 역사를 완성하지 못하고 있다. 진행 과정만 이어지고 있다.

골프란 놈은 미지수이다. 결과가 어떻게 날지 아무도 모르는 미지수이다. 골프란 놈에겐 일정한 방정식이 통하지 않는다. 우리는 항상 모르는 것을 알고 싶어하고 더 많은 것을 알고 싶어하며 아는 것을 설명하고 싶어한다. 이러한 욕구에서 탄생한 방정식을 골프란 놈은 용납하지 않는다. 그저 물리적 힘으로 훈련을 이겨내고 인내를 요구하고 고개 숙임을 요구한다.

골퍼의 세계에서 사실 선생은 없다. 어떻게 골프를 쳐야 한다는 다툼만 있다. 골프의 이론이 다르고 철학이 다르다. 접근하는 방법은 같은데 과정은 다르게 진행된다. 그래서 백경이 늘 주장하는 것이 자기의 체형을 충분히 읽어내고 자신만의 고유한 스윙을 개발하여 끝없는 반복 훈련으로 이어져야 한다는 것이다.

백경은 오늘도 골프의 벽을 넘기 위해 죽을힘을 다한다. 깨지고 부서져도 포기하지 않는다. 피를 흘리고 스스로 흘리는 땀에 미끄러져도 다시 일어나 골프의 벽을 기어오른다. 골프의 벽 너머에 무엇이 있는지도 모르고 그것을 넘어야만 한다는 사명이다.

골프는 정복하는 일이 아니라 넘어야 할 일이다. 골프는 넘고 또 넘어야 할 일을 끝없이 되풀이해야 하는 스포츠이다. 산 하나를 넘으면 또 다른 산이 기다리고 있고 그 산을 넘으면 또 역시 산이 가로막는다. 낮은 산이 있기도 하지만 그것은 처음 넘을 때의 산이고 하나를 넘기면 넘길수록 산은 더 험해지고 높기만 하다. 그런 산을 백경은 수도 없이 넘고 또 넘어왔다. 지칠 대로 지쳤다. 이젠 힘마저 모두 빠져나가 걸을 힘조차 없다. 영겁을 가듯 지루했다. 하지만 백경은 다시 산을 넘기 위해 걸음을 옮긴다.

파워 그립 타법.

그 파랑새를 찾기 위해 험난한 인생 여정을 헤쳐왔다. 그 파랑새를 찾기 위해 일체를 버렸다. 주변도 바라보지 않았다. 안식처도 버렸다. 이윽고, 그동안 애타게 찾은 파랑새가 백경의 어깨 위에 내려앉았다. 백경이 파랑새를 찾은 것이 아니라 파랑새가 백경을 찾아온 것이다.

이제 파워 그립 타법을 세상에 알리는 일만 남았다. 어떤 방법을 통해서 이 세기의 타법을 알려야 하는지는 모르겠으나 설령 알아주지 않아도 나의 치적을 찬양하고 고무하면서 살아갈 수 있어 행복하다. 남들이 할 수 없는 일을 만들어냈다는 자부심이 커진다.

백경의 마음 저 깊은 곳에서 샴페인이 터진다. 머리 위에서는 폭죽이 터져 밤하늘을 수놓는다. **마음**의 풍차가 천천히 돌기 시작한다. 이제는 정말 정신적인 자유가 그립고 휴식이 그립다. 어디로 가야 할까를 망설이지 않고 정해진 나의 길로 걸어가고 싶다. 그곳이 늪이 아니고 웅덩이가 아닌 평탄한 길을 걷고 싶다.

Tip : 자신의 스윙을 찾아서 하는 골퍼가 있는가 하면 자신의 게임을 기다리면서 하는 골퍼가 있다. 물론 자신의 스윙을 찾아서 하는 골퍼가 고수에 속한다.

아침 일찍 스크린 골프장으로 간다. 오늘은 새롭게 무장된 타법을 선보여야 했다. 새롭게 무장한 스윙으로 대결할 생각이었다. 더 이상 스윙을 빨리 가져가지 못하는 상태에서 스윙을 빨리 가져가는 방법으로 드라이버 샷의 스윙 크기를 줄이고 스윙의 강도를 약하게 치는 방법을 선택한다. 이는 두 단계나 빠른 스윙 방법이 될 수도 있지만 두 단계 느린 스윙이 될 수도 있다. 비거리는 많이 나가지 않았지만 샷에는 문제가 없었다.

필드에서의 트러블 샷이 다시 고개를 들었다. 대다수 프로 골퍼의 경우는 정상 라이나 러프에 걸리거나 차이가 없이 친다. 강한 하체에 의한 샷이다. 연습장에서 그렇게 잘 치다가도 필드에 가면 잘 치지 못하는 골퍼는 대부분 하체가 약한 경우가 많다. 필드에선 대체로 하체가 강한 골퍼가 상체가 강한 골퍼보다 유리하다. 지금의 이런 샷의 결과는 아마추어들에게서 종종 나온다. 정상 라이에서 슬라이스 볼이 나왔던 골퍼가 업 힐이나 러프에 가서 치면 공을 똑바로 보낸다. 골프 게임은 자신의 체형을 극복하지 못하면 머리를 써야 한다.

며칠 자신의 몸과 타법을 확인하면서 마음이 붕 뜬다. 잠도 오지 않는다. 그동안 검증을 하면 할수록 그 기대 수치가 극에 달한다. 기적이 올 것 같은 것이 아니고 기적이 온다고 확신한다. 좀 더 마음을 가라앉히고 현실적으로 적응해나가야 했다.

Tip : 몸의 변화는 구질을 보고 판단한다. 상, 하체 부상이 골프 스윙에 영향을 끼치는 결과는, 상체가 부상이 있을 경우는 스윙을 빨리해주지 못해서 스윙이 느려진다. 발 무릎 허리 등 하체의 부상이 있을 때에는 스윙이 빨라진다.

골프에 미치다보니 다리까지 미친 모양이었다. 그동안 상체가 강한 골퍼였다가 어느새 하체가 강한 골퍼로 변한 것이다.

사실 파워 그립 타법에 있어서 왼손 그립 사용만 있으면 어느 정도의 상, 하체 밸런스 불균형 스윙은 다 커버가 된다. 세기의 타법의 증명은 남들과 같은 조건에서보다 극단적인 조건에서 확인하고자 하는 데 목적을 둔다.

오늘은 줄곧 드라이버 위주로 체력 훈련을 했다. 스윙을 처음 할 때나 몇 시간 하고 난 후나 스윙에는 별 차이가 없다. 하체 힘이 강한 것도 그렇지만 체력 유지에도 문제가 없다는 증거이다. 몸이 채 풀리기 이전에 항시 비거리가 안 나가고 슬라이스 볼이 나오는 샷이 반복이 된다. 대체적으로 파워 그립 타법의 스윙은 초반에 스윙이 느려지는 것이 대부분으로 의도적으로 스윙을 빨리 가져가는 것이 결과가 좋게 나타난다. 아이언 샷의 경우도 미스 샷의 대부분이 스윙이 빨라서 나오는 것보다는 스윙이 느려서 나오는 경우가 더 많다.

골퍼의 체형에 따라 다소 차이가 있기는 하지만 지금 백경의 다리는 미친 다리 그 자체였다. 그동안 사실인지 아닌지 의심을 많이 하였지만 이제 더 이상 의심하지 않는다. 세상의 일은 본인이 어떻게 받아들이느냐에 따라서 그 결과가 달라진다.

투어 날짜도 며칠 남지 않았다. 무리한 연습보다는 지금의 컨디션을 그대로 유지만 하면 된다. 사실 백경은 그동안 살아오면서 자신의 뜻대로 된 적이 별로 없었다. 꿈이 너무 커서 그랬는지 아니면 너무 현실적이지 않아서인지는 모르겠으나 아무튼 만족한 결과를 얻은 적이 많지 않았던 것이 사실이다. 하지만 이번만큼은 다를 것이다. 수많은 경험과 연구를 통한 습득, 수많은 데이터를 갖고 있다. 이 같은 일관된 데이터와 백경 특유의 집중력이라면 과거 어느 때와는 다른 결과를 만들어낼 수 있을 것이다.

파워 그립 타법이 얼마나 합리적이고 좋은 타법인지를 증명하려면 정상 그립 사용의 샷 결과를 비교하기보다는 어느 체형에서든 샷이 쉽고 변함이 없이 좋은 결과가 나온다는 것을 확실하게 증명해 보여야 한다.

투어 프로 선발전에서 좋은 결과를 얻어내지 못한다 하더라도 백경에겐 타법 완성이라는 것을 증명해 보여야 한다는 더 큰 목표가 있었다. 파워 그립 타법이 그렇다. 좋은 결과가 나오리라고 자신하고 있다.

백경은 고국에 돌아온 후 10년 동안 단 한 번도 필드에 나가지 못했다. 경제적 형편이 그곳으로 가는 발걸음을 막았다. 미국에선 아무리 필드에서 살다시피 했더라도 이러한 상태의 조건을 딛고 투어 프로에 도전을 한다는 것이 상식적으로 맞지 않는 일이었다. 하지만 백경은 자신이 있었다. 비록 10년을 필드에 나가지 못했고 대회를 앞두고도 제대로 된 라운드는 하지 못했지만 20여 년을 매일 필드에서 살았던 몸이다. 처음 골프를 시작하고 일이 년은 주말을 빼고는 하루도 안 빠지고 필드에서 살았다. 남들이 평생을 칠 골프를 일 년 동안 다 친 셈이다. 지금의 자신감은 그 같은 실전 경험도 있지만 그간의 스크린 골프 경험도 도움이 되었다. 그런 경험과 경력이라면 어느 상황에서도 적응이 가능하다.

대회 일정은 이틀에 걸쳐 진행된다. 첫날부터 공격적으로 시합을 할 것이 아니라 안전한 플레이로 시합을 하다 이튿날 승부수를 던지는 것이 좋을 거라는 생각이 들었다. 수비와 공격이 조화를 이루는 작전을 짠다.

Tip : 골퍼의 스윙은 고집을 부리면, 부리는 만큼 손해를 본다. 공은 거짓말을 하지 않는다. 분명히 그 원인을 알고 방법을 만들어 쳐야 한다.

투어 프로 대회가 임박하면서 수비형의 안전한 샷이 만들어졌다. 대회 참가에 흥분되었으며 들뜬 마음을 가라앉히기가 힘이 들었다. 투어 대회에서는 완벽한 샷으로 가져가기보다는 안전하고 실수를 하지 않는 샷이 필요하다. 드라이버 샷은 세게 마음 놓고 치는 스윙을 약하게 치는 스윙으로 아이언 샷은 약하게 치는 샷을 지나가는 스윙으로 바꾼다. 골프라는 것이 그렇다. 아무리 준비가 잘 되어도 내 마음대로 되지 않는 것이 골프이다. 모든 것이 맞아떨어지지 않는 한 언제나 예상 밖의 패턴이 생겨나기 마련이다. 지금은 시간이 없다. 이것으로 준비를 끝내고 도전해봐야 했다.

투어 프로 테스트는 이틀간 행해졌다. 그런데 놈이 나타났다. 집요한 놈의 공작이 백경의 플레이를 궁지로 몰아넣었다. 어디서 틈새를 보였는지 모르지만 백경의 플레이는 그야말로 엉망이었다. 멘털이 무너졌다. 아무리 컨디션을 수습하고 끝까지 최선을 다해도 기대는 물거품이 되어갔다.

첫 홀부터 나오는 훅 볼이, 자신의 실수가 아닌 놈의 공격임을 알기까지는 전반이 끝나고서이다. 후반에 놈의 공격을 의식하고 빨리 적응에 들어갔다. 잠시 회복을 보였다. 그러나 이내 다시 오비의 숲이 보이고 해저드가 손짓한다.

첫날 망쳤던 것을 둘째 날에 만회할 생각이다. 하지만 첫날 점수가 워낙 엉망이어서 둘째 날은 언더 파를 만들어내야만 실낱같은 투어 프로 테스트 통과가 가능하다. 희망을 버릴 수는 없었다. 그러나 희망은 희망으로 끝나버렸다. 정오쯤에 티업 시간이었는데 그 시간이면 스윙을 충분히 점검하고 들어갈 수 있는 시간이었다. 하지만 문제가 발생하고 말았다. 아침을 햄버거로 간단하게 때우고 시합에 들어온 것이 탈이었다. 설사를 하기 시작했다.

연습 타구를 날리면서 컨디션을 조절해야 했는데 여의치 않았다. 화장실을 방금 다녀왔는데 다시 또 화장실로 달려가는 일로 연습 타구 날리는 시간을 허비했다. 그래도 간간이 기대했던 스윙이 만들어지고 그에 따른 비거리를 측정했다. 하지만 이것만으로는 첫날의 플레이를 만회한다는 것이 불가능하다고 판단했다.

시합에 들어가서도 첫 티샷부터 오비가 나고 두 번째 샷은 200야드의 비거리도 채우지 못하고 떨어진다. 투어 프로 입문이 눈을 감아버리는 순간이었다. 두어 달에 걸쳐 준비했던 훈련들이 모두 헛수고가 되고 말았다.

투어 프로 대회에서의 샷은 스크린 골프장에서의 대결과 같은 샷을 구사했어야 했다. 대회는 망쳤지만, 아니 마지막의 희망으로 기대했던 대회였지만 그 대회는 골프 여정의 일부분이었다고 생각하면서 모두 잊어버리기로 했다. 그러나 문제점은 분석해보기로 했다.

롱게임에 문제가 있었다. 그런데 진짜 문제는 퍼팅이었다. 그동안 빠른 그린에서 짧은 퍼터로 퍼팅을 하다보니 보통 그린에서 스윙 크기를 크게 해주는 데 있어서 문제가 된 것이다. 느린 그린에서의 퍼팅은 몸 상태가 좋지 않은 상태에서 문제가 더블로 만들어진다. 공이 똑바로 나갈 리가 없었다. 그러함에도 백경은 혹시나 안정하게 칠 욕심으로 첫날 샤프트에 정상적 길이의 퍼터로 적응을 하려고 했으니 퍼팅이 제대로 될 리가 없었다. 좀 더 절제된 공격력으로 놈을 상대해야 했다. 공은 거짓말을 하지 않는다. 퍼팅 방법에 문제가 있었다.

숏게임의 어프로치 샷도 정상 컨디션이 아닌 상태에서 자신의 정상 비거리를 보고 치면서 항시 비거리가 더 나가고 있었다. 롱게임 샷에 적응하였다 치더라도 쇼트 어프로치와 퍼팅 난조로 점수가 나올 수가 없었다. 다시 숏게임에서 어프로치 샷 퍼팅을 재검토해야 했다. 샤프트를 짧게 가져가면서 사용하는 것까지는 좋았으나, 보통 그린에서의 적응이 절대 필요했다.

Tip : 테크닉이 부족한 상태에서는 기구를 사용한다. 어프로치 샷에서 스윙을 느리게 가져가는 테크닉이 부족한 골퍼의 경우엔 클럽 각도가 큰 클럽을 사용하고, 퍼팅에서 비거리를 짧게 가져갈 수 없는 골퍼의 경우는 무게 중심이 뒤쪽에 있는 굵기가 두터운 그립을 사용한다.

투어 프로 테스트가 끝나고 백경은 자신의 테크닉이 부족했다고 자인했다. 기회가 다시 오면 그때 다시 한 번 도전해보리라 다짐하고 모든 것을 잊어버리기로 했다. 비록 투어 프로에서는 결과가 좋지 않았지만 객관적으로 자신의 능력을 테스트해봤다는 것에 의미를 두기로 했다. 그리고 다시 기회가 찾아왔을 때 어떻게 대응할지를 생각해보았다. 갑자기 미국에서의 악몽이 떠올랐다. 잊힐 듯하면 나타나는 아버지 후배와의 악연이 다시 되살아나고 있었다. 놈이 이곳 고국에까지 따라와서 자신을 괴롭힐 수도 있다는 생각을 했다.

연습장에서 나오다 하얀 까치를 만났다. 여타 다른 까치와 달랐다. 하얗고 까만색의 조화를 이룬 까치가 아니고 온몸이 하얗다. 보통의 까치와는 다른 변종이다. 일명 백화 현상으로 불리는 돌연변이로 백만 마리당 한 마리 꼴로 나타나는 것으로 알려졌다. 흰 까치는 나뭇가지에 앉기도 하고 이리저리 나뭇가지를 오가기도 한다. 나무 위에 앉아 무언가 열심히 쪼아대는 흰 까치의 모습을 휴대전화 카메라에 담는다.

예로부터 흰 까치의 출현은 정사에 기록될 만큼 큰 경사로 받아들였다. 길조 중의 길조로 여긴다. 그렇게 귀한 흰 까치를 본 것이다. 백경은 이 같은 길조의 흰 까치가 자신의 렌즈에 잡힌 것이 너무 신기했고 아주 좋은 일이 찾아올 것만 같았다.

지금 이대로라면 놈과의 대결에 승산이 없다. 투어 프로에 놈이 약물을 넣었다는 것은 아무런 증거도 없다. 놈이 지금 이 한국에 있는지조차도 알 길이 없지 않은가. 좀 더 구체적으로 그리고 현실적으로 생각해야 했다. 혹시 자신이 언젠가부터

먹는 당뇨약이 주범일지도 모른다는 생각이 들었다. 언젠가부터 상체 근육이 없어지고 몸무게가 줄어들었다.

놈의 약물이 당약일지도 모른다는 생각이 들어 처방받은 당뇨약을 먹고 실험에 착수한 그날 백경은 웃다가 울다가 반미친 사람이 되었다. 고국으로 돌아온 후 그동안 백경을 그토록 괴롭히던 놈이 바로 당뇨약이라는 것을 알게 됐다. 당뇨약을 먹고 치는 것과 안 먹고 치는 샷은 상체가 강한 골퍼에서 초보 골퍼의 차이가 났다. 백경은 자신을 그토록 괴롭혀온 당약을 이용하기로 한다. 의도적으로 당약을 먹고 치면 초보자의 느린 스윙을 체험하면서 쉽게 방법을 찾아낼 수가 있다. 당약을 통해서 파워 그립 사용의 실체를 들여다볼 수가 있겠다는 생각이 들었다. 좀 더 현실적으로 결과를 만들어본다면 당약을 통해서 여러 체형의 골프 스윙이 가능해질 수가 있다.

실로 가슴이 뛰는 발견이었다. 약은 단 한 알만 복용해도 초보자 수준의 샷이 나온다.

그동안 백경을 괴롭힌 샷의 정체가 밝혀졌다. 그동안의 일들이 주마등같이 스친다. 한국에 와서 요척추 수술 후 당뇨약을 줄곧 복용했다. 그녀와 동거생활 중에서도 힘이 빠진 것도 당뇨약이 원인이었다. 간혹 당뇨약을 먹지 않은 날이 있었다. 그런 날에는 샷이 정상적으로 돌아온다. 당뇨약을 먹고 치는 시간대에 따라서도 샷이 달라지곤 했었다. 약을 먹은 오전에는 항시 초보자의 스윙이 만들어진 것 같았다. 약을 먹고 약효과가 떨어지는 밤중에는 항시 샷이 거의 정상 몸으로 돌아온다. 지금의 약을 이용하면 스크린 골프 대결도 쉽게 이길 수가 있다.

누가 생각해도 백경은 골프에 미친 사람이다. 자신의 체형에서 스윙을 만들기도 어려운데 여러 체형의 스윙을 만들었다. 파워 그립 사용이 있었기에 가능했다. 그것도 세상에 아직 아무도 사용도 해보지도 못한 파워 그립 사용으로 그 모든 것을 만들고 있었다. 파워 그립 타법의 실체를 떠나서 지금의 의도라면 분명 백경은 천재 물리학자 수준에 도달해야 가능한 일이다. 그리고 지금의 약물에 적응할 수만 있다면 파워 그립 타법의 정복은 따 놓은 당상이다. 학창 시절 선생이 내놓은 꼴통이었던 백경. 정상인이라면 이러한 생각을 해낼 엄두도 못 냈을 것이다.

주위 사람들이 근래 백경이 길거리를 걷다가 중얼거린다고 한다. 간혹 백경 자신도 그런 자신을 발견하곤 하였다. 왠지 아무런 의미 없는 옛날 생각이 나면서 중얼거리곤 하였다. 정신분열증 현상일지도 모른다는 생각이 들었다. 그나마 백경이 가장 현실적으로 생각하는 것이 바로 골프다.

백경이 골프에 미치기 시작한 것은 파워 그립을 알고부터 였다. 파워 그립은 충분히 이렇게 골프에 미치게 할 요소가 내 포되어 있다. 초창기 파워 그립 타법을 창시하기 이전에 베이 스 볼 그립에 왼손 그립 사용 타법을 개발한 적이 있다. 인터 락 그립이나 오버 레빙 그립은 왼손과 오른손이 겹치는 이유 로 왼손 그립 사용이 거의 불가하다. 베이스 볼 그립의 왼손 사용과 파워 그립의 왼손 사용을 자유롭게 할 수가 있다. 파워 그립 장타는 이 같은 왼손 그립 사용을 극대화시키면서 스윙 을 빨리 가져가는 방법이다. 하지만 골퍼가 헤드 스피드를 최 대한 빨리 가져간다고 비거리가 나오는 것이 아니다. 상, 하체 밸런스가 맞아서 클럽이 임팩트하는 공에 체중 이동이 실려 야 비거리가 나간다.

파워 그립 타법은 왼손 엄지가 오른 손등 뒤로 받쳐주는 안 전성 그립 사용과 더불어 왼손 그립을 사용하는 방법이다. 골 퍼의 샷 능력은 상, 하체 밸런스를 정확히 가져가는 것이 가장 중요하다. 샷의 비거리는 강한 상체로 스윙을 빨리 가져간다 고 잘 나오는 것이 아니고, 강한 하체로 스윙을 느리게 가져간 다고 적게 나오는 것도 아니다. 샷의 비거리는 정확한 상, 하 체 밸런스에서 나온다.

Tip : 일반적으로 사용하는 정상 그립에는 베이스 볼 그립 오버 레빙 그리고 인터 락 그립이 있다. 이 세 가지 정상 그립 사용 중에서 왼손 그립을 최대한 많이 사용할 수 있는 그립은 베이스 볼 그립 사용이 유일하다.

약물의 효과가 밝혀지고 몸 관리 즉 당뇨병 관리를 더 철저히 해야겠다는 생각을 하였다. 몸이 무리를 하면 할수록 다리가 편해지고 당뇨병에서 벗어나고 있다는 것을 느꼈다. 지금의 힘든 생활 자체에서 잠자리가 새로운 돌파구가 될 수 있다. 잠자리는 책상에 다리를 올리고 의자에 반은 눕고 반은 앉아서 V자로 잠을 잔다. 의자에서의 잠은 엉덩이를 축으로 체중이 실린다. 이 같은 잠자리는 분명 정상인에게는 몸에 무리가 간다. 몸의 회복이 될 수 없는 잠자리이다. 하지만 백경에겐 그 반대이다.

불편한 잠은 잠을 자면서도 운동하는 효과를 낳는다. 당이 있는 사람은 항시 몸을 움직여야 한다. 편안한 잠자리가 오히려 해가 될 수 있다. 분명 몸에 무리가 가지만 운동엔 효과가 있다. 지금의 잠자리가 잠을 자면서도 운동을 하는 효과로서 당 조절과 다리 회복에 효과를 거두었다.

골프 스윙에 있어서도 같은 예가 있다. 정상 골퍼의 경우에는 어려운 트러블 샷이지만, 트러블 샷이 오히려 치기 쉬운 골퍼가 있다. 하체가 좋은 골퍼의 경우 업 힐이나 러프 샷이 오히려 치기가 쉽다. 누구에게는 이렇지만 누구에게는 저렇다. 자신에 맞는 방법을 찾는 것이 지혜로운 길이다.

간혹 잠을 자려고 잠을 청해도 당이 높은 상태에서는 잠을 재워주지 않는 것이다. 식사를 줄이거나 극도로 몸이 피로해야 잠을 잘 수가 있었다. 그렇게 잠을 자고 나면 당 수치가 제대로 나온다.

날이 갈수록 다리가 편해지는 것을 느낄 수가 있었고 당뇨병을 수시로 체크하고 있다. 정상인으로서는 납득이 안 가는 엽기적 행위가 백경에게 있어서는 건강과 체력을 늘릴 수 있는 방법이 된다. 경이로울 수밖에 없다.

10월의 밤거리는 아직 찬바람이 온몸에 와 닿지는 않는다. 올해도 작년의 그 추운 겨울밤을 다시 겪을 것을 생각하니 한숨이 절로 나온다. 하지만 걱정한다고 해결될 일이 아니다. 이제 타법은 완성되었고 남은 일은 건강을 챙기는 것이다.

타법에 자신을 가지고서 다시 온몸에 힘을 빼고 비거리를 늘리기에 여념이 없다. 왼팔은 힘이 안 들어간 상태에서 쭉 펴준다. 팔에 힘을 빼던 스윙을 몸 전체의 힘을 빼는 데 집중하였다. 온몸에 힘을 빼고 약하게 친 공은 창공을 날아갔다. 일주일 전부터 드라이버 한 샷만으로 스윙을 한다. 정상 그립을 사용해서 비교 분석이나 다른 클럽으로 치고 싶지가 않다. 이미 완성이 다 된 타법에 있어서는 추호도 의심할 여지가 없다. 오직 체력 훈련에만 전념하였다.

이전보다 비거리가 더 나가는 것은 확실하지만 그 비거리가 얼마만큼 더 나고 있는지는 알 수가 없다. 온몸의 힘을 빼고 치는 샷이 비거리가 더 나간다는 것은 알고 있다. 조만간 스크린 골프 연습장 컴퓨터로 비거리 측정을 해봐야 했다.

시간이 지나면서 투어 프로 테스트로 인한 충격은 점차 잊혀가고 있었다. 내년 투어 프로도 생각해볼 수가 있었다. 그리고 내년에 실패를 해도 그다음 해에 도전할 수가 있다는 생각이 들었다.

겨울 추위가 매서웠다. 그래서 백경은 어쩔 수 없이 사우나를 찾아 잠자리를 청하는 일이 많아졌다. 사우나에서는 몸을 항시 따듯하게 할 수 있어 좋았지만 문제는 소음이었다. 이상하게도 사우나에서는 작은 소리도 크게 들려 머리를 어지럽힌다. 그래서 며칠을 견디지 못하고 사무실로 돌아왔다. 추위도 두 평 남짓한 사무실이 좋았다. 낮에는 그래도 히터가 나와 추위를 전혀 느끼지 못하고 안온한 시간을 보낼 수 있었는데 밤이면 히터가 꺼져 견딜 수 없는 지경이 된다.

백경은 이러한 곳에서 골프의 역사를 만들어가고 있었다. 역사의 페이지 한 장이 넘겨질 때마다 백경의 건강은 조금씩 추락한다. 건강이 담보되어만 기록되는 역사라면 그 역사는 애초 만들려고 하지 말았어야 했다. 그러나 미래 예측은 그 누구도 제대로 할 수 없는 일. 새로운 골프 역사 창조라는 거대한 담론에 어떤 정보도 담겨 있지 않았다. 그래서 이 길을 걸어올 수 있었고 지금은 되돌아갈 수 없는 마이웨이가 되고 말았다.

회한이 깊게 배어든다. 실로 먼 길을 걸어왔다. 필드를 걸었을 거리를 종합해보면 아마도 지구 한 바퀴 정도는 걸었을 것이다. 샷으로 날려버린 비거리를 종합해보면 아마 달에 도달했을 거리일 것이다. 클럽에 준 힘을 한데 모으면 아마도 지구를 밀어낼 수 있을 것이다. 그가 쳐낸 공 모두를 모아 골프장에 깔아 놓으면 골프공으로 18홀 전체를 덮는 하얀 눈밭을 만들고도 남을 것이다. 이 위대한 업적을 백경은 이제 체계적으로 정리하고 싶었다. 어떠한 열악한 환경에서도 완성된 골프 스윙의 중점에 서 있고 싶다.

이제 의자가 아니면 잠을 잘 수가 없는 습관이 생겨났다. 의자에서 잠을 자고 나면 발목에 힘이 들어가면서 종아리와 다리 근육 전체의 근육이 살아 움직이는 것 같아 더욱 그랬다. 다리 운동은 밤일을 하면서 걷기도 하지만 헬스 클럽에서도 한다. 헬스 클럽에서 상체 운동은 그 어느 것도 하지 않는다. 하체 훈련에만 집중하고 있었다. 다리로 바벨을 들어올리고 바벨을 어깨에 메고 앉았다 일어났다를 반복한다. 바벨 무게를 점차적으로 올리면서 운동량을 늘렸다. 헬스 클럽에서의 운동은 이제껏 해보지 않았던 시도라 기대가 크다. 무게를 들어 올리면서 느껴지는 다리의 뿌듯한 통증은 정상 다리를 가진 사람은 느낄 수 없는 쾌감을 가져다주었다.

몸은 움직이면 움직일수록 식욕이 당기고 식사량은 늘어났다. 체력이 붙어가고 있다는 증거다. 잠은 시간에 맞추어 자는 것보다 상황에 맞추어 잔다. 잠은 운동에 지장이 없게 그리고 일거리에 맞추어 잠을 자야 했다. 아직 경제적 여건이 어려워서 일을 하지 않으면 지금의 잠자리도 어려운 형편이다. 일이 많은 날에는 날밤도 새우고 일이 없는 날에는 일찍 사무실에 들어와 자고 운동을 한다. 마치 골프 게임과도 같았다. 실전 게임에서는 아무리 좋은 스윙을 가지고 있어서도 상황에 맞지 않는 스윙은 게임에 해가 된다. 그처럼 상황에 맞게 하루 일과를 생활해나가고 있다.

백경의 일과는 정상적인 것이 하나도 없다. 남들은 이해할 수가 없고 기괴한 행위 그 자체이다. 의자에서 자는 것까지 운동으로 연결시켜 자신의 몸을 편히 누이지 않는다. 지독한 혹사다. 정상적인 생활의 포기이다.

낮에는 연습장 오후에는 헬스 클럽 그리고 밤일, 이 모든 일과를 소화하고도 의자에서 잠을 자는 정상인으로서는 상상할 수 없는 기행의 연속이었다.

건강을 찾는 것은 그동안의 세기의 타법을 완성시키는 것보다도 더 어려울 수가 있다. 자신만의 고독한 싸움이 기다리고 있다. 일단 그 방법과 주위 환경 조성은 만들어 놓았다. 지금의 어려운 상황은 일부러 만들어 놓은 것은 아니지만 새로운 도전을 이길 수 있는 환경이 조성되었다. 하루 빨리 겨울이 지나고 봄이 와서 체력이 돌아오는 날을 기다린다. 장타로 만들어지는 비거리야말로 골퍼의 자존심이다. 그 자존심을 세우는 일에 체력이 앞서지 않으면 안 된다.

백경은 항시 무슨 일이든 적응에 있어서는 배가 힘들지만 포기하기도 배가 힘이 든다. 올겨울까지는 자신의 행위가 맞는지 안 맞는지 충분한 시간을 가지고 확인할 생각이다.

하루 일과는 특별한 일이 생겨나지 않는 한 달라지는 것은 하나도 없다. 윤회하듯 항상 똑같은 과정을 되풀이한다. 물론 가장 중요하게 여겨지는 시간이 골프 연습이었다. '탁' 하고 들려오는 파열음이 베토벤의 음악만큼이나 정겹고 날아가는 공의 궤적이 무지개처럼 아름답다. 여기가 백경의 유토피아이다. 이상향의 세계, 인간이 생각할 수 있는 최선의 상태를 갖춘 완전한 사회, 골프장은 소우주였다.

지금 백경의 체력은 보통 사람들보다 훨씬 떨어진다. 테크닉을 통해서만이 정상인의 비거리를 능가하고 대등한 대결을 할 수가 있다. 몸은 두 차례 대수술을 하고 나이가 환갑이 다 되어 골퍼로서의 수명은 다하였겠지만 다행인 것은 남들 모르는 세기의 테크닉을 알고 있다는 것이다. 일종의 명맥을 유지하는 명분인 셈이다. 이제 좀 더 시간이 지나고 건강이 약해지면 명맥의 유지조차 사라질 것이다. 백경은 그것이 두렵다.

Tip : 기본 스윙 자세가 만들어지지 않은 골퍼는 아무리 공을 잘 날린다고 해도 언젠가는 한계점에 다다른다. 기초가 완성되고 나면 습득 과정이 필요하다. 습득 과정에 있어서도 처음부터 고도의 테크닉을 구사하기 어렵다. 단계별 습득 단계를 거쳐서 고도의 테크닉이 만들어져야 한다. 부화된 알에서 갓 깨어난 새가 창공으로 날아갈 수 없는 것과 마찬가지 이치다.

드라이버 티샷은 운동량을 더해갔을 때 다른 여타 클럽 샷보다 운동량이 두 배가 더 늘어난다. 이 같은 운동량과 테크닉을 더해가는 샷은 백경이 체력 훈련과 더불어 테크닉을 완성시키는 데 있어서 절대 필요한 샷이 된다. 골퍼의 생존 기술을 습득한다. 골퍼의 생존 기술은 동물의 왕국에서 나오는 동물과 다를 바가 없다. 자신이 정상이 아니거나 정상을 뛰어넘고 싶다면 자신만의 생존 기술을 습득해나가야 한다. 자신만의 특별한 기술 말이다.

근래 정상 그립으로 프로 스윙 포인트를 잡고부터는 항시 정상 그립과 파워 그립 타법의 스윙을 동시에 구사한다. 비교 분석이야말로 타법의 진수를 확인 증명할 수가 있다. 정상 그립과 파워 그립 타법의 선택에 있어서는 골퍼의 체형과 능력에 따라서 차이가 있다. 분명 파워 그립 타법이 정상 그립에 비교해서 실수가 적다. 골퍼의 의지에 따라서 그립 선택이 달라지지만 일단 파워 그립 사용만 가능하면 정상 그립 사용에 있어서보다 샷 결과가 배가 좋아진다.

파워 그립 타법의 장타는 정상 그립 사용보다 대략 20야드는 더 나간다. 그러나 샷의 단점이 있다. 파워 그립 사용의 왼손 그립 사용은 절정에 이르러야 하고, 어느 정도 왼손 그립 사용에 숙달된 골퍼만이 손가락 타법이 가능하다. 파워 그립을 사용하는 초보 골퍼의 경우에는 이런 그립 사용이 어려울 수 있다. 또 다른 단점은 비거리가 많이 나가는 대신 샷의 정확도가 조금 떨어진다는 점이다. 이런 점에 유의해 샷을 해야 한다.

손가락 타법의 최대 강점은 비거리 샷이다. 왼손 그립 사용을 최대한 사용하는 샷에서 더 나아가 그립을 끝에 잡고 왼손 손가락 하나둘만을 그립에 걸치고 클럽이 공을 임팩트하는 순간 왼손가락을 놓아주는 샷을 구사해야 한다. 일명 방아쇠 타법이다. 이 같은 방아쇠 타법을 구사할 때 백경은 마치 서부의 총잡이가 된 것 같은 착각에 빠진다. 그도 그러할 것이 방아쇠 타법에 들어가면 손가락에 집중을 해야 한다.

몸은 다 망가졌지만 날이 갈수록 꿈이 현실로 가까워지고 있음을 느꼈다. 여러 체형이 가능한 파워 그립 자체도 놀라웠지만 자신의 신체적 능력을 무한정 끌어올릴 수 있는 파워 그립 타법 실체가 놀라왔다.

백경이 잠을 자는 사무실 건물은 거의 이백 평이 넘는다. 복도 양편으로 조그마한 중소형 사무실이 다닥다닥 붙어 있다. 그곳 어느 사무실 하나가 백경이 기거하는 사무실이다. 이곳에서는 낮에도 사무실에서 일을 하는 사람이 거의 없다. 더구나 밤에는 백경만이 사무실에 남아 있다. 그것이 좋았다. 백경은 혼자 조용히 시간을 보내는 것이 너무 좋았다.

운동을 하지 않는 날은 종일 사무실에 있다. 의자를 뒤로 젖히고 자신의 미래를 꿈꾼다. 그 꿈은 자신이 뜻한 대로 단 한 번도 실현되지 않은 꿈들이었다. 잠 속에서 부모님을 만난다. 백경은 시즌 낚시를 가자고 아버지를 조른다. 아버지에게 손맛을 보여주고 싶었다. 아버지는 이를 거절한다. 아직 때가 아니란다.

바닷가에서 보니 평온하던 바다가 갑자기 파도를 일으켰다. 그는 바다를 항상 동경하며 바다를 향해 멀리 나아가는 항해를 꿈꾸며 살아왔다.

# 5
# 답은 없지만
# 방법은 있다

 장타 샷과 더불어 여러 테크닉 샷 점검에 들어간다. 그리고 어느 날은 의도적으로 당뇨약을 먹고 친다. 당뇨약을 먹고 치면 순식간에 초보자 스윙으로 변한다. 직접 초보자 스윙으로 돌아가 초보자의 좋은 스윙 방법을 찾아나간다. 파워 그립 타법의 테크닉이 많이 변한다. 파워 그립 타법의 샷은 스윙 폭이 넓어서 그 샷 범위를 적게 보고 칠 우려가 있다. 파워 그립 사용은 사실상 상체가 강한 골퍼에서 시작해 하체가 강할수록 왼손 그립을 많이 사용해야 빠른 스윙에서 샷이 만들어진다. 하지만 이 같은 스윙이 초보 골퍼의 경우에는 왼손 그립을 사용하지 않으면서 느린 스윙이 만들어진다.

　사실상 프로 골퍼도 샷 미스를 한다. 프로 골퍼들도 18홀 도는 동안 마음에 드는 완벽한 샷은 손에 꼽을 정도라고 한다. 중심점 스윙이 만든 미스 샷을 플레이 가능한 샷으로 만든다. 파워 그립 사용에 있어서는, 파워 그립 사용이라는 폭 넓은 샷에서 공이 잘 맞아나간다고 현재의 샷에 만족하지 말고 자신의 중심점 스윙을 찾는 데 많은 노력을 해야 한다.

　백경도 아직 적응이 잘 안 되는 샷이 있는데 그것은 몸의 변화에 따른 샷이다. 파워 그립 사용이라는 안정된 그립 사용에서도 초반 샷과 몸이 풀린 후의 샷이 다르다. 아무리 샷에 집중력을 가지고 중심점 스윙으로 잘 치려고 해도 좋은 샷이 나오질 않는다. 이 같은 파워 그립 샷은 항시 초반에는 어느 정도 빠른 샷으로 가져가야 만족스런 샷이 나온다. 뿐만이 아니다. 잠시 샷을 중단하고 치는 샷에서도 샷의 결과가 조금 다르다. 흔히들 오줌을 누고 쳐도 샷이 변한다고 한다. 이 같은 몸의 변화는 파워 그립 사용이라는 안정된 그립 사용에서도 샷의 변화가 불가피하다.


　Tip : 프로 골퍼들 가운데서도 한순간에 점수를 몰아치는 골퍼가 있는가 하면 꾸준한 페이스로 성적을 올리는 선수가 있다. 꾸준히 치는 선수의 생명력이 더 길다.

　자신의 타법이 완벽하게 만들어졌다고 해서 실전에 좋은 결과가 나오는 것이 아니다. 눈에 보이지 않는 스윙이 있는데 그것은 체력이 붙고 떨어지고 하면서 만들어지는 스윙 변화이다. 정상 그립의 사용에 있어서는 하체의 힘에 따라서 달라지지만 상체 위주의 파워 그립 타법에 있어선 하체의 힘에도 영향을 받지만 상체의 힘에 더 많은 영향을 받는다.

　정상 그립 사용에서의 몸의 변화는 불가피하다. 프로 골퍼의 경우에도 라운딩 이전에는 항시 몸을 풀고서 시합을 한다. 게임이 동타로 끝나고서 연장전에 들어가기 전에는 항시 몸을 풀고 평시와 같은 스윙을 유지하려고 안간힘을 쓴다. 이같은 샷 결과는 몸은 항시 변하기 때문이다. 아마추어의 전반 후반이 다르고 오늘과 내일의 샷이 다른 이유가 몸의 변화에서 오는 샷 때문이다.

　아마추어가 이 같은 샷에 적응하기 위해서는 초반 몸이 안 풀린 경우와 몸이 풀린 경우의 샷을 기억하면서 적응해가야 한다. 이 같은 몸의 변화에 따른 샷은 파워 그립 사용에서도 마찬가지다. 하지만 초보자 단계에서 중급자 스윙까지는 만들어나가고 고급자 스윙에서는 몸의 변화가 없는 샷이 만들어진다.

　스윙 자체의 잘못은 골퍼 자신이 느낄 수 있지만 몸에 따라 변하는 스윙은 골퍼 스스로 느끼기도 어렵다. 이러한 스윙 변화는 초반과 중반 몸이 풀린 스윙이 다르고 잠시 골프를 중단하고 치는 스윙이 다르고 게임을 빠르게 진행하게 되는 게임과 느리게 진행되는 게임의 샷이 다르다.

　정상 그립 사용의 경우에는 초반 하체 힘이 안 풀린 상태에서 스윙을 느리게 가져가는 방법으로 하지만, 파워 그립 사용의 경우에는 초반 상체 힘이 안 풀린 경우에는 그 상태에서 스윙을 빨리해주는 것을 시작으로 몸이 풀리기 시작하면 스윙을 조금 느리게 가져간다.

　하지만 초보자 골프 스윙을 벗어나 수준급 골퍼의 공 위를 치는 경우에는 몸의 변화에 따른 샷이 줄어든다. 초보자나 중급자 스윙일 시에는 애초에 조금 빠른 스윙으로 대비하고 치는 샷이 필요하다. 초보자나 중급자의 샷은 이 같은 몸의 변화에 따르는 샷에 만족하지 말고 상, 하체 밸런스가 골프 치기 좋은 체형으로 근접했을 때에 공 위를 치는 스윙을 습득해서 좀 더 좋은 고수의 스윙으로 가져가야 한다.

　자신의 스윙이 완벽하게 만들어진 이후로는 게임의 진행에 따른 스윙을 감지하고 변하는 몸에 맞는 스윙을 찾아야 한다. 정상 그립 사용에 있어서는 대체로 봄에 하체의 힘이 붙다가도 여름철과 가을에는 하체의 힘이 떨어지는 스윙이 나온다. 대다수의 골퍼가 자신의 스윙을 기다리는 경우가 대부분이다. 파워 그립 타법 스윙에 있어서도 아무리 스윙이 완벽하게 만들어졌다고 해도 스윙 변화가 불가피하다. 상체가 안 풀린 상태와 풀린 상태의 스윙 차이는 두 단계로 나온다. 잠시 게임이 중단되거나 게임이 천천히 아주 느리게 진행되는 경우는 한 단계 스윙을 빨리 가져가는 것이 좋다. 하체의 힘이 붙어가는 것도 계산을 해야 한다.

몸의 움직임에 따라 스윙을 적응하게 되는 것은 골퍼의 고난도 기술이다. 아무리 완벽하게 스윙이 만들어진 골퍼의 경우라도 변하는 몸에 적응을 하지 못하면 그 사용이 소용없게 된다. 연습장에서 그렇게 잘 치던 골퍼가 라운드에서 엉망으로 치고 봄에 잘 치던 골퍼가 가을철이면 형편없이 친다. 골퍼는 기계가 아니라 사람이다. 사람의 몸은 항시 변한다. 체력이 붙고 떨어지는 몸의 변화를 고려하면 좀 더 수준 높은 골프를 할 수가 있다. 스윙 방법을 많이 알다보면 어느 상황에서도 샷이 가능하다. 문제는 얼마나 빨리 적응하고 최상의 샷을 선택하는가에 달려 있다.

Tip : 실전에 임하게 되면, 여러 상황을 맞이한다. 어떤 상황에서든 공략할 틈새가 있다.

  초보자의 느린 스윙을 보고서 수준급 골퍼가 쉽게 해답을 제시하기란 결코 쉽지 않다. 아무리 수준급 골퍼라도 초보자의 느린 스윙을 경험해보았겠지만 그 샷의 해결은 연습량이 가장 큰 요인이다. 좀 더 획기적인 방법이 필요한 시점이다. 샷 해결에 있어서는 스윙 방법도 중요하지만 샷의 원리를 아는 것도 중요하고 몸의 변화도 알아야 한다.
  정상 그립 사용에서도 체력이 붙고 떨어지는 것과 자신의 구질을 알고 치면 상황에 맞는 대처가 가능하다. 초반 하체 힘이 붙어나가는 상황에서 플레이 가능한 훅 볼이 나오는 상황이라면 기다리는 스윙이 가능하다. 반대로 하체의 힘이 떨어지는 상황에서 훅 볼이 나오는 경우라면 과감한 샷 변화를 가져가지 않으면 안 된다. 하체 힘이 붙어나가는 상황에서 슬라이스 볼이 나오는 경우라면 플레이가 어려운 샷이 나올 것이 확실하다. 과감한 샷 변화를 필요로 한다.
  파워 그립 타법의 구질 적응에 있어서 슬라이스 볼이 나오는 경우라면 빠른 스윙 테크닉을 가져가거나 스윙을 느리게 가져가는 방법으로 공 위를 치는 스윙으로 가져가지 않으면 안 된다.

골퍼의 샷 범위는 넓으면 넓을수록 좋다. 정상 그립의 사용에 있어서도 하체가 강한 골퍼의 경우는 러프에 걸리거나 업 힐에서나 샷이 평지의 정상 라이와 별 차이가 없다. 하지만 스윙이 빠른 골퍼의 경우는 공이 조금만 라이가 나빠도 훅 볼이 나온다. 업 힐에서는 공이 훅 볼을 나올 것을 염두에 두고 친다. 테크닉의 차이도 있지만 강한 하체에서 만들어지면서 스윙 폭이 넓은 까닭이다.

정상 그립의 사용에 있어서는 스윙이 빠르면 훅 볼이 나오고 스윙이 느리면 슬라이스 볼이 나온다. 파워 그립 사용의 스윙 포인트에 이르게 되면 클럽이 어느 지점을 쳐도 공이 똑바로 나간다. 하지만 빠르고 느린 스윙 포인트를 넘어서 그 한계점에 도달한다. 느린 스윙 포인트에서 스윙이 느려지면 훅 볼이 나온다.

파워 그립 타법의 느린 스윙 습득은 입문 골퍼의 경우에라도 당일 스윙이 가능하다. 하지만 스윙 폼이 만들어지고 골퍼의 능력에 따라 습득해야 하는 초보 골퍼의 스윙 중급자 스윙 그리고 숙달자의 스윙에 이르기까지 골퍼의 노력 여하에 따라 기간이 달라진다. 쉬운 듯하면서 어려워질 수 있는 파워 그립 타법이다.

세상일 너무 쉽게 이루어지면, 노력할 여지도 없고 게임에 쉽게 싫증을 느낄 수가 있다. 파워 그립 타법은 이러한 골프 습득에 있어서 우선 몸에 무리가 안 가게 쉽게 공을 날리면서 골프에 재미를 붙이고 스윙 폼이 만들어지게 샷이 만들어지는 것이 장점이다.

파워 그립 타법은 처음부터 쉽게 공이 똑바로 나간다고 할지라도 만족하지 않고 자신의 중심점 스윙을 찾는 것이 중요하고, 이후에도 자신의 샷 결과에 만족하지 않는 더 좋은 스윙으로 발전하기 위해서 노력해야 한다. 같은 골프 스윙이라는 보이지 않는 스윙 결과에서도 만 분의 일이라도 자신에게 유리한 스윙이 있다.

골프라는 운동에서 대다수가 항시 변하는 몸에 스트레스를 받는다. 뿐만 아니라, 부상으로 이어진다. 파워 그립 타법이라는 골프 스윙은 초보 골퍼도 쉽게 시작해서 중급자 스윙 그리고 초고난도의 스윙까지 모든 골퍼를 만족시키는 스윙을 만들 수가 있다.

Tip : 샷이 어설프게 만들어진 아마추어 골퍼들일수록 샷 변화가 심하다.

또다시 흰 까치를 만난다. 머리 부분과 날개가 은빛이다. 흰 까치를 만나는 것은 길조라고 하는데 여러 번 만났음에도 좋은 일은 생기지 않는다. 하늘을 날 때 까치는 흰색의 날개를 펼치고 날아간다. 까치의 나는 모습을 휴대폰 카메라에 담는다. 여타 신기한 일이 있어도 새로운 것이 있어도 흥미를 느끼지 못했던 그가 흰 까치를 만날 때마다 매번 신기하게 바라보고 서 있다. 자신에게 관심이 생겨나는 개체가 있다는 것이 너무 좋았다. 이질감과 동질감의 감정이 이런 것이구나 하고 느낀다.

그러다가도 흰 까치가 시야에서 명멸하고 나면 도시 한켠에 서 있는 고목처럼 붙박여서 어디로 갈까 잠시 고심한다. 어디를 갈까 하다 결국 도둑처럼 기어드는 곳은 역시 스크린 골프장이다. 사람들이 없었다. 정지된 화면만 보인다.

"딱!"

파열음에 세상이 깨어난다. 아니 백경 자신이 깨어난다. 화면이 움직이기 시작한다. 죽었던 생명이 살아나는 것이다. 백경은 미친 사람처럼 클럽을 휘둘러댔다. 파열음의 여음이 채 사라지기 전에 새로운 파열음이 앞선 여음을 덮어버린다. 백경은 이제 더 이상 속지 않는다. 당뇨약을 먹었을 때와 안 먹었을 때의 차이를 확연히 깨닫는다. 당약을 먹고 난 날은 항시 초보자 상체 힘이 안 빠진 느린 스윙에서 샷을 가져간다. 초보자 스윙에서는 왼손 그립을 사용하지 않고 느린 스윙에서 샷이 가능하지만, 왼손 그립을 최대한 사용하면서 빠른 스윙 테크닉 샷으로 공을 친다. 하지만 이 같은 스윙이 백경의 주특기 샷으로 언젠가부터 왼손 그립을 사용하지 않고 공 위로 치는 스윙이 돼버렸다. 이제는 몸을 알고 치는 샷으로 가져가는 것이 무엇보다도 좋았다. 그러면 샷의 미스도 없지만 비거리가 나갔다. 한동안 당뇨약을 통해서 초보자 체형에서 빠른 스윙 테크닉을 습득하기에 이른다. 한 단계 그리고 한 단계 더 업그레이드된 샷이었다.

  몸 상태를 알고 치는 샷이 확실히 좋다. 체력이 붙는지 비거리도 늘어난다. 그간 당뇨약을 통해서 새로운 테크닉을 모색한 것이 나쁘지 않았다. 좀 더 업그레이드된 테크닉을 접하고 싶다. 다시 스크린 골프와 싸우면 이전보다도 몸에 무리가 가지 않게 대결할 수도 있다.


Tip : 골퍼들은 그날 샷이 안 맞으면 자신의 능력 탓으로 돌리는 경우가 대부분이다. 그날 샷이 안 되면 미련을 두지 말고 그날 몸에 맞는 샷을 찾아야 한다.

스크린 골프의 대결에서 줄곧 빠른 스윙 대결이 완성도가 뒤떨어진다. 공 위를 치는 느린 스윙이 치기 좋았다.

알 듯 모를 듯 생각이 깊어졌다. 그것은 파워 그립 스윙이 정상 그립 사용과 다르게 다른 느린 스윙 포인트가 있는 것 같은 생각이 들었기 때문이다.

샷에서도 우주 원리와 같이 세상 밖을 넘어 또 다른 세계가 있을 수 있다는 생각을 한다. 지금의 파워 그립 타법이라면 이 같은 또 다른 세계에 쉽게 도달할 수도 있다. 일반적 골퍼의 스윙은 대체로 느린 스윙으로 시작으로 해서 빠른 스윙으로 샷을 만드는 것을 원칙으로 한다. 대다수 골퍼가 상체 힘이 안 빠진 상태의 느린 스윙에서 3년 10년을 거쳐서 프로 골퍼의 골프하기 좋은 상, 하체 밸런스의 스윙이 만들어진다.

어느 골퍼의 경우에는 상체 힘이 좋아 손목 힘도 너무 좋아 배운 지 3개월이 안 되어 빠른 스윙이 만들어지는 경우가 있는가 하면, 하체 힘이 너무 좋아 골프를 처음 배우자마자 느린 스윙에서 샷이 만들어지는 경우도 있다.

기본 스윙 폼이 채 잡히기도 전에 상체가 너무 좋아 빠른 스윙이 만들어지는 경우나, 하체 힘이 너무 좋아 느린 스윙에서 샷이 만들어지는 경우는 처음에는 골프 치기가 쉬울지는 모르나 차후 스윙이 어려워진다.

스윙이라는 것이 연습량에 따라 당수 유단자의 기왓장 깨는 것과 같다. 파괴력이 즉 골프 스윙이 빨라지는 관계로 인해서 빠른 스윙에 샷이 나가는 경우에는 샷이 점차적으로 스윙이 더 빨라지면서 샷이 안 맞아나가는 상태가 되고, 느린 스윙에서 샷이 맞아나가는 골퍼의 경우는 점차적으로 빠른 스윙으로 샷이 만들어져나가는 상태로 인해서 빠른 스윙에서 샷이 만들어지기까지 오랜 시간이 필요하다.

  일반적인 골퍼의 빠르고 느린 스윙에서, 중간에 빠른 스윙의 테크닉으로서 샷이 만들어지는 경우가 아닌 상체가 강한 골퍼의 경우나 하체가 비정상적으로 강한 골퍼의 경우에는 빠른 스윙이 아닌 느린 스윙으로 샷이 만들어져야 한다.

  일반적 레슨이 빠른 스윙에서 샷이 만들어지는 것을 감안하면 이 같은 상체가 너무 강한 골퍼나 하체가 비정상적으로 강한 골퍼의 경우에는 일반 레슨의 반대 즉 느린 스윙으로 샷 교정이 만들어져야 한다.

  또한 골프 습득을 빠르게 가져가고 싶은 초보 골퍼의 경우에는 굳이 빠른 스윙으로 가져갈 필요가 없이 느린 스윙으로 습득을 하면 10년, 3년, 1년이 걸릴 수 있는 골프 스윙을 단 1개월 1주일이면 자신의 몸에 맞는 스윙을 가져갈 수가 있다.

  하지만 일반적으로 느린 스윙의 레슨은 거의 전무하다고

볼 수가 있다. 일반적으로 알고 있는 느린 스윙의 레슨은 스윙 크기를 적게 하거나 최소한의 체중 이동 방법이 그 요령이다. 하지만 느리게 가져가는 스윙의 그립 사용으로는 왼손 엄지가 오른손 등 뒤로 빠지는 파워 그립 사용이 있다. 스윙을 느리게 가져가는 테크닉 사용으로는 공 위를 치는 방법이나 발끝에서 상체의 체중 이동 방법이 있다. 이 같은 스윙을 느리게 가져가는 극단적인 테크닉은 일반적으로 알고 있는 자세로 만들어지는 테크닉과는 비교할 수가 없다. 하지만 방법을 안다고 샷이 만들어지는 것이 아니다. 골퍼의 체형과 능력에 맞는 스윙 원리와 방법을 알아야 한다.

골퍼들이 알고 있는 일반적 상식으로는 빠른 스윙에서 샷이 만들어져야 비거리가 나간다고 생각한다. 하지만 샷의 비거리는 빠른 스윙에서 샷이 만들어지건 느린 스윙에서 만들어지건 별 차이가 없다. 클럽이 공을 임팩트하는 순간 상, 하체 밸런스가 얼마나 잘 맞는가에 따라서 비거리가 제대로 나온다.

일반적인 샷의 정확도는 빠른 스윙에서 맞아나가는 샷보다 느린 스윙에서 맞아나가는 샷이 더 안정적이고 몸의 변화에 영향을 덜 받는다. 따라서 빠른 스윙에서 샷이 잘 맞아나가는 골퍼의 경우에도 의도적으로 느린 스윙에서 샷을 가져가는 샷이 더 안정적일 수가 있다.

　백경이 지금 추구하는 느린 스윙의 골프는 종전의 골프를 정반대로 구사하는 샷이다. 그동안 간혹 반대로 치는 골프를 제시하는 프로 골퍼들도 있었다. 하지만 아직 그 원리와 방법을 제시하는 골퍼는 없다. 백경도 그걸 입증하기는 어렵다. 하지만 샷 결과로 그 해답을 내놓을 수는 있다.

　만일 이 같은 느린 스윙에 있어서 파워 그립 사용은 골프를 쉽게 습득할 수가 있다. 그동안의 샷 결과를 보면 샷의 비거리는 빠른 스윙의 테크닉으로 가져가면서 비거리를 만든다. 그렇다고 해서 느린 스윙 테크닉으로 샷을 가져가면서 나오는 비거리와 차이가 거의 없다. 빠른 스윙의 테크닉이 어려운 골퍼의 경우에는 빠른 스윙의 샷을 치기가 더 어렵고 비거리가 덜 나간다.

　느린 스윙일지라도 클럽이 공을 임팩트하는 순간 상, 하체 밸런스가 맞으면 비거리가 나간다. 이 같은 느린 스윙과 초보자의 파워 그립 사용 습득이 가능해진다면 초보 골프의 획기적인 방법이 된다. 근래 왼손 그립을 사용하지 않는 파워 그립 사용이 느린 스윙에 가까워지는 샷이라는 것을 알게 되었다. 파워 그립 타법 창시와 함께 그동안의 30년 고생을 한방에 날릴 수가 있다는 생각은 거기까지였다. 그리고 백경은 좀 더 스크린 골프 대결을 더해가면서 그 원리와 방법을 찾기에 나서기로 했다.

백경의 주 무기 샷인 공 위를 때리는 스윙은 연습장 스윙에서 실력을 닦기로 했다. 공 위를 때리는 스윙은 공 위를 치면 칠수록 슬라이스 볼이 직구 볼로 나오고 직구 볼이 훅 볼로 만들어진다. 하지만 이 같은 공 위를 때리는 스윙은 항시 정상 몸에서 샷이 쉽게 만들어진다. 당뇨약을 먹은 상태에서의 느린 스윙은 비거리가 덜 나가고 치기가 조금 어려웠다. 하지만 공 위를 치고부터는 당약을 먹고 치는 샷이 이전과 같은 어려운 샷이 아니었다. 자신의 몸을 알고 치는 샷으로 왼손 그립을 사용하지 않는 공 위를 치는 샷으로 가져간다. 당뇨약을 먹고 치는 샷은 공 위를 치는 샷 외에 다른 방법이 가능하다. 파워 그립 왼손 그립을 최대한 사용해 뒤땅 치기나 왼손과 오른손의 간격을 띄우고 치는 아이스하키 타법이 있다. 하지만 백경은 공 위를 때리는 스윙을 즐겨 사용한다.

근래 연습장으로 향하는 발걸음은 가볍다. 얼굴을 핥고 지나가는 바람이 상쾌하다. 꽃샘추위도 이제는 물러가고 있어 모든 조건이 최상의 기분을 더해준다. 연습장 근처의 흰 까치 둥지를 살펴보았다. 오고가면서 늘 바라보는 것이 어느새 습관이 되었다. 오늘은 흰 까치가 보이지 않는다. 흰 까치를 보았다고 좋은 소식이 있었던 건 아니었지만 흰 까치를 만나면 꼭 좋은 일이 생길 것 같은 기분에 휩싸이는 것이 좋다. 까치가 보이지 않아 아쉬운 마음에 둥지 주변을 살펴보지만 그 어디에서도 흰 까치의 모습은 보이지 않았다. 연습장에서 연습을 끝내고 나올 때 볼 수 있기를 기대하면서 연습장으로 들어간다.

당뇨약을 통한 타법이 거의 정리가 되었다.

파워 그립은 정상 그립보다 두 배나 안정된 그립 사용이다. 파워 그립이라는 좋은 그립을 이제껏 사용하지 않은 이유는 단지 스윙이 느리다는 이유 때문이다. 이 같은 파워 그립 사용의 샷 대결에 있어서 어느 날부터 왼손 그립을 사용하지 않고 치면서 좋은 샷 결과가 나오는 것을 발견한다. 왼손 그립을 사용하지 않고 치는 스윙은 하체가 아주 강한 골퍼의 경우나 입문 골퍼의 느린 스윙에 치기가 좋아진다. 파워 그립 타법은 초식(招式 : 공격이나 방어를 하는 기본 기술을 연결한 연속 동작)이 없는 반면 모든 초식을 구사하면서 샷 결과로 답한다.

백경이 의도적으로 공 위를 때리는 수준급 샷은 초보 골퍼가 따라 하기는 매우 힘이 든다. 하지만 파워 그립 사용에 왼손 그립을 사용하지 않는 샷은 초보 골퍼라도 따라 하기가 어렵지 않다. 파워 그립 사용에 왼손 그립을 사용하지 않고 치는 스윙이 느린 스윙에 가까워지고 있었다.

Tip : 골프 스윙에 답은 없지만 방법은 있다.

파워 그립 왼손 그립을 사용하지 않고 치는 샷이 AI의 대결에서 파워 그립 사용의 앞길을 암시해주었다면 백경의 몸 상태가 정상일 때 연습장 스윙은 전혀 도움이 되지 않았다. 하체가 초보 골퍼의 스윙으로 들어가야 샷을 체험할 수가 있었다. 이 같은 실험이 당뇨약을 먹고부터 쉽게 만들어졌다.

백경의 실험 방법은 당뇨약 말고 한 가지가 더 있다. 장갑을 사용하는 것이다. 일반적으로 골퍼는 보통 얇은 왼손 장갑만을 낀다. 하지만 왼손 장갑을 끼지 않고 오른손 장갑만 끼면 상체가 강한 골퍼의 스윙으로 가져갈 수가 있다. 반대로 왼손 장갑에 스키 장갑을 더 끼고 치면 하체가 강한 골퍼의 스윙으로 가져갈 수가 있다. 장갑을 통해서 골퍼의 체형을 달리 체험할 수가 있다.

게임을 하면 할수록 AI 게임에 접근하고 있다. 자신감으로 가득 차게 된다. 하지만 아직 역부족인 것만은 분명한 사실이다. 그동안 레슨을 하는 동안 백경은 초보자의 레슨에 있어서 왼손 그립 사용과 빠른 스윙 테크닉이 그다지 만족스럽지 않았다.

처음 파워 그립 레슨은 반은 성공 반은 실패였다. 어느 정도 기본기가 있는 골퍼의 경우에는 파워 그립 사용의 빠른 스윙 테크닉이 먹혀들어가면서 샷이 쉽게 만들어지는 경우가 있다. 하지만 생소한 파워 그립 사용에 의구심도 나고 왼손 그립 사용이 쉽지 않았다. 골프 스윙에서는 스윙 방법이 아무리 맞을지라도 골퍼의 능력에 따라서 샷 선택을 달리해야 한다. 백경은 의도적으로 당뇨약을 먹고 초보 골퍼의 상체 힘이 안 빠진 느린 스윙에서 왼손 그립을 최대한 사용하면서 빠른 스윙 테크닉이 만들어지는 샷이 가능하다. 하지만 초보 골퍼의 경우엔 샷이 어렵다. 초보자가 샷을 쉽게 가져갈 수 있는 초보자에게 맞는 스윙이 필요했다.

Tip : 프로 골퍼의 골프채가 등 뒤로 가는 멋진 피니시 폼. 이 같은 피니시 폼이 필요한 골퍼가 있고, 필요 없는 골퍼가 있다. 상체가 아주 강한 골퍼의 경우에는 강한 상체 힘에 빠른 스윙에 하체 힘이 따라가지 못해 폼이 나오지 않는다. 이 같은 상황에서는 하체가 자연스럽게 따라가주는 스윙보다 의도적으로 하체가 선행하는 몸이 오픈되는 스윙이 좋은 샷 결과가 나온다.

실전 코스 오르막 샷에서는 하체가 따라가주지 못한다. 반대로 내리막에서는 상체가 강한 골퍼의 경우에도 하체가 선행을 한다. 오르막 샷에서는 의도적으로 하체를 선행시키는 샷이 필요하고 내리막 샷에서는 하체 힘이 따라가는 샷이 맞다.

하체가 자연스럽게 따라가는 좋은 피니시는 빠른 스윙 포인트에서 샷이 만들어진다. 상체가 아주 강한 골퍼의 빠른 스윙에서나 초보자의 느린 스윙에서 샷이 만들어지는 경우에는 하체가 자연스럽게 따라가주는 스윙에서보다는 의도적으로 하체가 선행하는 스윙에서 좋은 샷 결과가 나온다.

따라서 정상 그립 사용이나 파워 그립 사용의 느린 스윙에서 샷이 만들어지는 골퍼의 경우에는 의도적으로 하체를 사용해 스윙을 느리게 가져가는 것이 좋은 샷 결과가 나온다. 이 같은 스윙에서 체중 이동 발차기 스윙은 하체를 선행해줌과 동시에 헤드 업을 하지 않는 좋은 샷이 된다.

발차기 스윙은 클럽이 공을 임팩트하는 순간 오른발을 차는 스윙으로서 하체 힘을 더해줌과 동시에 발에 신경을 써야 하는 동작으로 말미암아 헤드 업을 하지 않는 최상의 헤드 업 방지 샷이 된다. 실전 골프에서 헤드 업을 하는 숫자에 따라서 핸디가 올라간다는 말이 있다. 헤드 업이 얼마나 중요한지를 인지하고 헤드 업을 방지하는 특별한 방법이 없다.

체중 이동의 발차기 타법은 클럽이 공을 임팩트하는 순간 오른발을 차주는 타법으로서, 느린 스윙을 주 무기로 하는 초보자의 정상 그립 사용 파워 그립 사용에 하체 힘을 더해가면서 느린 스윙이 만들어짐과 동시에 헤드 업을 하지 않는 좋은 스윙이 된다. 빠른 스윙이 아닌 느린 스윙이 만들어진다면 필히 발차기 스윙을 한다.

　그렇다고 그동안 백경이 생각한 파워 그립 타법 사용에서 틀린 것이 있다는 말이 아니다. 이전의 스윙 방법에서 완벽한 파워 그립 타법으로 거듭나고 있는 과정일 뿐이다. 이제 남은 것은 파워 그립의 느린 스윙에서 차원이 다른 샷 결과물을 보여주는 길만 남았다. 파워 그립 레슨의 획기적인 전환점이 될 수가 있었다.

　파워 그립 타법의 변천이 그렇다. 이전에 여러 체형에서 스윙이 서너 개씩 만들어지던 스윙이 근래 와서는 백경의 테크닉이라면 골퍼의 체형에 따라서 10가지 스윙까지 가능해진다. 하지만 스윙을 따라 하기가 쉽지 않다. 골퍼의 능력에 따라서 쉽게 따라 할 수가 있는 스윙이 필요하다. 초창기의 스윙이 틀렸다는 것이 아니라 초창기의 스윙은 초보 골퍼가 따라 하기에 역부족이었지만 근래 만들어지고 있는 샷은 초보자도 따라 하기가 아주 쉬운 샷이라는 말이다.

베토벤의 전원 교향곡이 들려온다. 상상의 세계에서 백경은 음악을 듣고 있다. 그러면서 또 다른 상상의 세계로 들어간다. 세기의 골퍼가 되어가는 것이다.

세기의 골퍼는 탄생을 하는 것이 아니라 노력해서 만들어지는 것이다. 백경은 자신의 생각이 틀리지 않았다는 것을 온 몸으로 느끼고 있다.

공간 스윙은 의도적으로 공 위를 때리는 토핑(느린 스윙)을 유도해나가면서 공을 맞히는 방법이다. 당뇨약을 먹고 의도적으로 초보자 스윙으로 들어가서 공 위를 때리는 스윙으로 실전 사용 방법을 찾는다. 공 위를 때리는 공간 스윙을 하는 데 있어서도 분명 그 조건이 있다. 공 위를 때리는 스윙은 시도해보지 않은 골퍼의 경우라면 상상도 하기 힘든 샷이다. 공을 제대로 맞추어도 공을 똑바로 내보내가 힘든 판국인데 어떻게 공 위(1cm~4cm) 공간을 치면서 공을 똑바로 내보낼 수 있을까를 생각해보면 결코 쉽지 않은 샷일 거라는 것은 누구나 다 알 일이다.

골퍼의 샷은 클럽이 공을 임팩트하는 순간 5,000분의 1초만에 클럽이 어떻게 맞아나가는지 볼 수가 없다. 골퍼의 샷은 어드레스 자세 즉 상, 하체 밸런스가 정확하게 일치하는 상태에서 클럽이 정확하게 임팩트되어야 공이 똑바로 나간다. 미스 샷은 상체와 하체의 밸런스가 일치하지 않고 클럽이 닫히거나 열리면서 나타난다. 공 위를 때리는 공간 스윙은 의도적으로 공 위 공간을 치고 있으나 클럽이 공을 임팩트하는 순간 상체와 하체의 밸런스가 어드레스 자세와 같아진다.

Tip : 골프 스윙이라는 것이 항시 자신의 스윙 위주로 생각을 하는 경향이 있다. 경험이 아주 많은 골퍼의 경우를 빼고는 대부분 자신의 체형에서 공이 잘 맞아나가면 그 스윙이 최상의 스윙 방법이다.

저녁내 잠을 못 이루었다. 내일의 실험에 마음이 설렌 탓이다. 백경의 타법이 완성되기까지 약물에 의한 스윙은 지대한 영향을 끼쳤다.

정상 그립에서 느린 스윙이 존재하기는 한다. 하지만 그 사용 가능한 골퍼는 아주 드물다. 하지만 당뇨약이라면 가능하다고도 생각했다. 일반적으로 수준급 골퍼가 당뇨약 한 알을 먹고 치면 샷의 감각을 잃어버린다. 초보자 수준의 느린 스윙이 만들어지기 때문이다. 반면에 초보자가 당약을 먹고 치면 상체 힘이 없는 느린 스윙에서 좋은 샷 결과가 나온다. 백경은 수준급 골퍼인 상태에서 당뇨약을 더블로 먹고 실험에 착수한다. 결과는 공이 똑바로 나간다. 당뇨약을 더블로 먹고 상체 힘이 더블로 빠지면서 원 상태의 스윙이 나온다. 믿기 어려운 사실이 펼쳐진다. 이 상태에서 스윙을 더 빠르게 가져가면 슬라이스 볼이 나오고 느리게 공 위를 치면 훅 볼이 나온다. 바로 이 같은 샷 결과가 느린 스윙이 존재하고 있다는 것이다. 좀 더 확인하고자 쇼트 어프로치 샷으로 들어갔다. 이전의 숏 게임이 아니다. 공을 놓치기가 일쑤이다. 상체 힘이 없는 상태 숏게임에서의 느린 스윙은 존재하지 않는다.

대다수 초보 골퍼가 이 같은 느린 스윙의 존재를 알 리가 없다. 간혹 느린 스윙이 만들어지는 경우에도 정상 그립 사용의 느린 스윙에서는 샷의 일관성이 없다고 보아도 된다. 하지만 파워 그립 사용에서 느린 스윙이 만들어지고 있는 경우에는 샷 접근도 쉽고 파워 그립 사용의 안정된 그립 상태에서 샷에 일관성도 생긴다.

물론 초보자의 느린 스윙도 골퍼마다 차이가 있다. 그리고 클럽 선택에 있어서도 차이가 난다. 우드 샷보다는 아이언 샷으로 느리게 공 위를 쳐야 한다. 간혹 하체가 강한 초보 골퍼의 경우에는 공을 직접 쳤는데 똑바로 나가는 경우가 있다. 느린 스윙에서 샷이 만들어진 것조차 모른다. 이렇게 스윙이 만들어지는 초보 골퍼의 경우는 우드 샷이 잘 맞아나가다 연습량이 많아지면서 훅 볼이 나오고 슬라이스 볼이 나온다.

백경의 당뇨약은 복용한 상태에서 그동안 AI와 어떠한 대결에서 샷을 가져왔는지를 알게 된다. 샷의 원인을 아는 상태에서는 샷 방법을 찾기는 그리 어렵지 않다. AI와의 대결을 떠나서 레슨 샷 만들기가 쉬워진다. 그가 발견한 것은 기존의 빠른 스윙에서 반대로 스윙을 느리게 가져가면 다시 스윙 원위치가 되면서 공이 똑바로 나간다는 사실이다. 입문 골퍼의 똑딱이 골프 스윙이 풀 스윙보다 비거리가 더 나가는 것도 같은 원리이다. 스윙 크기를 적게 그리고 스윙 강도를 약하게 치는 샷이 비거리가 더 나간다. 풀 스윙에 스윙 강도가 빠른 스윙이 아니라 느린 스윙에서 상, 하체 밸런스가 맞아나가는 샷이 된다. 여기서 백경이 더더욱 흥분하는 것은 파워 그립 사용하는 것 자체에서 느린 스윙이 만들어지면서 초보 골퍼에게 유리하다는 사실이다.

초보자의 파워 그립 사용은 스윙이 느린 경우, 느린 스윙이 역회전하는 과정에서 반대 구질이 정상 구질로 돌아오는 것으로, 빠른 스윙 테크닉 사용으로 슬라이스 볼을 직구 볼로 바꿀 수가 있다. 반대로 정상 그립 사용은, 스윙이 역회전하면서 정상 구질이 반대 구질로 변하는 상태로 느린 스윙에서만 샷이 만들어진다. 초보자 정상 그립 사용의 느린 스윙은 사용이 극히 제한적이다. 결과적으로 초보 골퍼의 파워 그립 사용이 절대 유리하다.

    온종일 4차원 느린 스윙을 생각하다가 잠이 든다. 골프 코스이다. 아침나절 골프를 치기 위해서 많은 골퍼가 분주하게 움직이고 있다. 하늘은 먹장구름에 뒤덮여 있었고 이내 비바람과 함께 천둥번개가 요란하게 치기 시작한다. 그냥 한두 번으로 끝나는 것이 아니라 수십 수백 개의 번개가 땅으로 내리꽂히고 있었다. 영화 속에서도 상상할 수가 없는 번갯불이 골프장 곳곳을 아수라장으로 만들어 놓는다. 곳곳에서 나무가 마구 쓰러지고 사람이 번개에 맞아 죽는다. 그런데 이상하게도 백경만이 무사하다. 쫓아가서 맞으려 해도 번개가 피해간다.

    파워 그립 타법은 빠지면 빠질수록 매력이 있는 타법이다. 지금의 방법이라면 상상의 대결만으로도 AI를 이길 자신이 있었다. 왼손 그립을 사용하지 않는 느린 스윙과 공 위를 때리는 공간 스윙에 자신이 붙고부터는 AI와의 대결이 기다려졌다.

    파워 그립 4차원 스윙은 심증은 가나 그 증명이 어렵다. 대리 입증이다. 4차원의 느린 스윙을 초보 골퍼의 레슨을 통해서 증명해 보이는 것이다. 프로 골퍼의 좋은 샷의 스윙이 만들어지기까지는 골프 치기에 좋은 체형이 갖추어져야 하지만 수 년간의 혹독한 습득 훈련이 만들어져야 샷이 만들어진다. 이 같은 골퍼 조건은 아마추어가 골프 치기 좋은 체형을 갖추었다고 해도 샷이 만들어지기가 어렵고, 하체가 너무 강한 골퍼는 아무리 노력해도 샷이 만들어지지 않는 경우가 있다. 골퍼 모두가 프로 골퍼를 목표를 가지고 골프를 치지 않는다. 이 같은 상황에서 아마추어가 프로 골퍼와 같은 연습량을 가져갈 수도 없다. 파워 그립 사용이 빠른 스윙에서 샷 만들기보다는 느린 스윙에서 샷이 만들어지는 것이 샷의 안정성이 있고 치기가 쉽다.

  레슨을 준비하고 있었다. 다른 골퍼를 통해서 타법의 결과를 확인해야 했다. 4차원의 느린 스윙이라면 초보 골퍼도 쉽게 만들어 칠 수 있는 스윙이다.

  레슨 골퍼에게 파워 그립이라는 세상에도 없는 그립을 권유하기에는 그동안의 레슨에 무리가 있었다. 정상 그립 사용과 파워 그립 사용을 동시에 병행해서 가르치면 파워 그립 사용이 얼마나 효과가 있는지 골퍼를 통해서 비교 분석하면서 보여줄 수가 있었다. 느린 스윙의 존재는 정상 그립 사용이나 파워 그립 사용에서 모두 가능하다. 파워 그립 사용은 느린 스윙에 더 쉽게 접근할 수가 있다.

Tip : 초보 골퍼는 골프 방법을 아는 것도 중요하지만 자신의 능력을 알고 치는 것이 무엇보다 더 중요하다.

정상 그립 사용의 느린 스윙 방법도 없는 것이 아니다. 공 위를 치는 것이다. 하체가 강한 초보 골퍼일수록 더 공 위를 쳐야 한다. 공을 직접 치는 경우는 왼손 검지를 오른손 소지한 손가락 위에 올리고 치거나 소지나 약지 위에 올리고 쳐야 느린 스윙에 공이 똑바로 나간다.

일반적으로 골퍼가 생각하는 샷의 비거리는 빠른 스윙에서 더 나갈 거라고 생각한다. 물론 조금 도움이 된다. 하지만 실상 샷의 비거리 차이는 스윙이 빠르고 느리고를 떠나서 클럽이 공을 임팩트하는 순간 어드레스 자세와 같이 상체와 하체의 밸런스가 얼마나 정확하게 만들어지는가에 달려 있다.

클럽 선택에 있어서도 샷 결과가 다르게 나온다. 무게 중심이 앞쪽에 있는 아이언 샷에서 곧잘 치던 초보 골퍼가 클럽이 큰 우드 클럽으로 치면 공의 대가리만 친다. 무게 중심이 뒤쪽에 있는 우드 클럽의 경우 빠른 스윙으로 가져가기 힘들기 때문에 나온 결과이다. 느린 스윙의 존재는 입증하기가 어려울 뿐이지 분명 존재한다.

이전과 같이 자신의 원초적 본능만으로 샷을 가져갈 수는 없다. 파워 그립 타법을 좀 더 체계적이고 과학적으로 입증해야 한다. AI 대결을 하면서 타법을 좀 더 확인해가면서 레슨을 통해서 입증해야 한다.

연습장으로 가려던 발길을 AI의 구장으로 돌린다. 정복할 수 없는 골프 세계, 골프 역사의 한 획을 그어보려는 집념에 결론이 지어진 것인가?

'이긴다!'

최고의 결론이다. 그 이상도 없고 그 이하도 없다. 대결에서 실질적 대결 방법을 수없이 찾았고 수없이 바꾸어보았고 수없이 좌절했지만 백경의 최고 결론은 바꾸어지지 않았다. 승리만을 위해, 어프로치에서 아이언 클럽을 사용해야 하는 것처럼 어프로치에서 파워 그립 타법을 사용해야 한다.

강조하지만 롱게임에서의 적응은 가능한데 아직도 점수를 줄이지 못하는 것은 숏게임에서 샷 선택이 어렵기 때문이다. 그래서 이 같은 어프로치 샷을 파격적으로 바꾸기로 한다. 일반적으로 사용하는 P 사용에서 9번 아이언 사용을 한다. 파워 그립 사용에 9번 아이언을 사용하면 스윙을 좀 더 빠르게 가져갈 수 있어서 P를 사용하면 훅 볼이 나오는 샷을 직구 볼로 바꿀 수가 있다. 파워 그립 사용의 어프로치 샷은 정상 그립 사용에 비교해서 스윙이 느려지는 상태에서 정상 그립 사용의 P 사용보다 스윙을 빨리해주는 방법으로 어느 정도 비거리가 되는 곳에서는 P를 사용하지 않고 9번 아이언을 사용한다.

수준급 골퍼의 경우에는 9번을 사용하면서 파워 그립에 왼손 그립을 밀착하고 친다. 비거리가 짧아지는 경우에는 P 사용에 3인치 샤프트를 잘라서 사용하거나 짧게 잡고 왼손 그립을 밀착하고 사용한다. 비거리가 더 짧아지는 경우에는 왼손 검지가 오른손 소지 약지를 덮고 치는 스윙으로 비거리를 더 짧게 가져갈 수가 있다.

초보 골퍼의 경우에는 스윙이 느린 까닭으로 9번 아이언 사용 파워 그립에 왼손 그립을 최대한 약하게 잡고 친다. 비거리가 짧아지는 경우에는 P 사용으로 가져간다.

이 같은 9번 아이언 사용은 공의 방향성과 샷의 실수를 줄이게 된다. P 대신 9번 아이언 사용 시에는 수준급 골퍼의 경우에는 왼손 그립을 밀착해서 치고 초보자의 느린 스윙에서는 왼손 그립을 최대한 약하게 잡고 친다. 이렇게 만들어지는 어프로치 샷은 P 사용보다 비거리가 조금 더 나가지만 공의 방향이 좋다. 이후 비거리가 아주 짧은 경우에는 퍼팅 파워 그립 사용 9번보다 클럽 각도가 큰 클럽을 사용한다.

Tip : 그린 주위의 어프로치 샷은 싱글 골퍼의 유일한 방법이다.

숏게임에서 퍼팅이나 어프로치 샷에서 그날 몸 상태가 좋은지 나쁜지 확실하지 않거나 힘이 들어간다고 생각될 때는 비거리를 적게 보고 스윙 크기를 적게 가져가는 샷이 좋은 결과가 나온다. 설사 비거리가 짧게 나오는 경우에도 핀 뒤보다는 핀 앞쪽이 공략하기가 쉽다. 골프의 영국 속담 중에 짧은 것이 아름답다(Short is beautiful)는 말이 있다.

퍼팅 또한 그동안의 실패와 경험을 통해서 방법을 내놓는다. 그 방법에 있어서는 롱 퍼팅과 중간 퍼팅 그리고 쇼트 퍼팅을 차별화시키면서 치는 퍼팅이 된다.

항시 롱 퍼팅은 훅 볼보다는 슬라이스 볼이 나올 확률이 높다. 롱 퍼팅의 경우는 항시 빠른 스윙에 비거리를 더 보고 치는 것이 요령이다. 쇼트 퍼팅의 경우에는 비거리가 짧아지면서 스윙 크기가 작은 까닭으로 훅 볼이 나올 확률이 많다. 어프로치 샷에 있어 퍼팅도 종전의 일관된 방법을 벗어나서 치기로 한다. 롱 퍼팅이나 쇼트 퍼팅은 잘 판단해서 친다.

파워 그립 사용이나 퍼팅 파워 그립 사용에 롱 퍼팅은 샤프트를 정상적으로 잡고 중간 퍼팅은 그 중간, 그리고 쇼트 퍼팅은 샤프트를 최대한 짧게 잡고 친다. 이렇게 치는 쇼트 퍼팅의 경우는 파워 그립의 반대 구질이 만들어지면서 훅 볼이 직구 볼로 바뀐다. 홀 컵을 직접 보고 칠 수가 있다.

이렇게 차별화를 두고 치는 퍼팅의 경우에는 그린 속도가 느린 경우에는 파워 그립 사용을 하고 그린 속도가 빠른 경우에는 퍼팅 파워 그립 사용을 한다. 대체로 일반적 퍼팅이라면 퍼팅 파워 그립 사용이 보편적일 것 같다. 이전에는 직구 혹 볼을 겨냥해서 치던 쇼트 퍼팅이었는데 이제는 홀 컵을 직접 보고 칠 수가 있게 된다. 새로운 숏게임 퍼팅 전략에 기대를 많이 하고 있다.

퍼팅을 잘하기 위한 조건은 크게 네 가지 조건이 있다.

첫 번째, 퍼팅의 비거리를 짧게 가져갈 수 있는 스윙을 느리게 가져갈 수 있는 테크닉을 알고 있어야 한다.

두 번째, 슬로 퍼팅에서 퍼팅을 만든다. 퍼팅은 항시 심리적 압박감 속에서는 더 신중해지면서 슬로 퍼팅이 만들어진다. 심리적 압박감으로 슬로 퍼팅 시에는 평시에 나오는 직구볼이 훅 볼이 나오거나 비거리가 짧아지는 퍼팅이 나온다. 이같은 퍼팅 결과라면 퍼팅 모두를 슬로 퍼팅으로 가져가면 심리적 압박감에서 나오는 슬로 퍼팅이 없어진다. 이 같은 슬로 퍼팅에 가장 영향을 받는 것이 쇼트 퍼팅이다. 홀 컵에 접근하는 롱 퍼팅보다는 홀 컵에 필히 들어가야 하는 쇼트 퍼팅에 있어서 슬로 퍼팅이 나오는 경우가 많다.

세 번째, 직구 슬라이스 볼이 만들어지는 퍼팅을 주 무기로 한다. 퍼팅은 직구 혹 볼보다는 직구 슬라이스 볼이 나오는 퍼팅이 비거리 오차도 덜 나고 슬라이스 볼에서 직구 볼이 만들어지는 경우가 많다.

네 번째, 롱 퍼팅과 중간 그리고 쇼트 퍼팅을 구분하면서 샤프트 길이를 다르게 잡고 친다. 롱 퍼팅일수록 스윙 크기가 커지면서 슬라이스가 나오는 경우가 많고, 쇼트 퍼팅일수록 훅 볼이 나오는 경우가 많다. 이 같은 퍼팅의 결과라면 롱 퍼팅은 의도적으로 빠른 스윙으로 가져가고 쇼트 퍼팅일수록 스윙을 느리게 가져간다. 파워 그립, 퍼팅 파워 그립 사용의 쇼트 퍼팅 사용 시에는 파워 그립 사용과 퍼팅 파워 그립 사용은 샤프트를 짧게 가져가면 스윙이 빨라지면서 슬라이스 볼을 유도해낼 수가 있다. 롱 퍼팅의 경우에는 정상 샤프트를 잡고 쇼트 퍼팅은 의도적으로 짧게 가져간다. 파워 그립 사용의 경우에는 롱 퍼팅은 정상적으로 샤프트로 잡고 쇼트 퍼팅의 경우에는 파워 그립 사용에 왼손과 오른손의 간격을 최대한 띄우고 치는 아이스하키 타법을 잡고 친다. 퍼팅 파워 그립 사용은 롱 퍼팅의 경우에는 정상적으로 잡고 쇼트 퍼팅의 경우에는 의도적으로 샤프트를 가장 짧게 잡고 친다.

  연습장을 나오다 대리기사 일을 할 때 알게 된 녀석을 만났다. 영어 강사였는데 지금은 도서관과 사우나를 오가며 지낸다고 했다. 그는 백경에게 밥을 사달라고 했다. 오랜만에 만난 사람에게 첫 요구가 그것이었다. 아마 며칠은 굶은 모양이다. 백경은 그를 가까운 식당으로 데려가 밥을 사주었다. 음식이 나오자 정말 게걸스럽다는 말이 어울릴 정도로 먹어치웠다. 이윽고 배를 채운 그 친구는 굳이 할 필요도 없는 이야기를 늘어놓았다. 자신은 며칠을 굶다가 뷔페로 마련된 싸구려 가정식 백반 집을 찾아 한꺼번에 배를 채운다고 했다. 돈 없이 살아가는 하나의 좋은 방법을 찾아낸 사람처럼 말했다. 영어 강사라면 돈을 벌 수 있는 방법이 있을 텐데 그것도 쉬운 일은 아닌 모양이었다.

  순간, 아니 오랜 시간 그 친구의 이야기를 듣고 떠오른 생각에 백경은 갑자기 가벼운 흥분을 느꼈다. 강사를 할 정도의 영어 실력이라면 자신의 타법을 완벽하게 구성해 영문으로 옮긴 뒤 유튜브에 동영상으로 올려서 세상에 알릴 수 있는 방법, 그 효과가 가져올 파장이 물결처럼 밀려왔다. '오, 유레카!' 자신이 연구하고 개발한 세기의 타법을 세상에 알리지 못해 자신만의 타법에 머무르던 것을 세상에 알려지게 할 수 있다는 것. 이보다 더 흥분되고 기대되는 일이 세상에 있을까? 백경은 이 친구와의 우연한 만남을 하늘에 감사했다.

　백경은 새로운 시장을 구상하고 지금 상황과 미래의 비전을 그와 의논하기로 했다. 지금은 방금 올린 정보가 불과 몇 초 만에 세상에 알려지는 시대다. 이 친구를 통해 영문으로 타법을 작성해 블로그에 올리고 유튜브 동영상을 통해 세상에 알리는 것이 새로운 목표가 되었다.

　아이 러브 유. 영어 강사, 블로그, 유튜브!

　그러나 결국 그건 짝사랑이었다.

　백경은 그의 도움으로 서투른 블로그 운영과 유튜브를 해결하고자 했다. 그를 통해 자신의 타법을 영문으로 옮겨 동영상을 만든 뒤 유튜브를 통해 전 세계에 알릴 원대한 꿈을 꾸었다. 그 꿈을 이루기 위해 백경은 자신의 생활도 어려우면서 사무실을 하나 더 얻어 그의 숙식을 마련해주었다.

　그러나 백경의 기대와 달리 숙식이 해결되자 그 친구는 나태함을 보이고 백경이 원하는 일에는 별로 관심이 없었다. 초조함에 채근하면 화를 내고 휙 자리를 박차고 나갔다. 그 친구에겐 분노 조절 장애가 있었다. 한 번 화를 내면 참지 못하고 발광했다. 집기를 내던지며 악을 쓰고 백경에게 폭력을 휘두르기도 했다. 문득 그러한 성격이 그가 영어 강사를 유지하지 못하는 이유라는 생각이 들었다. 어느 사회에서든 그런 그의 태도를 감싸 안을 조직은 없다. 이 친구가 영어 강사 자리를 유지하지 못하는 데는 그럴 만한 이유가 있었던 것이다.

그럼에도 백경은 어떻게든 그의 비위를 맞추려 노력했다. 세기의 타법을 세상에 알리는 길이라면 이런 노력 정도는 불가피하다고 생각하면서 자신의 목적을 그 친구에게 거듭 설명했다. 하지만 그 친구의 반응은 시큰둥했다. 자기 도움에 대한 보답으로 겨우 이 정도 환경의 숙식으로는 얼토당토하지 않을 뿐 아니라 어림없다는 반응이었다. 자신의 영어 지식과 백경의 운동 지식을 등치시킬 수 없다는 생각인 것 같았다. 그러나 그 이상의 대가를 바라고 결합한다는 것은 서로에게 너무 지나친 사치가 아닐 수 없다. 지금은 당장 자신들에게 절실하게 요구되는 것에 대한 해결이 최선임에도 불구하고 그걸 이해하지 못하고 있었다.

그리곤 겨우 한다는 소리가 스크린 골프에 매달리지 말고 필드에 나가 스코어를 내라고 한다. 그게 빠른 길이라며. 그러나 백경은 필드에 나가 그 방법을 실행할 경제적 여건이 전혀 마련되지 않고 있다. 그걸 아는지 모르는지 하여튼 그 주장만 되풀이했다. 그래서 그 이유에 대한 설명을 하면 그 친구는 욕지거리를 하면서 비아냥거린다. 하나의 포장이 그 값어치를 나타낼 수 없지만 이 친구는 백경의 처지가 백경의 주장의 내용물과 같다고 모두 무시해버리는 것이다. 그러니까 백경이란 초라한 포장지와 내용물의 질을 함께 인식할 뿐 그 둘이 다르다는 것은 전혀 생각하지 않았다.

  백경은 그 친구의 그런 인식을 눈치 채고 나서는 더 이상의 기대는 무의미하다는 결론을 내렸다. 골프에 대한 열정과 집념을 훼손시키는 것은 그 어떤 것도 용납하지 않고 살아온 백경으로서는 참을 수 없는 일이었다.

# 6
# 반대로 치는 골프
## (느린 스윙)

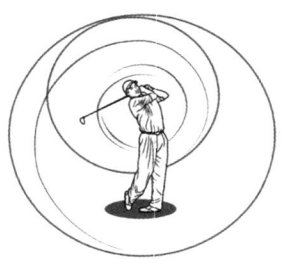

 밤에 하는 일도 힘들거니와 작은 일일지라도 골프에 관련되지 않은 길에 오래 머무르고 싶지 않았다. 이 선택은 또한 레슨을 통해 자신이 연구해온 타법을 여러 방법으로 테스트해볼 수 있는 좋은 길이라 생각했다. 바로 원 포인트 레슨이다.
 레슨을 하는 골퍼들 대다수가 스윙 교정이 제대로 이루어지지 않는 초보자들이었다. 백경의 레슨은 어느 골퍼는 10분, 어느 골퍼는 단 5분 만에 스윙이 교정된다. 말 그대로 원 포인트 레슨이었다.

백경은 이제 타법을 실험하거나 확인하는 것이 아니라 타인을 통해서 확인하려고 하였다. 간혹 파워 그립 사용에 들어가려고 하면 거부 반응이 일어나는 골퍼들도 있다. 하지만 얼마 가지 않아 파워 그립 레슨을 익히고 적응해 만족스러워하는 골퍼들이 늘어갔다.

입문 골퍼의 경우에는 생전 처음 골프 그립을 사용하는 상태라서 전혀 문제가 없다. 대다수 입문 골퍼가 정상 그립 사용보다 파워 그립 사용이 쉽다고 한다. 하지만 정상적으로 스윙을 연마하는 골퍼가 정상 그립 사용에서 파워 그립으로 바꾸어 사용하기가 쉽지 않다.

기존(정상 그립 사용) 골프 스윙을 하던 골퍼에게 파워 그립 습득이 어려운 이유는 크게 세 가지가 있다.

첫 번째는 그동안 자신이 사용하던 정상 그립으로 연습하던 것이 수포로 돌아간다. 그것도 아직 세상에도 없는 공인되지 않은 그립으로 골프를 습득한다는 것에 믿음이 부족하다.

두 번째는 파워 그립 사용은 정상 그립 사용과 반대 구질이 나온다. 스윙이 빠르면 훅 볼이 나오고 스윙이 느리면 슬라이스 볼이 나오는 것이 아니라 스윙이 빠르면 슬라이스 볼이 나오고 스윙이 느리면 훅 볼이 나온다. 이 같은 반대 결과의 구질에 적응하기가 쉽지 않다.

세 번째가 파워 그립 타법의 스윙 방법이다. 파워 그립 타법의 스윙 방법은 스윙을 느리게 가져가는 방법으로, 왼손 그립을 사용하지 않거나 왼손 검지를 오른손 새끼손가락 위에 올리고 치는 스윙이다.

정상 그립 사용이 어려운 골퍼일수록 파워 그립 사용이 쉬워지고, 정상 그립 사용이 가능한 골퍼의 경우 파워 그립 사용이 가능해지면서 더 좋은 샷이 나온다. 간혹 기존의 골퍼가 파워 그립 사용으로 샷이 잘 맞아가다가도 샷이 안 맞는다. 샷 방법을 모르고 치는 경우가 된다. 하지만 그 사용 구질과 방법을 모르면 샷에 혼란이 온다.

긍정적 마음으로 배우고자 하는 골퍼가 혜택을 받을 수밖에 없다. 백경은 이 같은 파워 그립 사용에 거부반응을 일으키는 골퍼들을 위한 다른 레슨도 준비해가고 있었다. 가장 효과적으로 사용하는 타법이 베이스 볼 그립 사용에 왼손 그립을 사용하는 빠른 스윙 테크닉이다. 어느 정도 기본기가 잡힌 골퍼라면 이 방법 하나만으로도 샷이 쉽게 잡힌다. 그러나 입문 골퍼의 경우에는 베이스 볼 그립 사용에 빠른 스윙 테크닉으로 스윙이 어려운 경우가 종종 있다. 이런 경우는 파워 그립 사용으로 좀 더 나은 샷 결과가 나오지만 이마저도 거부하는 경우에는 레슨이 실패로 끝나게 된다.

백경은 그나마 파워 그립으로 베이스 볼 그립에 왼손 그립 사용의 타법을 습득한 것을 다행으로 여긴다. 대부분의 골퍼가 베이스 볼 그립 사용에 왼손 그립 사용과 뒤땅 치기 타법 그리고 왼손과 오른손의 간격을 띄우고 치는 스윙 정도면 대략 샷이 만들어진다. 베이스 볼 그립에 왼손 그립 사용이 파워 그립 사용의 교두보 역할을 하고 있다. 베이스 볼 그립은 골프계에서는 3대 정상 그립이다. 샷이 만들어지는 상태에서 파워 그립을 거부하는 골퍼의 경우에는 베이스 볼 그립에 왼손 그립 사용 테크닉으로 레슨을 때운다. 레슨에서 샷 결과가 나온다면 레슨 골퍼도 이렇다 저렇다 말 못 한다.

하지만 백경의 레슨에 믿음이 가는 골퍼의 경우에는 파워 그립 타법 레슨으로 들어간다. 레슨 골퍼는 정상 그립 레슨과 함께 파워 그립 레슨을 동시에 습득할 수가 있다.

Tip : 레슨에 있어서 가장 중요한 것은 믿음이다. 믿음이 없는 샷의 결과는 아무리 샷을 잘 가져가려 해도 헤드 업이 되면서 샷 전체가 무너진다.

꿈을 꾼다. 혼자 몰래 낚시를 하다가 집으로 돌아오는 꿈이다. 항상 아버지와 함께 다니던 낚시를 몰래 혼자 하고 돌아온 것이다. 아버지가 그렇게 낚시를 마치고 돌아온 백경을 반갑게 맞이한다. 아버지는 특유의 눈웃음을 지으며 말씀하신다. "이제 나를 벗어나는구나." 백경은 무슨 말인지 이해가 가지 않았다. 잠에서 깨어 눈을 뜨자 그 말이 귓가에 맴돌았다. 하루 종일 그 말뜻을 헤아리려 애쓰다 저녁 무렵에야 그 뜻을 해석할 수 있었다.

레슨을 본격적으로 시작하면서 레슨 외에 AI와의 대결을 진지하게 생각해본다. 여태껏 진지하지 않아본 적은 없었으나 오늘따라 더 진지하게 생각되며 긴장이 된다. 그 긴장을 놓기 위해서 호흡을 가다듬는다. 타법이 거의 마무리되어가는 과정이었다.

오늘의 스크린 대결은 왼손 그립을 최대한 사용하는 빠른 스윙과 느린 스윙을 동시에 사용하면서 초보자에게 어떠한 방법으로 해주는 것이 샷을 쉽게 습득하는 길인지 비교 분석하는 게임이다. 비교 분석은 빠른 스윙 테크닉으로 만들어지는 샷 방법과 공 위를 때리는 느린 스윙 샷 중 어느 방법이 더 효과적인지 알아보는 것이다. 결과는 어느 한 스윙에 집중할 수 없는 이유로 인해 빠르고 느린 샷 적응이 쉽지 않았다. 게임 점수 결과도 그리 좋지 않았다. 하지만 만족한다. 빠른 스윙 테크닉 사용도 느린 스윙도 게임이 가능했다. 샷 결과는 느린 스윙에서 공 위를 치는 샷이 더 쉬웠다. 그동안 백경이 본능적으로 공 위를 친 것은 다 이유가 있었다.

　게임 중반에 이르면서 느린 스윙에서 유리해지는 것을 간파하고 느린 스윙 위주로 게임을 풀어갔다. 하지만 느린 스윙에서도 샷이 완벽하게 맞아나가는 샷이 아니다. 비교적 게임을 쉽게 풀어나갈 수 있다는 것일 뿐.

　Tip : 골프 스윙을 습득하는 데 있어서는 감각도 중요하지만 기억력이 좋아야 한다. 잘 맞는 스윙은 항시 기억을 해두고 같은 상황에서 다시 시도한다.

　숏게임에서의 샷 결과는 롱게임보다 더 좋은 결과가 나왔다. 종전의 게임에서 파격적으로 변신한 어프로치 샷의 9번 아이언 사용이 좋았다. 이전의 비거리와 방향 차이가 많았던 어프로치 샷에서는 비거리 오차가 줄고 방향이 나아진다. 퍼팅도 이전보다 더 파격적으로 좋은 결과가 나온다. 롱 퍼팅과 중간 퍼팅 그리고 쇼트 퍼팅에서의 각기 다른 퍼팅 사용은 실수를 최대한 줄이는 방법이다. 롱 퍼팅의 경우 비거리 오차가 조금 나오거나 쇼트 퍼팅의 경우 홀 컵 왼쪽으로 들어가는 퍼팅이 있었다. 하지만 이 같은 결과는 이전의 퍼팅에 비교하면

오류가 반으로 줄어든 것이다. 지금의 퍼팅 방법에 과학적 근거는 없다. 스크린 골프의 과학적 결과를 좀더 눈여겨보아야 했다.

Tip : 골퍼의 스윙 만들기는 항시 융통성을 발휘해야 한다. 아무리 좋은 스윙이라도 자신의 몸에 무리가 갈 수도 있고 테크닉 능력이 부족한 경우에는 사용이 불가능할 수도 있다.

백경의 과거 샷과 미래의 샷을 연결해줌과 동시에 레슨 골퍼의 청사진이 펼쳐지고 있었다. 과거 백경의 파워 그립 샷은 왼손 그립을 사용하는 샷이다. 하지만 사실 이 같은 샷은 왼손 그립을 사용하지 않음으로써 빠른 스윙에서 좋은 샷이 만들어질 수 있다. 더불어 공 위를 치는 샷은 초보 골퍼의 느린 스윙에서 빛을 발한다.

파워 그립에서 자신의 정확한 샷이 만들어지기까지는 정상 그립 사용에서 몸의 변화에 적응하는 샷의 배는 스윙에 변화를 주어야 중심점 스윙이 나온다고 보아야 한다. 얼핏 생각하기에는 스윙 변화를 많이 해주는 샷이 불안정한 샷일 거라고 생각할 수 있지만 파워 그립은 스윙 폭이 넓은 샷으로 스윙 변화를 과감하게 해주어야 자신에 맞는 좋은 샷이 나온다.

Tip : 자신의 최상의 스윙을 찾으려면 중심점 스윙을 찾아야 한다.

느린 스윙의 존재는 아직은 확실하게 입증되지는 않았지만 그 존재를 파악하기까지는 그동안의 경험으로 얼마든지 예측이 가능하다. 스크린 골프 대결을 지속해나가기로 했다. 게임은 그 다음 날 그리고 다음다음 날에도 계속된다.

느린 스윙에 집중을 하기 시작했다. 느린 스윙의 포인트는 공 위를 치면 칠수록 비거리가 더 나오고 샷 실수가 적다는 것이다. 공 위를 때리는 스윙을 공 위 공간 스윙으로까지 가져간다.

초보자의 느린 스윙을 암시해주고 있다. 파워 그립 사용의 느린 스윙이 이쯤에서 만들어질 거라는 미래의 청사진이 펼쳐진다.

Tip : 골퍼의 역회전 스윙은 정확한 입증을 할 수가 없다. 하지만 역회전 스윙은 분명히 존재하고 이루어진다. 이 같은 역회전 스윙으로 인해서 많은 아마추어 골퍼들의 스윙 교정에 어려움을 겪고 있다. 역회전 스윙은 수준급 골퍼의 경우 빠르면 훅 볼이 나오고, 스윙이 느린 샷의 결과는 스윙이 너무 느린 상태에서 훅 볼이 나오고 스윙이 빠른 상태에서 슬라이스 볼이 나오는 현상이 된다.

역회전 스윙은 스윙이 너무 느린 상태에서 구질이 바뀌는 현상이 된다. 파워 그립 사용의 수준급 골퍼가 치는 구질과 입문 골퍼의 구질이 다르고 정상 그립 사용의 느린 스윙도 수준급 골퍼의 스윙과 초보 골퍼의 스윙이 다르다. 클럽 사용에 있어서 스윙을 빨리해주어야 하는 우드 샷과 스윙을 느리게 해주어야 하는 아이언 샷에서의 구질에 영향을 받는다.

아마추어에게 훅 볼이 나오는 경우는 상체 힘이 너무 강한 빠른 스윙에서 나오는 경우도 있지만 스윙이 너무 느려 훅 볼이 나오는 경우도 있다. 이때 만들어지는 훅 볼은 역회전하면서 만들어지는 볼로서 좀 더 빠른 스윙 테크닉으로 샷을 가져가면 직구 볼이 나온다. 이 같은 역회전 스윙의 샷 결과를 보면 스윙을 느리게 가져가는 아이언 샷에 비교해서 스윙을 빨리 가져가야 하는 우드 샷에서 나오는 경향이 많다.

수준급 골퍼의 파워 그립 사용이 이 같은 역회전 스윙에서 샷이 만들어지는 상태에서 정상 구질과 반대 구질이 나오는 이유가 된다. 따라서 수준급 골퍼의 파워 그립 사용의 반대 구질은 규정 사실로 받아들인다. 하지만 이 같은 파워 그립 사용의 반대 구질도 초보자나 입문 골퍼의 느린 스윙에서 다시 역회전이 걸리면서 정상 구질로 바뀐다. 초보자의 느린 스윙에서 정상 구질을 인지하는 것이 무엇보다도 중요하다.

이 같은 역회전 스윙은 어프로치 샷과 퍼팅에서만은 역회전 스윙이 만들어지지 않는다. 숏게임에서 이루어지지 않는 이유는 숏게임에서 만들어지는 스윙은 롱게임에서 만들어지는 스윙처럼 스윙이 크지 않기 때문이다. 수준급 골퍼나 초보 골퍼나 정상 그립 사용에서는 항시 스윙이 빠르면 훅 볼이, 스윙이 느리면 슬라이스 볼이 나온다. 파워 그립 사용에서는 항시 스윙이 느리면 훅 볼이 나오고, 스윙이 빠르면 슬라이스 볼이 나온다.

연습장 스윙을 마치고 집으로 돌아오는 길에 한동안 보이지 않았던 흰 까치를 다시 만났다. 처음에는 하얀 까치와 까만 까치가 함께 파란 창공을 날았다. 하얀 날개를 펼치고 파란 창공을 나는, 눈에 확연히 들어오는 흰 까치는 몇 달 전 만났던 흰 까치가 틀림없다. 둥지에서 떠나지 않고 백경의 성공을 기다리고 있는 것이다. 폰을 들고 사진을 찍으려고 하자 근방 주

택가 베란다 정원으로 날아가버린다.

　사무실 좁은 공간으로 돌아와 대충 식사를 하고 자리에 눕는다. 피로가 몰려온다. 잠을 자야겠다는 생각으로 눈을 감는다. 하지만 잠이 오질 않는다. 눈을 뜨자 천장에 아른거리는 것이 있었다. 골프공이 나타나고 잠시 뒤 공 위로 스윙 포인트가 보였다. 눈앞에 나타나는 커다란 공의 영상과 그 위 공간. 백경은 지금의 환상 속 현실을 믿고 있다. 아니 믿고 살고 싶다. 지금껏 백경이 살아오는 동안도 그러했지만 앞으로도 마찬가지이다. 공은 거짓말을 하지 않는다는 진리를 항시 생각하면서 살고 있다.

　누구나 자기만의 샷이 있다. 언젠가부터는 공 위를 때리는 스윙이 주 무기가 돼버렸다. 트러블 샷으로 왼손 그립을 사용하지 않고 공 위 공간을 때리는 샷이 만들어져야 샷이 가능해진다.

　공 위를 때리는 샷 요령은 클럽 밑 선을 중심점으로 공을 4등분해서 공의 위아래 부위를 치는 것을 시작으로 공 위 공간 스윙까지도 가능하다. 레슨을 배우는 골퍼에게도 백경은 공 위를 때리는 방법을 가르쳐보았다. 실질적으로 샷이 어렵다. 백경이 본능적으로 공 위를 치면서 샷의 결과가 좋게 만들어져 자신만의 샷으로 완성된 기술이었다. 샷의 결과는 누구보다도 좋은 방법을 사용하는 것도 중요하지만 자신의 능력을 최대한 발휘해서 스스로 만들어내는 것이 좋다. 이전에 왼손 그립을 최대한 사용하면서 빠른 스윙으로 치던 때보다 왼손 그립을 사용하지 않고 공 위를 때리는 스윙이 더 치기가 좋다는 것을 발견했다.

초보자의 파워 그립 레슨을 이전의 왼손 그립을 최대한 사용하는 스윙에서 왼손 그립을 사용하지 않는 스윙으로 만들어야겠다는 생각을 하게 된다. 파워 그립 사용의 4차원 스윙에서 느린 스윙 포인트가 있다면 왼손 그립을 사용하지 않는 스윙에서 지금의 샷이 만들어진다고 생각했다.

스윙을 느리게 가져가기 위한 방법으로 공 위를 때리는 스윙보다 효과가 뛰어난 방법은 없다. 상체가 강한 골퍼의 경우는 정상 그립 사용에서 공 위를 때리는 방법으로 스윙을 느리게 가져갈 수가 있다. 상체가 강한 골퍼의 정상 그립 사용으로 공 위를 때리는 경우는 스윙이 빠름으로 인해서 공 위를 친다고 하여도 클럽이 공 위를 때리는 것이 아니라 공 중앙을 때린다. 파워 그립 사용은 파워 그립이라는 느린 그립 사용으로서 공 위를 칠 필요가 없다. 초보자의 파워 그립에서 왼손 그립을 사용하지 않을 때 어떠한 현상이 일어나는지부터 확인해보아야 했다. 파워 그립 레슨에 획기적인 기틀이 만들어질 것 같았다.

스크린 골프 대결에서 느린 스윙을 찾기보다는 레슨에서 답을 찾아보기로 한다. 잠시 쉬었다 가는 타이밍이라 생각하니 마음이 평온해진다. 사실 백경은 프로 골퍼로서의 능력은 부족하다. 하지만 의지만은 남다르다. 비록 선수 생활이 어려웠다 하여도 골프 완성을 위해 새로운 타법을 만들어내기 위해 부단하게 그리고 용기 있게 살아왔다. 그 길에 결코 후회해본 적이 없는 외길 인생이다.

백경은 골퍼이면서 낚시꾼이다. 낚시는 아버지가 아들의 집중력을 키우기 위해 가르쳐준 것이 결국 미친 취미의 하나가 되어버렸고, 집중력을 키우려던 낚시가 너무 도가 지나쳤는지 나중에는 낚시에 미쳐버리는 지경에 이른다. 공부를 위해서 키우려던 집중력은 그러나 엉뚱하게도 골프에 집중하는 것으로 대체되었다. 입질을 기다리는 인내심이 골프에 어울린다.

백경은 거의 미터를 넘는 농어를 잡은 기억을 떠올려본다. 초겨울이었다. 보통의 낚시꾼들 모두가 시즌을 끝내고 낚시를 포기하는 시기였다. 백경은 그 시기에 대어를 낚았다. 대어는 체감온도가 여느 물고기와 다르다. 그만그만한 농어가다 지나가고 마지막으로 나타난다. 대어를 낚기 위해서는 큰 미끼가 필요하다. 그는 여느 낚시꾼의 미끼보다도 크게 쓴다. 그리고 남들보다 더 끈질기게 기다린다. 그리고 남다른 테크닉이 있어 대어를 낚을 확률이 높다. 챔질은 항시 늦게 가져간다. 섣불리 챔질을 했다가는 대어를 놓치게 된다. 대어가 먹이를 먹고 뱃속 깊숙이 삼키고 난 이후 챔질에 성공했더라도 밀고 당기기를 하면서 힘을 빼야 대어를 낚을 수가 있다. 무조건 끌어당기기만 했다간 줄이 끊어지거나 바늘이 빠져나올 염려가 있다.

거듭 떠올려보는 낚시꾼의 추억은 지금의 파워 그립 타법을 완성하기까지의 노력과 차이가 없다. 이제 조금만 더 인내심을 발휘하면 그 대어를 낚을 수가 있을 거라는 확신이 섰다. 백경이 그동안 연구하고 닦은 골프 테크닉은 통상적으로 골퍼들이 알고 있는 테크닉의 10배가 넘는다. 대어를 못 잡을 이유가 하나도 없다. 강한 자만이 대어를 낚을 수 있다. 어렸을 때 낚시를 가르쳐준 아버지에게 감사한다.

백경이 현재 골퍼들에게 가르치는 레슨은 파워 그립 타법 4차원의 느린 스윙의 존재 여부를 가리는 레슨이었다. 파워 그립 사용의 입문 골퍼의 경우에 있어서도 단 하루 만에 샷 결과가 나오는 수도 있다. 그러나 하체가 아주 강한 골퍼의 경우에는 파워 그립 사용으로 레슨이 어려운 경우도 있다. 그런 골퍼를 대비해 베이스 볼 그립에 왼손 그립 사용에 빠른 스윙 테크닉을 가르치면서 레슨을 마무리 짓곤 하였다. 베이스 볼 그립 사용이라면 일반 골퍼가 사용하는 오버 레빙 그립이나 인터 락 그립과 함께 사용하는 3대 그립이다. 파워 그립 사용이라는 세상에도 없는 그립 사용으로 샷이 만들어지는 것을 보고 파워 그립에 이의를 다는 사람은 없다. 백경에게 레슨을 받는 골퍼들은 신기해하면서 잘 받아들인다.

 그러나 모두 다 통용되는 것은 아니어서 처음 정상 그립 베이스 볼 그립에 왼손 그립 사용의 **빠른 스윙 테크닉**을 더한 샷을 만든 이후에야 파워 그립 사용으로 들어가곤 하였다. 그런데 어느 골퍼에게는 파워 그립 사용이 금방 먹혀 들어가는데 어느 골퍼의 경우에는 아무리 가르쳐도 성과를 거두지 못한다. 그래서 백경은 정상 그립 사용에서 파워 그립 레슨으로 들어갈 때에는 배우는 골퍼보다 더 긴장한다. 그리곤 세기의 타법이 타인에게 인정받는 것에 긴장과 희열을 동시에 느낀다.

 몇 년간 골프를 습득한 레슨 골퍼라도 하루아침에 파워 그립으로 바꾸기는 쉽지가 않다. 입문하는 골퍼의 경우도 언제 레슨이 중단이 될지 모르는 상황에서 세상에도 없는 파워 그립 사용을 권유하기에는 기술적이나 심리적으로 부담이 되는 것도 사실이다. 하지만 이제는 이전의 레슨을 넘어서 자신의 파워 그립을 입증해야 할 시기가 온 것이다.

Tip : 골프를 못 치는 사람들 대다수가 고가의 골프채를 선호한다. 골프채가 비싸다고 공을 잘 칠 수 있는 것이 아니다. 골퍼의 체형에 맞아야 한다. 입문 골퍼의 경우는 값이 저렴한 스틸 골프채가 좋다.

    스윙은 하루아침에 만들어지는 것이 아니다. 파워 그립 타법 습득에 있어서도 처음에는 왼손 그립을 사용하지 않고 치는 방법으로 시작해서 왼손 그립을 사용하고 나중에는 왼손 그립을 최대한 사용해서 칠 수 있는 손가락 타법을 만들 수가 있다. 이렇게 만들어지는 파워 그립 타법에 있어서도 아직 부족함이 있는 것 같다. 파워 그립 타법의 원리와 결과를 확실하게 입증하기에는 아직 보완해야 할 점이 남은 상태이다.
  백경이 처음 골프라는 운동에 입문하였을 때 골퍼의 상체와 하체의 밸런스에 대한 확실한 분포를 알지 못했다. 자신이 상체가 강해 동양인은 서양인보다 상체가 강하기 때문에 빠른 스윙에서 훅 볼이 나오는 골퍼가 많은 줄 알았다. 하지만 차후 레슨을 하면서 입문 골퍼의 느린 스윙이 불가피하다는 것을 알게 되었다. 아마추어 골퍼의 90%가 스윙이 느리다는 것을 파악하였다.

골프를 처음 시작했을 때 스윙이 느린 이유는 세 가지다. 첫 번째는 상체 힘이 안 빠진다. 상체 힘이 들어간 상태에서는 절대 스윙을 빨리 가져갈 수가 없다. 두 번째는 풀 스윙의 손목 꺾임(코킹)이다. 톱 스윙에서 손목이 꺾인 상태에서 클럽이 공을 임팩트하는 순간, 릴리스 손목을 풀어주기가 쉽지 않다. 세 번째가 왼팔을 쭉 펴는 과정에서 힘이 들어가면 스윙이 느려진다. 그러나 상체의 힘을 빼고 싶다고 해서 빠지는 것이 아니다. 왼팔에 힘을 빼고 쭉 펴는 스윙도 많은 연습 기간이 지난 후에나 가능하다.

입문 골퍼의 이 같은 느린 스윙은 불가피하다. 하지만 파워 그립 4차원 스윙이 존재하고 있다면 접근법이 달라진다. 그동안 파워 그립 레슨은 느린 스윙을 빠른 스윙 테크닉 사용으로 접근해왔다. 느린 스윙의 골프를 빠른 스윙으로 해결하는 것은 정상 그립 사용에서는 통상적인 스윙 교정 방법이다. 하지만 파워 그립 4차원의 스윙이 존재한다면 그동안의 방식과는 다르게 접근해야 한다. 파워 그립 자체가 정상 그립보다 느린 스윙에서 만들어지면 일반 골퍼의 샷 결과에서는 반대 구질이 나오고 초보 골퍼에 있어서는 스윙이 더 느려지면서 정상 구질이 만들어진다. 따라서 파워 그립 사용에 있어서는 반대 구질과 정상 구질의 옳고 그름을 떠나 자신의 구질에 맞는 샷을 선택하고 쳐야 한다.

정상에 오를 것 같은 느낌이 들었다. 정상에 가까워질수록 침착해야 한다. 모든 일을 느긋하게 처리해나가려고 한다. 세상에는 자신의 신념과 노력만으로도 안 되는 영역이 있다. 신의 영역에 도달할 때까지는 좀 더 시간이 필요하다.

레슨이 점차로 많아지면서 더 많은 경험을 공유하게 되고 데이터가 쌓이게 된다. 처음에 아마추어 골퍼의 분포도가 상체가 강한 골퍼와 하체가 강한 골퍼가 거의 4 : 6 정도 될 거라고 생각했다. 그리고 레슨 골퍼의 대다수가 스윙이 느린 골퍼라는 것을 알게 되었다. 대다수 아마추어 골퍼가 상체 힘이 안 빠진 상태에서 느린 스윙이 만들어진다. 입문 골퍼의 느린 스윙을 어떻게 공략하는가에 따라서 레슨이 쉬워진다. 간혹 하체가 너무 강한 골퍼의 경우에는 느린 스윙에서 샷이 만들어지는 경우도 있다. 이러한 골퍼의 경우에는 자신이 느린 스윙에서 샷이 만들어졌는지조차도 모르고 치는 경우가 많다. 샷이 만들어진 골퍼의 경우에도 샷의 일관성이 없다. 이 같은 샷은 차후 나이가 들어서 하체 힘이 떨어진 경우나 연습량이 많아지면서 스윙이 빨라지는 경우에는 다시 만들기 난감해지는 경우가 많다.

   파워 그립 사용의 수준급 골퍼가 치는 구질도 입문 골퍼의 구질과 다르고 정상 그립 사용의 느린 스윙도 수준급 골퍼의 스윙과 초보자 골퍼의 스윙이 다르다.

   차츰 이런저런 레슨 골퍼를 상대로 파워 그립 사용 시 그 무엇인가를 발견한다. 4차원의 느린 스윙이다. 하지만 아직 그 방법에 있어 입증할 무엇이 없었다. 우선 그 초기 방법으로 파워 그립 왼손 그립을 사용하지 않고 샷이 가까워지는 것을 알게 된다. 이후로 입문 골퍼의 스윙은 파워 그립에 왼손 그립을 사용하지 않고 레슨이 이루어지기 시작했다.

   파워 그립 타법을 증명할 골퍼들이 있었다. 레슨에 믿음이 가는 골퍼들을 시작으로 점차로 그 숫자가 늘어났다. 어느 날부터는 입문 골퍼 레슨에 파워 그립 사용의 레슨이 부담이 없다는 생각이 들었다. 이유인즉 입문하는 골퍼의 경우에는 처음 골프를 시작하는 관계로 이전에 그립을 잡아본 적이 없다. 파워 그립으로 시작해도 별로 이상하지 않았다. 이렇게 시작한 파워 그립은 정상 그립 사용과 동시에 레슨이 진행되면서 레슨 골퍼에게 선택권을 준다. 이렇게 진행이 된 레슨은 파워 그립 사용의 레슨이 쉽다고 한다. 당연하다. 입문하면서 정상 그립 사용의 풀 스윙이 만들어지려면 3개월 이상의 시간이 걸린다. 그리고 공이 제대로 만들어지려면 다년간의 습득이 이루어져야 한다. 그런데 파워 그립은 단시간 내에 이루어진다.

정상 그립과 파워 그립 사용의 비교 분석으로 입문 골퍼의 어려웠던 파워 그립 레슨이 쉽게 이루어졌다. 파워 그립이라는 안정된 그립 사용은 정상 그립 사용과 비교해 손목 사용이 덜해지면서 공 맞히기가 쉽다. 하지만 제아무리 파워 그립 사용이라도 입문 첫날부터 공이 잘 맞아나갈 리가 없다. 그러나 입문 첫날부터 공이 잘 맞는 골퍼들도 종종 있었다. 공이 안 맞아나가는 골퍼의 경우에는 빠른 스윙 테크닉 방법들이 강구되어왔다. 그래서 스윙 방법을 달리해야 한다는 생각이 들었다. 파워 그립 왼손 그립을 사용하는 스윙에서 왼손 그립을 하지 않고 치는 스윙으로 바뀌면서부터 레슨이 좀 더 쉽게 진행이 이루어졌다.

레슨을 진행하면서 백경은 일반 골퍼들의 상체와 하체의 밸런스 파악을 했다. 이 같은 레슨이 계속되면서 레슨에 조금씩 요령이 붙었다. 초기 파워 그립 레슨 효과는 반타작이다. 나머지 레슨이 어려운 경우에는 베이스 볼 그립에 왼손 그립 사용과 빠른 스윙 테크닉으로 응급조치를 취한다. 지금 당장 혹은 내일이라도 정상에 오를 것 같은 느낌이 들었다. 정상에 가까워질수록 침착해야 한다. 모든 일을 느긋하게 처리하면서 때를 기다린다.

Tip : 골프 스윙에는 천 가지 조건이 있다고 한다. 그 수많은 것 중 아마추어 골퍼에게 필요한 것은 백 가지 정도로 줄일 수 있으며 프로 골퍼는 열 가지로 줄일 수 있다. 경지에 오른 골퍼의 경우에는 한 가지로 줄일 수가 있다.

# 7
# 원 샷 원 킬의 완성

초보자의 레슨을 확고하게 다져주기 위해서는 직접 샷을 찾아 초보자의 느린 스윙으로 가져가야 한다. 그래서 몸을 담보로 타법을 실험한다. 빨리 타법을 완성시키고 싶다.

4차원 느린 스윙을 만들어내야만 했다. 느린 스윙 만들기에서도 기존의 교과서 정상 그립 사용과 파워 그립 사용의 샷 결과는 단연 파워 그립 사용이 배로 유리했다. 파워 그립 사용이 정상 그립 사용의 경우보다 스윙이 느린 까닭에 접근이 쉽다. 그동안의 모든 상황이 지금의 파워 그립 사용의 느린 스윙을 만들기 위해서 기다려온 것 같았다. 파워 그립의 진가가 곧 느린 스윙 타법에 의해서 그 빛을 발할 수 있을 거라는 생각을 한다.

파워 그립 타법의 한계점은 어디까지일까. 세상 사람들이 알 턱이 없다. 백경 자신도 이렇게까지 파워 그립 타법의 샷이 가능한 줄은 몰랐다. 이제 남은 과제는 파워 그립 타법을 세상에 알리는 길만 남게 된다.

사무실은 햇빛이 들어오는 창이 없어 아침 해가 뜨는지 알 수가 없다. 새벽녘에 몇 번 깨다가 잠들면 아침 늦게야 깨어난다. 오늘 다시 당뇨약을 먹고 초보자의 느린 스윙으로 들어간다. 초보자의 느린 스윙은 왼손 그립을 사용하지 않는 스윙을 시작으로 해서 느린 스윙을 만들어낸다. 백경은 자신의 데이터에 대해 믿음이 안 가는 것이 아니고 새로운 방법을 찾는 것이 목적이다.

Tip : 실제로 야생의 생존 싸움에 있어서 '룰'이란 없다. 자신이 터득한 생존 기술을 사용해야 게임에서 살아남을 수 있다.

당뇨약을 먹고 초보자의 느린 스윙이 만들어진 이후부터는 느린 스윙 만들기에 여념이 없었다.

거의 매일 당약을 먹고 상체 힘이 안 빠진 느린 스윙에서 초보자의 샷을 가져간다. 오늘은 두 알을 먹어 보았다. 파워 그립 사용에서는 이전보다 공 위를 치는 샷이 필요했다. 정상 그립 사용의 샷이 더 잘 맞아나간다. 이유인즉 정상 그립 사용에서도 스윙이 아주 느린 상태에서는 샷이 다시 원위치를 하면서 샷이 맞아나가는 상태가 된다.

당약은 한 알이면 족했다. 한 알이면 초보자 스윙으로 들어갈 수가 있었다. 간혹 두 알을 먹고 치는 날은 온종일 설사를 한다.

초보 골퍼의 느린 스윙을 정복할 것 같은 생각이 든다. 대체적으로 페어웨이 우드 샷은 초보자 골프가 치기 어려운 샷으로 분류가 된다. 그 이유인즉 아이언 샷보다 스윙을 빨리 가져가는 샷이다. 아이언 샷이 잘 맞는다. 하지만 페어웨이 우드 샷은 아이언 샷보다 샷 변화에 영향을 덜 받는 클럽으로서 실전에 있어서 트러블 샷 러프나 업 힐에서 정상 라이에 큰 변화 없이 칠 수 있는 샷이다. 좀 더 빠른 스윙이 가능한 골퍼인 경우에는 3번 우드 사용으로 아이언 샷이 만들기 어려운 비거리 샷이 가능하다.

페어웨이 우드 클럽 사용의 달인이 되어야겠다는 욕심이

났다. 그 원리와 방법만 알면 페어웨이 우드 클럽의 달인이 될 수가 있다. 이전에 파워 그립 사용에 페어웨이 우드 샷이 가장 어려웠지만 지금에 와서는 그의 주 무기가 된다. 세컨드 샷에서 클럽을 한두 클럽 더 잡는다고 누가 뭐라고 하는 사람이 없다. 세컨드 샷에서 우드 클럽을 잡거나 아이언 샷을 잡거나 하는 것은 그리 중요한 것이 아니다. 온 그린이 정확히 되는가 안 되는가 그것이 중요하다.

언젠가부터 백경은 본능적으로 페어웨이 우드 샷을 빠른 스윙이 아닌 느린 스윙에서 가져간다. 페어웨이 우드 샷을 왼손 그립을 많이 사용하는 빠른 스윙으로 가져가기보다는 왼손 그립을 사용하지 않는 느린 스윙으로 하는 것이 결과가 좋았다. 이 같은 이전의 왼손 그립을 거의 사용하지 않는 스윙에서 지금은 아직 찾지 못한 4차원 느린 스윙을 사용하기에 이른다.

페어웨이 우드 클럽 사용에서도 클럽 각도가 큰 3번의 경우나 트러블(러프, 업힐) 샷에서는 스윙을 더 느리게 가져간다. 수준급 골퍼인 경우에도 왼손 그립을 밀착하고 공 위를 쳐야 한다. 하체가 아주 강한 골퍼나 초보 골퍼인 경우에는 공 위를 치는 스윙을 포기하고 왼손 그립을 최대한 사용하면서 빠른 스윙 테크닉으로 가져간다. 또는 페어웨이 샷만큼은 정상 그립 사용의 빠른 스윙 테크닉으로 가져가도 좋다.

Tip : 클럽 선택은 골퍼들마다 조금 다르다. 상체가 강한 골퍼의 경우는 페어웨이 우드 클럽이 유리하고 하체가 강한 골퍼의 경우는 아이언 샷이 유리하다.

입문 골퍼들을 통해 검증할 수 있는 기회가 점차로 많아졌다. 백경은 이전의 빠른 스윙을 머릿속에 새기면서 레슨 골퍼와 그렇지 않은 숙련된 골퍼들의 스윙과 비교한다. 입문자의 파워 그립 타법에서의 스윙 폭은 그리 넓지 않다는 것을 익히 알고 있었다. 파워 그립에서 왼손 그립을 사용하는 것보다는 왼손 그립을 사용하지 않는 그립이 훨씬 나았다. 하지만 기대치 이상의 결과는 나오지 않는다.

백경의 파워 그립 타법은 틀린 것이 하나도 없다. 배우는 골퍼에 따라서 그 선택이 달라질 뿐이다.

Tip : 골프 레슨의 문제점은 항시 자신의 스윙을 남에게 그대로 옮기는 데서 발생한다. 자신의 스윙이 남들과 같은 스윙이 될 수 없다.

골퍼의 스윙은 정상 그립 사용이나 파워 그립 사용에 있어서 역학적으로 스윙이 같아질 수가 있다. 이 같은 스윙 자체는 정상 그립 사용에서도 상체가 아주 강한 골퍼의 경우 하체가 아주 강한 골퍼와 같아진다.
　파워 그립 사용에서도 이 같은 스윙의 일치가 나타난다. 상체가 아주 강한 골퍼의 스윙은 하체가 아주 강한 골퍼의 스윙과 동일하고, 하체가 강한 골퍼의 스윙은 입문 골퍼의 스윙과 같다. 이 같은 샷의 동일함에서 상체가 아주 강한 골퍼가 하체가 비정상적으로 강한 골퍼의 스윙이 같다. 하지만 스윙 교정은 다르다.
　상체가 강한 골퍼의 스윙은 빠른 스윙에서 맞아나가는 샷으로 반대 구질의 스윙 교정이 만들어지고, 하체가 비정상적으로 강한 골퍼의 경우에는 느린 스윙에서 만들어지는 스윙으로 정상 구질에서 스윙이 만들어져야 한다.
　하체가 강한 골퍼와 입문 골퍼도 스윙은 같을 수는 있으나 그 교정은 전적으로 다르다. 하체가 강한 골퍼의 빠른 스윙의 교정으로는 파워 그립 사용의 반대 구질로서 스윙이 빠르면 슬라이스 볼이 나오고 스윙이 느리면 훅 볼이 나오는 상태에서 스윙 교정을 하여야 한다.
　입문 골퍼의 경우는 느린 스윙 교정으로 반대 구질이 정상 구질이 만들어지는 상태에서 스윙이 느리면 슬라이스 볼이 나오고, 스윙이 빠르면 훅 볼이 나오는 상태로 스윙이 느리면 느릴수록 스윙을 빠르게 해주는 스윙 교정 방법을 해주는 것이 샷 요령이다.

따라서 상체가 강한 골퍼인 경우 하체가 비정상적으로 강한 골퍼와 하체가 강한 골퍼가 입문 골퍼의 스윙과 샷이 같아질 수가 있다. 하지만 이 같은 체형의 골퍼의 스윙에서도 조금씩은 차이가 있고 그 스윙 교정 방법에서는 근본적으로 차이가 있음에, 자신의 체형과 빠르고 느린 스윙에서의 스윙 교정 방법을 확실히 알고 쳐야 자신의 몸에 맞는 샷이 만들어진다.

프로 골퍼의 빠른 스윙 테크닉 샷은 3년 10년의 습득 기간을 거쳐 만들어진다. 이 같은 프로 골퍼는 골프 치기 좋은 체형에서 하루에 수 시간 혹독한 훈련을 쌓아야 샷이 가능하다. 아마추어 골퍼가 이 같은 샷의 연습량을 감당하기가 어렵다. 더구나 하체가 강한 골퍼라면 평생을 쳐도 샷이 만들어지지 않는 경우가 있다. 일반 골퍼는 몸에 무리가 가지 않는 한도 내에서 빠른 습득이 가능한 스윙이 절대 필요하다. 빠르고 느린 스윙의 중간에서 빠른 스윙에서의 습득이 아닌 느린 스윙에서 샷이 가능해진다.

파워 그립 타법은 여러 체형의 골퍼가 사용 가능하다. 그중에서도 상체가 아주 강한 골퍼의 경우나 하체가 강한 골퍼의 경우에는 왼손 그립을 최대한 사용해야 한다. 하체가 강한 골퍼의 경우에는 왼손 그립을 거의 사용하지 않고도 샷이 가능하다. 입문자의 경우에도 왼손 그립을 사용하지 않고 샷이 가능하다고 생각해야 한다.

모든 운동에 습득 과정이 필요하듯 파워 그립 사용에 있어서도 습득 과정이 필요하다. 처음 왼손 그립을 사용할 때 어려우면 어려운 대로 왼손 그립을 사용하지 않고 뒤땅 치기나 왼손과 오른손의 간격을 띄우고 치는 아이스하키 타법이 가능하다.

Tip : 세계 골프 지도자 40인 중에는 50세가 안 된 지도자는 없다.

연습장에서 골퍼의 스윙을 보면 거의 대부분 다 다르다. 그렇게 다른 것은 스윙 폼을 몰라서가 아니다. 골퍼 각자가 자신의 몸에 무리가 가지 않게 치는 본능적 스윙일 따름이다.

골프 스윙은 크게 두 가지가 있다. 수준급 골퍼의 **빠른 스윙**과 하체가 강한 상태에서 만들어지는 느린 스윙이다.

초보 골퍼의 느린 스윙 샷 결과는 **빠른 스윙**에 미치지 못하는 하체의 선행으로 슬라이스 볼이 나온다.

대체적으로 일반 교과서 스윙은 빠른 스윙을 목표로 샷이 만들어진다. 이 같은 빠른 스윙에 있어서 초보 골퍼의 스윙은 갈 길이 멀다. 골퍼의 체형에 따라서 연습량에 따라서 습득 기간이 다르다.

스윙에 있어서는 빠른 스윙으로 샷이 만들어지는 골퍼가 있고, 느린 스윙으로 샷을 가져가야 샷이 쉽게 만들어지는 골퍼가 있다. 자신의 체형을 알고 자신의 맞는 스윙 교정을 하는 것이 중요하다.

초보 골퍼의 경우에는 느린 스윙에서 샷 선택이 습득이 빠르고 치기가 좋다. 이와 더불어 빠른 스윙으로 샷이 만들어지는 골퍼의 경우에도 느린 스윙의 샷이 만들어지는 경우에는 샷이 더 안정적이고 좋은 샷 결과가 나온다.

베테랑 낚시꾼은 물 밑에 대어가 있는 것을 알면 어떻게 해서든 그 고기를 잡는다. 대어가 있는 곳을 가르쳐주는 것이 중요하다. 파워 그립 타법이라는 세기의 타법은 정상 그립 사용보다 안전하게 비거리와 방향성을 보장한다. 하지만 그 믿음을 주기까지가 어렵다. 파워 그립 타법을 처음 습득하는 골퍼의 경우는 왼손 그립 사용이 어렵다. 어느 정도 기본기가 갖추어진 골퍼인 경우는 파워 그립 사용에서 얼마나 스윙을 빨리 가져가야 하는지를 가르쳐주어야 한다.

30년이라는 세월 동안 골프에 몰두하며 살아온 백경. 스윙 적응에 있어서는 항시 안 되는 샷은 확인을 하고 재차 확인하는 방식으로 접근한다. 그렇게 샷에 적응하다보니 남들보다 적응력은 뒤떨어졌지만 한 번 자신이 확인한 샷은 잊어버리지 않는다.

Tip : 아마추어 골퍼들은 자신의 공이 잘 맞을 때에는 자신의 타법이 전부인 줄 안다. 마치 큰 대회에서 어느 선수가 챔피언이 되면 그 골퍼의 스윙이 정석이라고 여기는 것과도 같다.

어느 한 부분 그림이 잘못 그려졌다고 해도 큰 그림 전체가 잘못 그려지지는 않는다. 백경의 골프 인생도 그러하다. 자신이 진정으로 원하는 목표만을 바라보고 무조건 앞만 보고 달려온 골프 인생이다.

백경은 체력을 앞세워 타법을 증명하기보다는 자신만이 지니고 있는 기술로서 파워 그립 타법이 세상에 알려지기를 바라고 있다. 즉, 타법 창시라는 원대한 목표가 있다. 현 시점에서 그 같은 바람이 현실적으로 가까워지고 있다. 비록 나이가 들어서 몸은 쇠약해지고는 있지만 경험과 노력에서 축적된 테크닉은 이전보다 더 발전해 있었다.

세상에는 완벽이라는 것이 존재하지 않는다. 테크닉이 부족한 대로 치는 방법이 있고 설사 완벽하더라도 클럽의 차이와 상황에 따라서 그 한계점을 벗어나지 못하는 샷이 있다. 그리고 정상을 넘어서는 스윙의 경지에 이르러서도 상황에 따라서 융통성이라는 또 다른 선택의 여지가 존재한다.

잠시 레슨이 뜸해진다. 어찌 된 영문인지 모른다. 너무 빠른 진도 때문인지 아니면 아직 세상에 알려지지 않은 그립 사용 때문인지 알 수가 없다. 잠시 레슨이 뜸해진 틈을 타서 파워 그립 타법을 더 심도 있게 연구하기로 했다. 이미 완성된 타법을 다시 실험해보고 정리해보는 시간을 갖는 것이다.

일반 골퍼의 파워 그립 사용은 우선 왼손 그립을 사용하지 않고서는 샷이 어렵다고 보아야 한다. 일반 골퍼가 파워 그립의 왼손 그립 사용을 하지 않고 맞아나가는 샷은 골퍼의 체형에 따라서 조금 차이가 있지만 대략 샷이 맞아나가는 샷이다. 대다수 골퍼는 왼손 그립을 사용해야 좋은 샷이 나온다. 파워 그립 타법은 왼손 그립 사용 방법을 아는 게 무엇보다도 중요하다. 이와 동시에 파워 그립 사용은 거의 훅 볼이 안 나온다.

파워 그립 사용에서 훅 볼이 나오도록 여러 가지 노력을 해보기로 했다. 우선 왼손 그립을 최대한 사용하는 빠른 스윙에서 훅 볼을 만들어본다. 파워 그립 사용은 웬만큼 스윙을 빨리 가져가지 않고서는 훅 볼이 안 나온다. 실전 게임에 있어서 훅 볼은 좋은 샷이 아니다. 더욱이 정상 그립 사용의 훅 볼은 플레이가 어려운 경우가 많다.

실전 게임에 있어 훅 볼은 득보다 실이 많다. 만들어 칠 수도 있지만 될 수 있는 한 회피하는 것이 상책이다. 일반 골퍼의 파워 그립 사용에 있어서는 대다수 골퍼들의 샷이 공이 똑바로 나간다. 파워 그립이라는 안정된 그립 사용으로 샷이 대충 맞아나가는 것이지 정확한 샷이 아니다. 왼손 그립을 많이 사용해야 좋은 샷 결과가 나온다.

주말에 잠시 쉬고 다시 스크린 골프 대결을 시작하였다. 어프로치 샷과 퍼팅에서 마지막 승부를 보는 게임이다. 숏게임은 이전보다 훨씬 나아지고 있다. 퍼팅은 롱 퍼팅에 이어서 치는 쇼트 퍼팅이 홀 컵을 직접 보고 치면서 이전보다 홀 컵에 잘 빨려들어갔다. 쇼트 퍼팅의 비결은 스윙을 얼마나 느리게 가져가는가에서 나온다. 따라서 정상 퍼팅 그립 사용에서는 스윙을 느리게 가져가는 것이 필수다. 하지만 파워 그립 사용에서는 파워 그립 특성상 반대 구질이 나오는 상황에서 스윙을 빨리 가져가면서 직구, 슬라이스 볼이 나온다. 퍼팅 파워 그립 사용에 샤프트를 짧게 잡고 치면 칠수록 공이 똑바로 나간다. 하지만 느린 스윙을 기준으로 핀 가까이에서 비거리를 더 보고 치는 어프로치 샷에서 실수가 많이 나온다. 문제는 어프로치 샷이었다.

점수가 안 나오는 게임에도 불구하고 기분이 나쁘지는 않다. 운동선수만이 느낄 수 있는 기분이다.

Tip : 쇼트 어프로치 샷에서도 최상의 샷이 있다. 쇼트 어프로치 샷에서의 최상의 샷은 비거리가 가장 적게 나가는 샷이다. 쇼트 어프로치 샷의 비거리는 스윙이 빨라도 느려도 비거리가 더 나간다.

교과서 골퍼의 90% 이상이 빠른 스윙에서 스윙이 만들어진다. 이 같은 빠른 스윙 만들기는 수준급 골퍼의 경우에는 파워 그립 사용이나 정상 그립 사용 모두가 가능하다. 하지만 초보 골퍼의 느린 스윙 만들기는 제한적이다. 정상 그립 사용은 거의 어렵다. 파워 그립 사용이 유리하다.

파워 그립 사용의 경우 정상 그립 사용과 같이 공 위를 치는 스윙도 가능하고 왼손 검지를 오른손 새끼손가락 위에 올리고 치는 느린 스윙도 가능하지만, 이보다 더 치기 좋은 샷이 파워 그립 사용은 역회전이 만들어지면서 반대 구질이 정상 구질로 바뀌는 상태에서 빠른 스윙 테크닉을 사용하면서 샷을 가져갈 수가 있다.

그 사용의 첫 번째가 왼손 그립을 조금 약하게 잡고 공을 직접 치는 스윙이다. 두 번째가 뒤땅 치기 타법이다. 세 번째가 왼손과 오른손의 간격을 띄우고 치는 아이스하키 타법이다. 정상 그립에서의 느린 스윙은 정상 구질이 반대 구질로 만들어지면서 사실상 스윙을 빨리해주는 상태에서는 슬라이스 볼이 더 나온다. 하지만 파워 그립 사용에서는 정상 구질로 돌아오는 상태에서 빠른 스윙 테크닉으로 슬라이스 볼을 직구 볼로 만들 수가 있다.

이 같은 초보자나 입문 골퍼의 느린 스윙에서의 아이언 샷과 페어웨이 우드 샷은 정상 구질이 만들어지는 상태에서 아이언 샷은 스윙을 느리게 페어웨이 우드 샷은 스윙을 빨리해준다. 왼손 그립 사용의 경우에는 아이언 샷은 왼손 그립을 밀착하고 페어웨이 우드 샷은 왼손 그립을 약하게 잡고 친다. 그래도 하체가 강해서 스윙이 느린 골퍼의 경우에는 뒤땅 치기나 왼손과 오른손의 간격을 띄우고 치는 아이스하키 타법을 사용한다.

따라서 수준급 골퍼를 넘어선 초보자나 입문 골퍼의 느린 스윙일 경우에는 파워 그립 사용이 절대 유리하다. 이처럼 스윙을 느리게 해주는 방법은 상체가 아주 강한 골퍼의 경우에는 기존의 빠른 스윙을 계속해주면서 스윙이 만들어지고, 수준급 골퍼의 스윙에서는 빠른 스윙이 아닌 느린 스윙에서 샷이 만들어진다. 그리고 초보 골퍼의 경우에는 느린 스윙에서 샷이 쉽게 만들어진다.

게임이 거의 끝날 때쯤 전화가 걸려온다. 골프 레슨 전화였다. 근래 백경의 파워 그립 타법 레슨이 점차로 진전이 있었다. 이전의 파워 그립 타법의 레슨에 있어서 가장 자신이 없었던 레슨이었다. 근래에는 입문 레슨이 점차적으로 효과가 나타나고 있다.

레슨이라는 것이 참 묘했다. 골퍼의 체형과 구력을 떠나서 백경의 레슨 비법이 먹혀 들어가는 것이 천차만별이다. 어떤 골퍼의 경우는 백경이 생각하는 가장 좋은 방법이 먹히는 경우가 있고, 어떤 골퍼의 경우는 별 좋지도 않은 방법이 먹히는 경우가 있다. 방법의 좋고 나쁨을 떠나서 골퍼 자신이 좋아하는 방법대로 되어가는 것이 골프인 모양이다.

정상 그립을 사용하는 대다수 타법의 비법들이 따지고 보면 파워 그립 타법을 완성하기 위한 과정에서 만들어진 비법들이다. 굳이 세기의 타법 파워 그립 타법을 사용하지 않더라도 파워 그립 타법의 일부인 셈이다. 결국 강이 바다로 가듯 파워 그립 타법을 향하게 된다. 따라서 절대 파워 그립 타법의 레슨을 서두를 필요가 없었다.

앞으로 레슨에 있어서 좀 더 보완하자면, 배우는 과정에서 레슨 골퍼가 어떠한 실수를 하는지를 좀 더 면밀히 파악해야 했다. 그동안 파악한 내용 중 가장 중요한 것이 헤드 업이다. 초보 골퍼가 느린 스윙에서 샷을 만드는 경우 발차기 스윙은 필수이다. 백경이 초창기 테크닉에서 가장 처음 습득한 발차기 타법이다. 어찌 보면 레슨의 첫걸음이 레슨 골퍼의 헤드 업 잡는 것이라고도 볼 수 있다.

골프 스윙은 헤드 업을 잡고 나야 테크닉이 나타나고 제 기능을 발휘할 수가 있다. 일반적인 교과서 골프의 피니시 동작은 빠른 스윙으로 효과를 본다. 하지만 느린 스윙에 있어서 체중 이동은 그 성격이 조금 다르다. 발차기 스윙에서의 하체 선행은 헤드 업을 하지 않는 방법과 더불어 느린 스윙 만들기에 도움이 된다.

Tip : 발차기 스윙은 클럽이 공을 임팩트하는 순간 오른발을 차는 스윙으로서 하체 힘을 더해줌과 동시에 발에 신경을 쓰는 동작으로 말미암아 헤드 업을 하지 않는 최상의 헤드 업 방지 샷이 된다.

레슨이 끝나고 집으로 돌아온다. 기분이 아주 좋은 날이었다. 파워 그립 타법 레슨의 최종 샷 결과를 확인했다. 덩치가 크고 하체가 강한 입문한 지 얼마 안 되는 초보 골퍼인 그는 타고난 체력과 감각 덕분인지 진도가 빨랐다. 첫날 두 시간을 배우고 두 번째 되는 날부터 파워 그립 사용에 들어갔다. 가르침에 대한 신뢰도가 남다르다는 것을 느꼈다.

레슨을 받는 골퍼는 대략 세 가지 부류로 나뉜다.

첫 번째는 백경의 타법을 진심으로 믿고 배우는 골퍼이다. 어느 수준의 기량을 갖춘 골퍼나 입문 골퍼인 경우에도 레슨에 전혀 문제가 없다. 백경은 어느 체형에서나 샷 교정이 가능하다. 직접 체험하고 만든 샷의 교정이 가능하다. 믿음을 가지면 레슨에 아무 문제가 없다.

두 번째는 어느 정도 기본기를 갖춘 골퍼이다. 절대 자만하지 않고 자신의 것 외에 남의 것을 존중하고 받아들일 줄 안다.

세 번째는 먹튀 레슨이다. 백경의 타법은 익히 소문이 나 있었다. 타법을 훔치려는 골퍼인 경우다. 그러나 백경의 파워 그립 타법은 먹튀가 어렵다. 백경의 레슨은 아무리 입문 골퍼라도 어떤 체형의 사람이든 좋은 샷이 만들어진다.

정확하게 배우지 않는 것은 차라리 안 배우는 것만 못하다. 파워 그립 반대 구질의 비밀을 푸는 데 10년이 넘게 걸렸다. 타법의 샷 결과는 쉽게 보여줄 수가 있지만 그 원리와 스윙 교정을 알지 못하면 정상 그립 사용에서보다 교정이 더 어려워진다.

골프하기에 아무리 좋은 체형의 경우에도 샷 변화는 항시 찾아온다. 아무래도 체력이 강하고 자신의 체형에서 중심점 스윙이 만들어진 골퍼의 경우 샷 변화에 차이가 없지만, 골퍼가 기계가 아닌 사람으로의 몸의 변화는 불가피하다.

골퍼의 스윙 변화도 마찬가지이다. 세기의 골퍼 아놀드 퍼머나 젝 니클라우스의 젊었을 때 스윙과 나이가 들어서 시니어 때 스윙을 보면 사람의 샷이 어떻게 달라지는지를 금방 알 수가 있다. 나이가 들어서 변하는 몸에 따라 스윙이 다시 만들어지는 과정이 된다.

스윙 변화는 나이가 들어서도 변하지만 연습량과 심리적 상태 그리고 잠시 몸을 쉬는 동안에도 계속 변한다. 아마추어가 이 같은 스윙을 감당하기란 무척 어렵다. 아무리 자신이 골프 치기에 좋은 체형 그리고 자신의 중심점 스윙이 만들어진 골퍼의 경우에도 스윙은 수시로 변한다.

골프라는 것이 대충 맞아나가는 샷에 만족할 수도 있지만 좀 더 고난도의 스윙을 가져갈 수가 있다면, 골프의 스트레스에서 좀 더 벗어날 수가 있을뿐더러 남들보다 더 잘 칠 수가 있다.

여기서 말하는 스윙에 변화가 없는 최고난이도의 느린 스윙으로 가져가기 위해서는 수준급 골퍼와 초보 골퍼의 테크닉이 조금 다르다. 수준급 골퍼의 경우에는 정상 그립 사용이나 파워 그립 사용이 모두 가능하다. 하지만 초보자 골퍼의 경우는 파워 그립 사용이 절대 유리하다.

실질적으로 정상 그립 사용의 경우보다는 파워 그립을 사용하였을 경우 파워 그립 사용이라는 안정감과 느린 스윙으로 공 아래를 칠 수 있어 좋은 샷이다. 하지만 굳이 정상 그립 사용을 고집한다면 그 또한 얼마든지 샷은 가능하다. 골퍼의 체형에 맞는 샷 선택이 중요하다.


Tip : 아마추어 골퍼의 나쁜 스윙 폼은 좋은 스윙 폼을 몰라서 나오는 것이 아니다. 상, 하체 밸런스가 안 맞는 상태에서 자신도 모르게 몸에 무리가 가지 않는 나쁜 자세로 스윙을 가져가려는 상태에서 나쁜 스윙 폼이 나온다. 기본 스윙 폼을 필히 갖춘 상태에서 좋은 상, 하체 밸런스 스윙 방법을 알아야 한다.

기본기를 갖춘 골퍼의 경우는 왼손 그립 사용만 제대로 해도 비거리와 샷의 안정성을 동시에 가져갈 수가 있다. 말 그대로 세기의 타법이다. 입문 골퍼의 경우는 풀 스윙에서 만들어지는 스윙 폼을 그대로 유지한 채 몸에 무리가 가지 않게 샷이 만들어진다.

30여 년의 골프 인생을 통해서 잃어버린 희망을 되찾고 있다. 백경의 레슨이 점차 자리를 잡으면서 타법의 신뢰도가 더해지는 것도 좋지만 무엇보다 자신이 남들보다 잘할 수 있다는 사실을 알게 된 것이 소득이라면 소득이다. 돌아보면 거의 30여 년을 단 하루도 쉬지 않고 달려온 여정이다. 그 긴 여정을 걸어올 수 있었던 것은 그 어떤 힘이 작용해서가 아니라 골프가 지시하는 길이 운명의 길이라는 것을 깨달았기 때문이다. 운명은 거역할 수 없다지 않은가. 거역할 수 없는 운명에 순응하면서 살아온 세월, 때론 낭만이기도 했다. 모진 세월이었어도, 흡사 이리에게 쫓기듯 살아왔으면서도 백경의 자리는 항시 그 자리였고 숙명처럼 지내온 세월이었다.

이제 뭔가 정리해야 할 시간에 다다른 것 같다. 자신을 묶었던 매듭을 다 풀고 자유로운 몸이고 싶다. 많게든 적게든, 알게든 모르게든, 확실하든 확실하지 않든 이제는 정말 그 속박에서 벗어나 자유로운 몸이고 싶다. 무엇을 얻고자 함이었던가. 회한에 사로잡힌다.

  이제 조용히 골프 인생에서 목표로 했던 세기의 타법을 정리하고 이를 세상에 알리면서 골프 인생을 정리하려 한다. 집착을 버리고 이제는 골프를 그저 사랑하는 동반자로서 남은 인생을 동행하고 싶을 뿐이다.

# 8
# 악연의 끝

까치를 기다린다. 길조 중의 길조 흰 까치와의 조우가 아니더라도 상관없다. 그냥 좋은 소식이 있을 거라고 믿고 싶었다. 그럴 조짐을 까치와의 만남에서 찾고 싶은 것뿐이다.

백경은 입문 골퍼의 첫 레슨부터 공을 똑바로 내보낸다.

레슨 골퍼의 수는 점차 기하급수적으로 늘어나고 있다. 백경의 타법을 맛본 레슨 골퍼의 소문은 일파만파로 퍼져나가고 있었다. 공수 전환이 빠른 파워 그립 타법은 그 방법만 알면 어느 골퍼나 쉽게 습득할 수 있는 것이 강점이다.

백경의 파워 그립 타법 완성의 마지막 과제는 입문 골퍼의 첫 레슨에서부터 공이 맞아나가는 것을 확인하는 것이다. 그 비결은 단연 왼손 그립을 얼마나 잘 사용하는가에 따라 결과가 다르게 나오는 것이다.

백경에게 있어서 모든 레슨 골퍼가 실험 대상이다. 날이 갈수록 레슨에 자신감이 붙었다. 입문 골퍼의 경우는 정상 그립 사용과 파워 그립 사용을 동시에 병행하면서 레슨이 쉽게 진행된다. 레슨 골퍼를 통해서 자신이 골프를 배운다는 생각이 들었다. 앞으로의 레슨 계획은 스윙 방법을 만드는 것이 아니라, 그동안의 방법을 얼마만큼 효과적으로 레슨 골퍼에 적용시키는가이다.

Tip : 골프 레슨의 문제점은 자신의 스윙을 레슨 골퍼에 그대로 옮기는 데 있다. 골퍼 각자의 체형과 능력에 맞는 스윙은 따로 있다.

레슨이 자리를 잡아가면서 새로운 복병을 만난다. 원 포인트 레슨이었다. 자신의 드라이버 티샷에 문제가 있다고 레슨을 청해온다. 그동안 백경의 레슨은 어느 체형에서든 단 한 번의 레슨으로 샷이 만들어진다고 소문이 많이 나 있었다. 그런데 백경은 소스라치게 놀랐다. 레슨 골퍼가 파워 그립을 사용하는 것이었다.

 레슨 골퍼가 창시자 앞에서 창시자의 파워 그립을 사용해 치는 것이다. 자신이 인근 도시 어느 곳에서 어떤 레슨 골퍼에게 파워 그립 사용을 배웠다고 한다. 한동안 잘 맞았다고 한다. 그는 축구선수였기에 볼 감각과 하체 힘이 좋았다. 상체와 하체의 밸런스도 굉장히 좋았다.

 자신의 파워 그립 타법이 어느 레슨 선생에게서 보급되었다는 소리를 듣고 내심 혼란스러웠다. 백경은 자신이 창시자라고 말했다. 그날 백경은 왼손을 사용하지 않는 파워 그립 방법을 시작으로 공 위를 때리는 방법으로 샷을 해보았다. 하지만 끝내 스윙을 잡지 못한다.

 레슨 골퍼들이 말하길 레슨에 있어서 상위 5%와 하위 5%의 골퍼가 가장 힘들다고 한다. 여기서 말하는 상위 5%에 속하는 골퍼의 경우는 상체가 강한 골퍼를 말하고 하위 5%의 골퍼는 하체가 강한 골퍼를 말한다. 파워 그립 타법에서의 상위 5%의 골퍼는 파워 그립 사용에 있어서 걱정할 필요가 없다. 파워 그립 사용에서는 샷을 더 쉽고 잘 칠 수가 있다. 하지만 하위 5%에 해당되는 골퍼는 입문 골퍼의 느린 스윙보다 더 하체가 강한 골퍼가 된다.

 이 같은 스윙 조건에서 레슨 골퍼는 백경의 레슨에 따르지 않는다. 그날 레슨에서 공 위를 때리는 스윙이나 왼손 검지를 오른손 새끼손가락 위에 올리고 치는 스윙 그리고 왼손 그립의 사용을 권하였다. 하지만 레슨 골퍼는 레슨을 받으려는 건지 아닌지 그날 레슨을 끝내버린다. 근래 가장 성의 없는 레슨 태도였다. 이후 그 레슨은 몇 번 더 실패를 이어간다. 그 후유증으로 몇 번 더 레슨을 실패한다.

입문 골퍼 중에서 하체가 강한 5%의 골퍼를 위한 스윙이 필요했다. 공 위를 때리는 방법은 초보 골퍼들은 하기가 쉽지 않다. 스윙을 느리게 가져가는 다른 방법이 필요했다. 지금의 느린 스윙에서 좀 더 쉽게 할 수 있는 스윙이 만들어져야 한다. 그동안의 파워 그립 사용에서 빠른 스윙 테크닉 방법이 틀린 것이 아니라, 초보 골퍼가 쉽게 따라할 수 있는 파워 그립 사용의 느린 스윙이 필요했다.


Tip : 자세로 만들어지는 스윙이 느린 조건에 있어서는 발차기 이외에 왼팔을 쭉 펴는 스윙과 코킹을 해주는 방법이 있다. 대다수 아마추어 골퍼들이 왼팔을 쭉 펴지 못하고 코킹을 제대로 안 하고 스윙을 하는 이유가 그렇게 왼팔을 쭉 펴고 치면 왼팔에 힘이 들어가 스윙이 느려지는 원인이 된다. 그리고 코킹의 손목 꺾임은 스윙이 느려지는 대신 클럽이 공을 임팩트하는 순간 릴리스가 힘들어진다. 이 같은 스윙 조건들은 스윙을 느리게 해주는, 만드는 골퍼의 좋은 스윙 폼이 된다.

어느 날 연습장에서 스윙을 더 느리게 가져가는 획기적인 방법을 발견한다. 오른손을 놓아주면서 피니시하는 골퍼를 만났다. 백경은 그 골퍼의 스윙을 지켜보고 있다가 왜 오른손을 놓아주는지 물었다. 피니시 동작에서 오른손만 살짝 놓아주면 될 것을 오른손을 다 놓아주는 스윙을 하는 것이 눈에 들어왔다. 그런데 골퍼는 오른손을 다쳐서 그렇다고 대수롭지 않게 해명한다. 그러나 마스터의 눈은 속일 수가 없다. 오른손이 아프면 스윙을 더 빨리해주어야 하는 상황이다. 그런 상황에서 오른손을 놓아준다는 것은 이치에 맞지 않는다. 얼핏 보아도 골퍼는 어느 정도 나이가 든 상태에서 스윙을 느리게 가져가려는 수준급 골퍼였다.

백경은 다음 날부터 오른손을 놓아주는 그 사람의 스윙을 따라 해보았다. 스윙이 급격히 느려졌다. 스윙을 느리게 하는 최상의 방법으로 여겨졌다.

정상 골퍼에 있어서 클럽이 공을 임팩트하는 순간 오른손을 놓아주는 스윙은 아무 보잘것없는 스윙이다. 하지만 상체가 아주 강한 골퍼의 너무 빠른 스윙은 상체와 하체의 밸런스가 맞는 빠른 스윙으로 만든다. 입문 골퍼나 하체가 강한 골퍼의 오른손을 놓아주는 스윙은 상체와 하체의 밸런스가 만들어지는 느린 스윙에서 샷이 만들어지는 경우가 된다. 오른손을 놓아주는 스윙은 수준급 골퍼에게 있어서는 사실상 쓸모가 없는 스윙이다. 하지만 파워 그립 사용과 맞물리면서 기상천외의 샷이 만들어진다.

오른손을 놓아주는 스윙의 효과는 매우 크다. 파워 그립 사용에서 오른손을 놓아주는 스윙은 파워 그립 사용에 왼손 검지로 오른손 소지와 약지 모두를 덮고 치는 스윙과 같은 효과가 나온다. 이 같은 스윙 효과는 굳이 왼손 검지를 오른손으로 감싸고 치는 불편한 그립으로 가져갈 필요가 없다. 파워 그립을 그대로 사용하는 상태에서 클럽이 공을 임팩트하는 순간 오른손을 놓아준다.

파워 그립 4차원의 느린 스윙은 오른손을 놓아주는 스윙으로 만들어진다. 이렇게 만들어지는 파워 그립 사용의 느린 스윙은 하위 골퍼뿐만 아니라 상위 골퍼들에게도 무한정으로 만들어진다고 보아야 한다. 그동안 애타게 찾던 느린 스윙에서의 최상의 스윙 방법을 찾았다.

초보 골퍼가 파워 그립의 왼손 그립을 사용한다는 것은 결코 쉽지가 않다. 하지만 지금의 왼손 그립을 사용하지 않고 클럽이 공을 임팩트하는 순간 오른손을 놓아주는 스윙은 대다수의 오른손잡이 골퍼의 오른손 사용이 용이한 가운데 샷이 쉬워진다. 그리고 오른손을 놓아주는 스윙의 효과는 과거 그 어느 느린 스윙에서 만들어지는 샷 효과보다 스윙을 느리게 가져갈 수가 있는 최상의 방법이 된다.

이렇게 해서도 스윙을 느리게 가져가지 못하는 골퍼의 경우에는 왼손 검지를 오른손 새끼손가락 위에 올리고, 오른손을 놓아주는 스윙까지 샷이 가능하다. 이렇게 하면 입문 골퍼의 하체가 아주 강한 경우에서도 느린 스윙이 손쉽게 만들어진다.

공 위를 때리는 느린 스윙은 백경과 같은 수준급 골퍼의 경우에서나 가능한 샷이다. 그리고 왼손 그립을 최대한 사용하면서 왼손 그립을 놓아주는 스윙도 초보 골퍼가 습득하기 어렵다. 그리고 왼손 검지를 오른손 새끼손가락 위에 올리고 치는 샷은 불편하다. 지금의 클럽이 공을 치는 순간 오른손을 놓아주는 스윙은 초보 골퍼에게 스윙을 느리게 하는 가장 좋은 방법이다. 이로써 레슨 골퍼들이 가장 어려워하는 입문 골퍼 레슨이 쉽게 해결되었다.

그동안 레슨에 있어서의 문제점이 해결되었다. 파워 그립의 왼손 그립을 사용한 빠른 스윙 테크닉에 의존한 것이 무리수였다. 방법이 틀린 것이 아니라, 이제 시작하는 초보 골퍼가 따라서 치기 어려웠던 것이다. 클럽이 공을 임팩트하는 순간 오른손을 놓아주는 느린 스윙은 치기도 쉽지만, 느린 스윙 효과가 엄청나다. 지금의 4차원 느린 스윙 만들기에 일대 전환기를 맞이하게 되었다. 지금의 샷이라면 반나절가량의 스윙으로도 샷이 가능하다. 그렇게도 바라던 원 샷 원 킬 샷이 만들어졌다.

Tip : 교과서 레슨에 있어서도 레슨이 정상적으로 이루어지는 골퍼의 경우가 있고 레슨이 도리어 해가 되는 경우가 있다. 레슨이 해가 되는 결과가 안 나오려면 자신이 지금 빠르고 느린 스윙에서 어느 정도쯤에서 자신의 샷이 유리하게 만들어지는지를 알아야 하고 자신에게 유리한 레슨을 받아야 한다.

입문 골퍼의 레슨을 잠시 미루고 다시 스크린 골프 대결에 들어간다. 대결을 이길 수 있다는 생각이 들었다. 이번에는 당뇨약을 먹고서도 이기고 싶었다. 마지막 대결이라고 생각하니 내심 마음이 초조했다.

스크린 골프장으로 향했다. 첫 티 샷을 정상 샷으로 가져갔다. 당뇨약을 먹고 치는 느린 스윙으로 제발 공이 빗나가기만을 기대한 샷이었다. 슬라이스가 나왔다. 세컨드 페어웨이 우드 샷으로 파워 그립 왼손 검지를 오른손 새끼손가락 위에 올리고 친다. 당뇨약을 먹고 치는, 극단적으로 느린 샷을 대비한 샷이었다.

이전에 치던 때보다는 몸에 무리가 없는 똑바로 나가는 샷이다. 아이언 샷이 무엇보다 만족스러웠다. 하지만 점수가 안 나왔다. 점수 결과를 떠나서 기분이 좋았다. 하위 5%의 꼴통 샷이 만들어지는 순간이었다.

마지막 5% 샷이 그동안의 모든 타법을 빛나게 하는 샷 결과를 만든다. 사실 클럽이 공을 임팩트하는 순간 오른손을 놓아주는 스윙은 정상 그립 사용에서 그 누구도 사용하지 않는 방법이다. 그도 그럴 것이 일반 교과서 골퍼의 빠른 스윙을 기준으로 볼 때 오른손을 놓아주는 스윙은 역행하는 스윙인 것이다. 하지만 이 같은 보잘것없는 스윙이 파워 그립 사용과 맞물리면서 그 빛을 발한 것이다.

수준급 골퍼의 경우에는 파워 그립 사용이나 정상 그립 사용의 느린 스윙에서 전천후 샷이 만들어진다. 수준급 골퍼의 경우에는 파워 그립 사용이나 정상 그립 사용에서 빠른 스윙의 샷이 가능하나 느린 스윙에서 샷을 좀 더 안정적으로 만들어지는 원 샷 원 킬 샷이 만들어진다.

빠른 스윙은 강한 하체에 공을 직접 치면서 샷이 만들어진다. 하지만 느린 스윙의 경우에는 공 위를 치거나 클럽이 공을 임팩트하는 순간 오른손을 놓아주는 스윙으로 미스 샷을 커버하면서 샷을 안전하게 가져가는 샷이다.

정상 그립 사용의 경우에는 그립을 밀착하고 치는 스윙에서 클럽이 공을 임팩트하는 순간 오른손을 놓아주는 스윙으로 공 위를 친다. 대체적으로 공 위를 치는 스윙에서의 미스 샷은 항시 공 아래를 치는 미스 샷이다. 이 같은 미스 샷이 오른손의 강도를 약하게 잡고 칠 때 빠른 샷이 만들어지면서 공이 똑바로 나간다. 즉 공 위를 치는 스윙에서 공 아래를 치는 슬라이스 볼을 직구 볼로 만든다.

파워 그립 사용의 경우에는 왼손 그립을 최대한 약하게 잡고 치는 스윙에서 공을 임팩트하는 순간 오른손을 놓아주며 공 위를 친다. 대체적으로 공 위를 치는 스윙에서의 미스 샷은 항시 공 아래를 치는 미스 샷이 된다.

이 같은 샷 결과는 항시 직구 볼이 슬라이스 볼이 된다. 또한 왼손 그립을 최대한 약하게 잡고 치는 스윙의 미스 샷은 왼손 그립을 약하게 잡지 못하고 밀착하면서 만들어진다. 샷 결과는 직구 볼이 훅 볼로 변한다. 결과적으로 파워 그립의 왼손 그립을 최대한 약하게 잡고 공 위를 치는 모든 미스 샷을 커버하는 전천후 샷이 된다. 왼손 그립을 최대한 약하게 잡고 치는 수준급 골퍼의 최상의 샷이 된다. 파워 그립의 왼손 그립을 최대한 약하게 잡는 스윙에서 밀착하고 치는 스윙으로 가져가면서 공 아래를 칠 수가 있다.

정상 그립 사용에서는 왼손 그립을 밀착하고 공 위를 치는 샷이 만들어진다. 정상 그립 사용의 공 위를 치는 샷에서 공 밑을 치는 샷의 미스 샷 결과는 파워 그립 사용과 같이 직구 볼이 슬라이스 볼이 된다. 또한 정상 그립 사용의 왼손 그립을 밀착하고 치는 스윙에서의 미스 샷은 왼손 그립을 밀착하지 못하고 약하게 잡음으로써 스윙이 빨라지면서 직구 볼이 훅 볼이 된다. 결과적으로 왼손 그립을 밀착하게 잡고 공 위를 치는 샷이 모든 미스 샷을 커버하는 샷이 된다.

수준급 골퍼의 경우에도 파워 그립 사용이 왼손 그립을 최대한 약하게 가져가면서 왼팔에 힘을 안 주고 쭉 펴면서 치기가 더 좋다. 하지만 정상 그립 사용을 고집하는 경우에는 왼손 그립을 밀착해서 잡고 왼손 그립을 약하게 잡고 공 위를 치는 샷에서 공 아래를 치는 샷의 미스 샷을 커버하는 샷으로 만든다.

정상 그립 사용 시에는 오버 레빙, 인터 락, 베이스 볼 그립 어느 형태로든 상관이 없다. 오버 레빙 그립이나 스트롱 그립이 사실상 베이스 볼 그립 사용보다 조금 더 스윙이 빠르다. 하지만 미스 샷 대부분이 클럽이 공을 임팩트하는 순간 왼손 그립을 조금 약하게 잡으면서 스윙이 빨라지는 데 있다. 이 같은 그립의 미스 샷은 베이스 볼 그립 사용 시에 가장 두드러진다고 볼 수 있다. 하지만 공 위를 치는 스윙은 이 같은 왼손 그립의 미스 샷을 의도적으로 공 아래를 쳐서 커버해나가는 샷으로, 사실상 정상 그립 사용 시 공 위를 치면서 오른손을 놓아주는 스윙에서는 그립 오버 레빙, 인터 락, 베이스 볼 그립 어느 그립을 사용해도 같은 샷 결과가 나온다.

다만 공 위를 치며 오른손을 놓아주는 스윙에서 주의해야 할 점은 하체가 강한 골퍼일수록 공 위를 쳐야 하는 까닭으로 왼손 그립을 밀착하고 치는 게 좋고, 그래도 공 위를 치는 스윙이 어려운 골퍼의 경우에는 샷을 포기하고 왼손 그립을 최대한 사용해 빠른 스윙 테크닉을 구사한다. 빠른 스윙 테크닉에서의 왼손 그립을 최대한 사용하는 까닭은 파워 그립 사용의 역회전 스윙을 이용해서 스윙을 빨리 가져가는 방법이 된다.

또한 주의점은 클럽별 사용 방법에서 아이언 샷의 경우에는 스윙을 좀 더 빠르게 가져가는 방법으로 공 아래를 쳐야 한다. 페어웨이 우드 샷의 경우에는 스윙을 더 느리게 가져가는 방법으로 공 위를 쳐야 한다. 5번의 경우에도 드라이버 티 샷보다 더 느리게 샷을 가져가야 하지만 3번의 경우에는 더더욱 느리게 공 위를 쳐야 한다. 7번 페어웨이 우드 샷이 되어서야 아이언 샷과 같아진다. 공 위를 치는 스윙이 아닌 역회전의 빠른 스윙인 경우에는 반대로 아이언 샷을 빠른 스윙 테크닉을 덜 하고 페어웨이 우드 샷의 경우는 빠른 스윙 테크닉을 더 구사하면서 친다.

Tip : 파워 그립의 클럽별 사용은 정상 그립의 경우와 다르다. 정상 그립 세컨드 페어웨이 우드 샷은 스윙을 빨리 가져가지만 파워 그립 사용의 페어웨이 우드 샷은 스윙을 느리게 가져가는 것이 요령이다. 세컨드 아이언 샷의 경우에도 정상 그립 사용은 스윙을 느리게 가져가는 것이 요령이지만 파워 그립 사용의 경우에는 스윙을 빨리 가져간다. 하지만 이 같은 입문 골퍼의 느린 스윙보다 더 느린 스윙이 나오는 경우에는 다시 반대로 만들어진다.

클럽이 공을 임팩트하는 순간 오른손을 놓아주는 스윙은 대다수 골퍼가 오른손잡이이기 때문에 스윙이 그다지 어렵지 않다. 이 같은 스윙에서 파워 그립 사용에 오른손을 놓아주는 스윙은 초보 골퍼의 경우에는 공을 직접 치면서 샷이 쉽게 만들어진다.

공 위를 치기 어려운 입문 골퍼나 초보 골퍼의 경우 파워 그립 사용이 아닌 정상 그립 사용 시 공을 직접 치는 스윙이 불가능한 것은 아니다. 단지 불편할 뿐이다. 정상 그립 사용으로 공을 직접 치는 경우는 왼손 검지를 오른손 소지나 약지 위에 올리고 치는 샷이 된다. 손가락이 겹치는 그립으로 그립 자체가 불편하다.

오른손을 놓아주는 느린 스윙은 초보자의 쉬운 골프가 되지만, 수준급 골퍼의 경우에는 더 안정된 샷 결과가 나온다. 파워 그립의 왼손 그립을 최대한 약하게 잡고 치는 샷이 최상의 샷이다. 하지만 부득이하게 파워 그립 사용에 왼손 그립을 밀착하고 치는 스윙이나 왼손 그립을 최대한 약하게 잡고 빠른 스윙 테크닉을 가져가야 하는 경우에는 최대한 몸 변화에 적응해서 치는 샷이 필요하다. 초반이나 잠시 게임을 쉬었다 칠 시에는 상체 힘이 떨어지면서 스윙이 느려진다. 좀 더 빠른 스윙이 필요하다. 또한 자신의 스윙에 만족하지 않고 연습량을 늘리면서 수준급 골퍼의 최상의 스윙에 접근하도록 노력한다.

클럽이 공을 임팩트하는 순간 오른손을 놓아주는 샷의 효과는 엄청나다. 여러 가지 이유가 있겠지만 첫 번째는 오른손잡이가 왼손을 사용하는 것보다 오른손을 사용해서 샷으로 가져가는 것이 쉽기 때문이다. 두 번째는 공 위를 때리는 샷으로 공의 아래를 때리는 미스 샷 플레이가 가능한 슬라이스 샷이 만들어진다. 마스터가 바라던 파워 그립 타법의 순간이 찾아온다. 신기한 것은 이 같은 오른손을 놓아주는 스윙이 정상 그립 사용에서 가능하다는 것이다. 상체가 강한 골퍼의 경우에는 왼손 그립을 밀착해서 오른손을 놓아준다. 입문 골퍼의 경우에는 정상 그립의 베이스 볼 그립 사용에서 왼손 검지를 오른손 새끼손가락 위에 올리고 오른손을 놓아준다.

레슨에서 가장 중요시 되는 것은 자신이 빠른 스윙에 가까운지 느린 스윙에 가까운지를 알고 자신에게 맞는 스윙을 선택하는 것이다. 일반적인 골퍼의 스윙은 대체로 느린 스윙으로 시작으로 해서 빠른 스윙으로 샷을 만드는 것을 원칙으로 한다. 대다수 골퍼가 상체 힘이 안 빠진 상태로 느린 스윙에서 3년 내지 10년을 거쳐서 프로 골퍼의 골프 치기 좋은 상, 하체 밸런스의 스윙이 만들어진다.

어느 아마추어 골퍼는 아는 지인에게 스윙을 배우고 샷이 날로 좋아졌다고 한다. 이후 어느 정도 궤도에 오른 후 이 정도쫌 하면서 프로 스윙 폼으로 좋은 샷을 만들어가려고 한다. 그때부터 샷이 개판이 되면서 공이 안 맞기 시작한다. 이 같은 골퍼의 예가 하체가 아주 좋은 골퍼로서 입문 골프 초기 느린 스윙에서 샷이 만들어진 상태에서 연습량이 많아지면서 공이 잘 안 맞는 경우이다. 빠른 스윙에서보다도 느린 스윙에서 샷이 만들어지는 경우이다.

일반적인 정상 그립 사용의 교과서 골프는 빠른 스윙에서 샷이 만들어지는 것이 대부분이라고 보면 된다. 하지만 빠른 스윙에서 만들어지는 것보다는 느린 스윙에서 샷 만들기가 쉽고 더 안정적이다. 초창기 파워 그립 사용에서도 왼손 그립을 사용하는 방법과 빠른 스윙 테크닉은 느린 스윙 만들기가 아닌 빠른 스윙에서 해결하고자 함이었다. 하지만 4차원 느린 스윙이 존재함으로써 빠른 스윙 테크닉이 느린 스윙 테크닉으로 변한다. 일반 골퍼의 경우 느린 스윙은 거의 사용하지 않아 느린 스윙 교정 방법을 모른다. 일반적으로 알고 있는 느린 스윙 테크닉은 스윙 크기를 적게 가져가거나 스윙 강도를 약하게 그리고 체중 이동을 해주는 것 외에는 없다. 입문 초기 정상 그립 사용의 똑딱이 골프가 따지고 보면 느린 스윙의 일종이라고 할 수 있다.

Tip : 파워 그립 사용에 있어서 수준급 골퍼의 경우에는 반대 구질이 나오다가 초보자인 경우에는 수준급 골퍼의 정상 구질과 같아진다. 단 숏게임에서의 반대 구질은 요지부동이다. 그 이유는 스윙 크기가 적어지는 상태에서는 파워 그립 사용의 반대 구질을 그대로 유지하기 때문이다.

알맞은 때에 오른손을 놓아주는 스윙을 알게 된 것이 참으로 다행스럽다. 어찌 보면 백경에게 운이 따른 것이다. 파워 그립 이전 그동안 터득한 느린 스윙 몇 가지 방법들이 습득하는 순서가 바뀌었더라도, 지금의 파워 그립 사용은 꿈도 꿀 수가 없었다. 클럽이 공을 임팩트하는 순간 오른손을 놓아주는 스윙은 정상 그립 사용에 상체가 아주 강한 골퍼에서나 적합한 스윙이다. 하지만 4차원 스윙의 느린 스윙이 존재한다면 상황이 완전히 달라진다. 초보 골퍼에게 유리한 스윙이다. 더구나 파워 그립 사용과 맞물리면서 샷 효과가 배로 만들어진다. 어떤 체형에서든 느린 스윙의 샷이 만들어질 수가 있다.

Tip : 수준급 골퍼의 경우에는 파워 그립 사용이나 정상 그립 사용이나 클럽이 공을 임팩트하는 순간 오른손을 놓아주는 스윙과 공 위를 치는 스윙으로 느린 스윙을 쉽게 만들 수가 있다. 초보 골퍼의 경우에는 왼손 그립을 사용하지 않고 공 위를 치는 샷도 가능하지만, 공을 직접 치면서 오른손을 놓아주는 스윙에서도 빠른 스윙 테크닉 (뒤땅 치기, 왼손 그립을 약하게 잡고 치는 스윙, 왼손과 오른손의 간격을 띄우고 치는 방법) 사용으로 슬라이스 볼을 직구 볼로 만들 수가 있다. 초보자 파워 그립 사용은 스윙이 느린 경우 느린 스윙이 역회전하는 과정에서 반대 구질이 정상 구질로 돌아오는 과정으로 빠른 스윙 테크닉 사용으로 슬라이스 볼을 직구 볼로 바꿀 수가 있다. 반대로 정상 그립 사용은 스윙이 역회전이 되는 상태에서 정상 구질이 반대 구질로 변하는 상태로 느린 스윙에서만 샷이 만들어진다. 초보자의 정상 그립 사용 시 느린 스윙은 사용이 극히 제한적이다. 결과적으로 초보 골퍼의 파워 그립 사용이 절대 유리하다.

파워 그립 타법에 있어서 가장 중요한 것이 왼손 그립 사용이다. 왼손 그립의 강도를 어떻게 잡고 얼마나 잘 유지하고 치는가에 따라서 샷의 미스가 결정된다. 수준급 골퍼의 경우에는 왼손 그립을 최대한 약하게 잡고 상체가 강한 골퍼나 중간 하체가 강한 골퍼는 공 꼭대기를 치는 동시에 오른손을 놓아주면서 샷을 만들어간다.

하지만 하체가 강한 초보 골퍼일수록 공 위를 치는 스윙으로 왼손 그립을 약하게 잡는 스윙에서 왼손 그립을 밀착하게 잡는 스윙으로 가져가면서 공 아래를 칠 수가 있다. 왼손 그립을 사용하지 않으면 않을수록 공 아래를 칠 수가 있다. 왼손 그립을 밀착하고 치는 스윙에서 왼손 그립을 세게 잡고 치는 스윙은 스윙을 더 느리게 가져가면서 공 아래를 칠 수가 있다.

이 같은 왼손 그립 사용에서 수준급 골퍼의 경우에는 왼손 그립을 최대한 약하게 잡고 치고, 초보 골퍼의 경우에는 왼손 그립을 밀착하고 치는 스윙보다 오른손을 놓아주는 스윙에서 자신에게 적당한 공 위를 치는 스윙을 만들어간다.

파워 그립 타법의 왼손 그립을 최대한 사용하는 스윙과 밀착하고 치는 스윙에는 차이가 조금 있다. 클럽이 공을 임팩트 하는 순간 오른손을 놓아주는 스윙에서의 파워 그립 왼손 그립을 최대한 사용하는 스윙은 몸의 변화에 전혀 영향을 받지 않는 샷이다. 그 이유는 왼손 그립을 최대한 사용하는 상태에서의 미스 샷은 왼손 그립을 최대한 약하게 잡지 못하고 밀착해서 나오는 것이다. 이 같은 샷은 상체 힘이 붙지 않는 초반이나 게임을 잠시 중단한 후 나올 수 있는 샷으로, 왼손 그립을 최대한 사용하는 상태에서는 왼손 그립을 약하게 잡고 치지 못하면서 밀착하고 만들어지는 느린 스윙으로서 미스 샷을 커버할 수가 있다.

이같이 왼손 그립을 최대한 사용하는 상태에서의 샷은 모든 골퍼가 칠 수가 있는 샷이 아니다. 수준급 골퍼의 공 위를 치는 샷에서만이 가능하다. 공 위를 치는 스윙은 대략 공이 4cm 이상은 샷이 어렵다. 이렇게 만들어지는 공 위를 치는 스윙은 골퍼의 숙련도에 따라서 차이가 있지만 수준급 골퍼만이 왼손 그립을 최대한 약하게 잡고 칠 수가 있다.

하지만 수준급 골퍼도 페어웨이 우드 샷인 경우에는 공 위를 치는 스윙을 하기가 조금 어렵다. 더욱이 트러블 샷에서는 공 위를 더 쳐야 하는 경우로서 더더욱 어렵다. 수준급 골퍼의 경우에도 페어웨이 우드 샷에서만큼은 왼손 그립을 최대한 약하게 잡고 치는 것이 아니라 왼손 그립을 밀착하고 샷이 만들어질 수가 있다.

왼손 그립을 최대한 약하게 치는 스윙에서 왼손 그립을 밀착하게 잡고 치는 스윙이 만들어지면 공의 위보다 조금 아래를 칠 수 있다. 초보 골퍼의 경우 페어웨이 우드 샷의 왼손 그립을 밀착하고 치는 샷으로도 공 위를 칠 수 없는 골퍼의 경우에는, 역회전 스윙에 왼손 그립을 최대한 사용해서 뒤땅 치기나 왼손과 오른손의 간격을 띄우고 치는 아이스하키 타법을 사용한다.

왼손 그립을 최대한 약하게 잡고 치는 스윙에서는 왼손 그립을 잡는 스윙에서 미스 샷이 만들어지고, 왼손 그립을 밀착하고 치는 스윙에서는 왼손 그립을 약하게 주는 스윙으로 미스 샷이 만들어진다. 이 같은 샷에서 왼손 그립을 최대한 약하게 잡고 치는 샷과 밀착하고 치는 샷의 차이는 샷 효과가 크지 않다. 왼손 그립을 밀착하고 칠 시에는 왼손 그립을 최대한 사용하는 때보다 조금만 더 공 아래를 보고 치면 된다.

오른손을 놓아주는 느린 스윙이 그렇고 왼손 그립을 최대한 사용한 스윙에서 빠른 스윙 테크닉 샷이 그렇다. 그리고 손가락 타법이 그렇다. 모든 샷 선택은 골퍼의 선택이다. 골퍼의 능력과 선호도에 따라 샷을 선택한다. 정상 그립 사용에서 클럽이 공을 임팩트하는 순간 오른손을 놓아주는 스윙은 상체가 아주 강한 골퍼나 입문 골퍼들 중에서 하체가 강한 골퍼에게서나 사용이 가능한 아주 쓸모없는 스윙이다. 보잘것없는 그런 스윙이 파워 그립 사용에 적용되면서 4차원의 골프로 탈바꿈한다. 참으로 기적과 같이 우연한 기회에 파워 그립 사용과 함께 샷이 완성되었다.

참으로 신기한 현상이었다. 그 사용에 의심을 하기보다는 눈앞에 나타난 실질적인 효과를 믿어야 했다. 백경은 그동안 파워 그립 사용 시 왼손 그립을 사용하지 않는 스윙으로 입문 골퍼의 기준점에 접근하였지만, 입문 골퍼의 스윙에서는 조금 부족한 샷으로 판명이 났다. 입문 골퍼들에게 보인 그동안의 레슨이 주마등처럼 스쳐갔다. 물론 자신이 잘못 생각한 레슨 스윙도 있었다. 하지만 느린 스윙에서의 타법을 해결하면서 그동안의 레슨 스윙 모두가 정리되었다.

4차원의 느린 스윙은 오른손을 놓아주는 느린 스윙을 주축으로 만들어진다. 공 위를 때리는 느린 스윙은 백경의 수준급 골퍼인 경우에서나 가능한 샷이다. 그리고 왼손 검지를 오른손 새끼손가락 위에 올리고 치는 샷은 불편하다. 지금의 클럽이 공을 치는 순간 오른손을 놓아주는 스윙과 역회전하면서 나오는 스윙은 빠른 스윙 테크닉을 사용하는 초보 골퍼에게 가장 좋은 방법이다. 그동안 애타게 찾던 느린 스윙에서의 최상의 스윙 방법을 드디어 찾았다. 느린 스윙의 테크닉이 나날이 더해지면서 수준급 골퍼의 경우엔, 파워 그립 사용뿐만 아니라 정상 그립 사용으로도 느린 스윙이 가능해진다.

Tip : 수준급 골퍼에게 느린 스윙이 만들어지는 경우는 원 샷 원 킬 샷이 만들어지고, 초보 골퍼의 경우에는 테크닉이 느린 스윙이 만들어진다.

   5% 꿀통 골퍼를 위한 스윙은 비단 입문 골퍼의 기준점 스윙을 넘어서 파워 그립 타법의 원리에 도달하게 한다. 골프라는 운동은 멘털 운동이고, 심리적 운동으로서 추호의 의심을 가져선 안 된다. 아직 세상에 나오지도 않은 그립 사용에 단 1%도 의심이 안 가게 모든 골퍼에게 사용 가능한 스윙으로 거듭나야 된다고 생각한다. 백경은 하늘이 마지막으로 기회를 주신 것이라 생각했다. 그동안의 노력의 대가로 주신 선물이라 생각했다.

   이 모든 것들이 하늘에 계신 부모님이 도와주지 않으면, 불가능한 우연의 일치였다. 교과서 골퍼의 빠른 스윙보다 느린 스윙 만들기가 좋다는 것을 아는 골퍼인 경우에는 느린 스윙 만들기의 방법을 사용한다.

   느린 스윙 만들기는 수준급 골퍼가 할 수 있는 방법이 있으며, 초보 골퍼가 쉽게 할 수 있는 스윙 방법이 있다.

   첫 번째는 발차기 스윙을 한다.

   일반적으로 사용하는 체중 이동은 왼발을 축으로 백스윙해 주고 체중이 자연스럽게 따라가면서 클럽이 등을 치는 스윙이다. 이 같은 스윙에서 헤드 업을 하지 않기란 쉽지 않다. 하지만 느린 스윙에서 만들어지는 클럽이 공을 임팩트하는 순간 발차기 타법은 발을 차는 동작으로 인해서 자연스럽게 헤드 업을 하지 않고 스윙을 느리게 가져가는 방법으로 느린 스윙 만들기가 좋다.

두 번째, 공 위를 친다.

클럽 밑 선을 중심점으로 공 위를 친다. 이 같은 스윙은 공 위를 치는 스윙이지만 사실은 클럽이 공을 임팩트하는 순간 닫혀 맞는 것을 클럽이 오픈시켜 치는 방법으로 스윙을 느리게 가져간다.

세 번째가 파워 그립 사용을 한다.

파워 그립 왼손 엄지가 오른 손등 뒤로 빠지는 그립 사용은 그립 자체가 정상 그립 사용보다 스윙이 느리다. 파워 그립 사용 하나만으로도 스윙이 느려진다. 왼손 엄지가 오른 손등 뒤로 빠지는 그립 사용은 정상 그립보다 손목 사용이 반으로 줄어드는 상황에서 샷이 안정적이다.

네 번째가 정상 그립 사용이나 파워 그립 사용에서 왼손 검지를 오른손 새끼손가락 위에 올리고 치거나 소지 약지 위에 올리고 친다. 왼손 검지를 오른손 손가락 위에 올리고 치는 스윙은 오른손의 빠른 스윙을 억제하는 과정에 스윙이 느려진다. 왼손 검지를 오른손 손가락 위에 올리고 치는 이 같은 스윙은 공을 직접 치면서 스윙을 느리게 가져갈 수 있는 장점이 있으나 단점은 그립을 잡기가 조금 불편하다. 정확한 스윙이 만들어지기 전에는 손가락에 무리가 갈 수 있다. 왼손 검지를 오른손 손가락 위에 올리고 치는 타법은 초보 골퍼의 처음 습득 과정에서 테크닉 없이 느린 스윙으로 가져가면서 치는 샷이다.

다섯 번째, 클럽이 공을 임팩트하는 순간 오른손을 놓아준다.

대다수 골퍼가 오른손 골퍼인 것을 감안하면 클럽이 공을 임팩트하는 순간 오른손을 놓아주는 스윙은 쉽게 만들 수가 있다. 오른손을 놓아주는 스윙은 스윙을 느리게 해주는 스윙 효과도 뛰어나다.

여섯 번째, 역회전 스윙을 알아야 한다.

파워 그립 사용 입문 골퍼의 느린 스윙 만들기에 있어서는 극단적으로 스윙이 더 느린 입문 골퍼나 하체가 강한 입문 골퍼의 경우에는 스윙이 너무 느려서 파워 그립 사용의 반대 구질이 정상 구질로 바뀐다. 이 같은 파워 그립 사용의 역회전 구질은 파워 그립 사용의 빠른 스윙 테크닉으로 슬라이스 볼을 직구 볼로 만들 수가 있다. 왼손 그립을 아주 약하게 잡고 치거나 더한 경우는 뒤땅 치기 타법이나 아이스하키 타법이 만들어진다.

일곱 번째, 왼팔을 쭉 편다.

골퍼 스윙 폼이 좋고 나쁘고는 왼팔을 쭉 펴고 안 펴고 차이에서 나온다고 해도 과언이 아니다. 대다수 골퍼가 왼팔을 쭉 펴지 못하는 이유는 왼팔을 쭉 펴면 상체에 힘이 들어가면서 스윙이 느려지기 때문이다. 왼팔을 쭉 펴는 스윙은 빠른 스윙을 기준으로 하는 골퍼에게 있어서 항시 몸에 무리가 가면서 공이 똑바로 나가지 않는 원인이 된다. 느린 스윙을 만들기 위해서는 왼팔에 힘을 주어야 한다. 왼팔을 쭉 펴는 스윙의 동기 여부가 된다.

여덟 번째, 코킹을 완벽하게 가져간다.

코킹은 백스윙에 왼손 꺾임을 말한다. 백스윙에 손목 꺾임이 많아질수록 클럽이 공을 임팩트하는 순간 손목 꺾임을 되돌리기(릴리스)가 쉽지 않다. 따라서 좋은 손목 꺾임은 스윙이 느려진다. 손목 꺾임은 스윙을 느리게 해주는 좋은 방법이다. 초보자인 경우 조금이라도 스윙을 빠르게 하기 위해 손목 꺾임을 제대로 가져가지 않는 경향이 있다. 스윙을 느리게 가져갈 수 있는 손목 꺾임은 왼팔을 쭉 펴는 동작과 함께 골퍼의 좋은 스윙 폼이 나오는 동작이다.

AI와의 대결을 앞두고 그 어느 때보다도 긴장이 되었다. 마지막 결전이라는 느낌이 절로 들었다.

백경은 미국에서 다 잡았다 놓친 농어를 다시 떠올렸다. 농어를 놓치고 나서 왜 놓쳤는지를 생각했을 때 테크닉 부족이라는 것을 알았다. 낚싯대의 릴 트랙을 느슨하게 풀었다 당겼다를 반복했다면 농어는 힘을 잃고 끌려왔을 것이다.

현재 백경의 타법은 적어도 그 자신에게 있어서만은 더 이상 오를 수 없는 경지이다. 지금의 타법이라면 분명 파워 그립 타법이란 대어를 잡을 수 있다.

파워 그립이라는 안정된 그립 자체에 느린 스윙이 더해지면서 4차원 스윙의 존재를 명확히 증명한다. 오른손을 놓아주는 스윙은 굳이 그 스윙 자체를 증명하지 않아도 클럽이 공을 임팩트하는 순간 오른손을 놓아 스윙을 느리게 가져가는 것이라는 걸 골퍼라면 누구나 쉽게 인지할 수가 있다. 하지만 이 같은 오른손 스윙 하나만으로는 그 빛을 보기는 어렵고, 백경의 파워 그립 사용과 더불어 빠르고 느린 스윙 테크닉이 조합을 이루면서 샷이 완성된다.

실질적으로 정상 그립 사용의 경우보다는 파워 그립을 사용하였을 경우 파워 그립이라는 안정된 그립 사용과 느린 스윙으로 공 아래를 칠 수 있는 좋은 샷이다. 하지만 굳이 정상 그립 사용을 고집한다면 그 또한 얼마든지 가능하다. 정상 그립 사용에서 느린 스윙의 경우는 왼손 그립을 밀착하고 공 위

(공 중간에서 공 꼭대기)를 치는 스윙에 오른손을 놓아주는 스윙이 만들어진다. 파워 그립 사용에서는 왼손 그립을 최대한 약하게 잡고 공 위를 치면서 오른손을 놓아주는 스윙이 만들어지면서 원 샷 원 킬 샷이 만들어진다. 초보 골퍼의 경우에는 빠른 스윙에서 샷이 만들어지기가 어렵고, 느린 스윙에서 샷이 만들어진다.

 초보 골퍼가 파워 그립 사용은 되는데 정상 그립 사용이 안 되는 이유는 파워 그립 사용은 반대 구질이 역회전하면서 다시 정상 구질로 바뀌면서 빠른 스윙의 테크닉이 가능해진다. 하지만 정상 그립 사용의 경우에는 초보자의 느린 스윙이 역회전하는 상태에서는 스윙이 더 느려지면서 슬라이스가 나오는 결과가 나온다. 따라서 초보자는 파워 그립 사용은 가능하지만, 정상 그립 사용이 불가능하다. 그동안 초보 골퍼의 파워 그립 사용이 '왜' 가능했는지 정리가 되었다. 어느 정도 기본기가 있는 하체가 비정상적으로 강한 골퍼의 경우에는 왼손 그립을 사용하지 않는 것만으로도 느린 스윙이 가능하다. 이 같은 하체가 비정상적으로 강한 골퍼의 페어웨이 우드 샷인 경우에는 왼손 그립을 최대한 약하게 잡고 치는 역회전 스윙이 필요하다. 골퍼의 체형과 클럽 선택에 따라서 샷 선택이 달라진다.

Tip : 어느 체형에서나 파워 그립 사용과 정상 그립 사용으로 10가지 스윙이 가능하다. 하지만 그중에서 초보자가 쉽게 따라 할 수 있는 스윙은 2~3가지가 된다. 초보자는 처음 이 같은 샷 선택을 한다. 하지만 만족하지 말고 좀 더 고난도의 스윙으로 샷을 습득해야 한다. 테크닉이 늘수록 더 안정된 고수의 타법이 만들어진다.

파워 그립 타법의 4차원 스윙이 완결되고부터 숏게임도 탄력이 붙었다. 쇼트 퍼팅에서의 홀 컵을 보고 치는 샷이 만들어진 이후부터는 쇼트 퍼팅이 괄목할 만한 성장을 한다. 하지만 아직 조금 부족하다.

원인인즉 클럽 중앙이 아닌 클럽 바깥쪽을 사용하여 비거리를 짧게 가져가는 쇼트 퍼팅의 경우에는 스윙을 평행선으로 가져가지 못하고 클럽을 당기거나 밀거나 하면서 공을 똑바로 보내기가 쉽지 않다. 특단의 대책을 세운다. 클럽 끝 모서리에 별표 스티커를 붙인다. 이렇게 퍼터 끝 모서리에 임의의 표시를 하면 퍼팅의 스윙 크기를 평행선으로 가져가기가 쉬워진다. 결국 쇼트 퍼팅도 파워 그립 타법으로 마무리를 짓는다.

드디어 결론이 났다. 백경이 할 수 있는 모든 일은 이제 마무리되었다. 잠이 몰려왔다. 백경은 이내 깊은 잠에 빠져들었다. 그야말로 죽음보다 깊은 잠이었다.

꿈속에서 한 얼굴을 만났다. 30년 가까이 백경을 지배하며 불운으로 몰고 가려 했던 인물이다. 놈이 백경을 노려보며 말했다.

"네 놈만 없었으면 나는 성공자로 남을 수 있었다. 너를 죽이고 싶었지만 그럴 수 없어 폐인으로 만들려 했다."

머리카락이 희끗희끗한 놈의 얼굴이 다시 희미해졌다. 백경은 아버지 후배, 그놈의 얼굴을 떠올렸다. 그런데 어찌 된 일인지 목소리의 주인공이 정겹게 느껴졌다. 그토록 혐오하고 진저리쳤던 놈이 정겹게 느껴지다니. 저쪽에서 놈의 목소리가 다시 또렷이 들려왔다.

"내가 졌다!"

백경은 놈과의 30년 게임이 끝나는 순간이라는 걸 직감했다. 이상한 것은 놈의 목소리였다. 놈의 목소리가 귀에 많이 익숙했다. 목소리 주인공은 분명 백경, 백경이었다.

| 에필로그 |

## 세상으로 새를 날려 보내듯

 소설 속 '원 샷 원 킬'의 타법은 필자가 직접 경험하고 실험을 통해서 얻은 결과이며 골퍼가 가장 원하는 꿈의 타법이다.
 모든 골퍼의 문제는 몸이 변한다는 것이다. 아마추어의 경우는 체형에 맞는 스윙이 만들어지지 않은 상태에서 몸이 변하지만, 프로 골퍼는 스윙이 만들어진 상태에서 몸이 변한다.
 어언 30년이 넘는 세월 골프만을 위해 살아왔다. 하고 싶은 일을 하며 살았기에 후회는 없다. 하지만 항시 세상에 많은 빚을 지고 살아왔다는 생각이 든다. 이제 그 빚을 갚는다는 생각으로 살아온 얘기를 재미있게 각색해 이 소설을 썼다.

 어느 날 샷이 엄청 잘 맞았다. 당시에는 몸에 맞는 그립 사용의 결과로만 생각했다. 하지만 다리 수술과 당뇨병을 거치면서 여러 체형으로 변화하는 동안 시험 삼아 스윙을 해본 결과 파워 그립이 여러 가지로 변화하는 체형에 맞는 그립이라는 것을 알게 되었다. 이후 파워 그립을 사용한 여러 테크닉을 활용하면서 그 타법을 좀 더 다양화시켰다.
 파워 그립 사용이 어느 체형에서든 좋은 샷 결과가 나오리라 확신했지만, 레슨을 통해 레슨 골퍼에게 파워 그립 사용을 권유하고 그 결과를 재차 확인했다. 하지만 세상에 공인되지 않은 파워 그립 사용을 인정받기까지는 어려움이 많았다. 수준급 골퍼는 수년간 사용한 그립을 바꾸기가 쉽지 않고, 초보자는 방법은 맞지만 따라 하기가 쉽지 않았다.

그래서 초보자가 쉽게 익힐 수 있는 방법을 찾아냈다. 그것이 4차원 스윙이다. 일반 교과서 스윙이 빠른 스윙에서 만들어지는 것에 비교해 파워 그립 사용은 느린 스윙에서 샷을 찾아낸다. 느린 스윙법이 '왜' 잘 맞아나가는지 그 원리와 방법을 알고부터는 레슨에 문제가 없어졌다. 교과서 골프는 3년 아니 10년에 걸쳐 습득을 한다. 파워 그립의 4차원 스윙은 일주일이면 샷이 만들어진다. 이후부터는 파워 그립이 아닌 정상 그립에서도 느린 스윙법으로 샷이 만들어진다. 4차원의 느린 스윙은 상체가 아주 강한 골퍼나 하체가 비정상적으로 강한 골퍼도 샷 만들기가 쉽다. 또한 정상적으로 샷이 만들어지기 어려운 경우에도 느린 스윙으로 샷이 만들어지면 빠른 스윙에서의 샷보다 안정적이어서 더 좋은 결과가 나온다. 원 샷 원 킬 샷이 존재하는 증거이다.

출판사와 계약을 하러 가는 날 사무실에서 나오는데 복도에 새 한 마리가 천장을 날아다니고 있었다. 빌딩 안으로 잘못 들어온 길 잃은 새였다. 엘리베이터를 타려고 하는데 발 앞에 내려앉는다. 마치 자신을 도와달라는 것 같았다. 새를 그립 잡듯 최대한 약하게 잡았다. 새는 마치 기다렸다는 듯 아무 저항 없이 손에 쥐어졌다. 몸집이 작고 부리가 긴 벌새였다. 곧 반쯤 열려 있는 창문 밖으로 새를 날려 보냈다.

아직 알려지지 않은 타법을 세상에 내보내기 위해 책 출판을 계약하러 가는 날, 마치 타법을 세상에 전파하듯이 새를 창밖으로 날려 보내다니. 느낌이 좋았다.

헌책헌길

초판 인쇄 2023년 1월 5일
초판 발행 2023년 1월 15일

지은이 임　경
펴낸이 이정란
펴낸곳 이인북스

등록번호 2007년 12월 14일 제311-2007-36호
주소　경기도 고양시 일산동구 동국로 197번길 109-1, 103동 302호
전화　031-976-3686
팩스　0303-3441-3686
이메일　2inbooks@naver.com

ⓒ 임경, 2023, Printed in Seoul, Korea

ISBN　978-89-93708-77-6　03810

값 18,000원

• 이 책은 저작권법에 따라 보호받는 저작물이므로 무단 전재와 무단 복제를 금하며, 책 내용의 전부 또는 일부를 이용하려면 반드시 저작권자와 이인북스의 서면 동의를 받아야 합니다.